英国十八世紀文学叢書｜6

小林章夫 編訳

エロティカ・アンソロジー

An Anthology of Eighteenth-Century British Erotica

研究社

Title-Page illustration:
William Hogarth, *Before* (1730-31)
Oil on canvas
Unframed: 38.7 x 33.7 cm (15 1/4 x 13 1/4 in.)
Framed: 50.2 x 44.8 x 4.1 cm (19 3/4 x 17 5/8 x 15/8 in.)
The J. Paul Getty Museum, Los Angeles

目次

ヴィーナスの学校、あるいは女性たちの悦楽、実践法

マダムS――W――様

この献呈の辞を捧げるにあたっては、奥様ほどふさわしい方はほかにいないでしょう。というのも、この学校において奥様ほどあらゆることをおこない、あらゆる身分の方とおこなった女性はほかにいないからです。奥様がどのような喜びをお与えになり、どれほどの熱意をもって性交に励まれたかは、奥様を快楽に導いた多くの方々に十分知られているのです。なぜなら、奥様は至高の神のごとく、交わるに優れた能力を有し、それ故にご自分の秘所を一人に独占させるのではなく、それを求める方には物惜しみせずにお与えになってきたからです。その結果、しばしば聞こえて参ります言葉は、勃起した男根に満足を与えないことは、あるいは男根を秘所に入れさせないことは、奥様の本意ではなく、性交をうまくリードすることが至上の満足を与えるというものです。したがいまして、メッサリーナ[*1]の例などお出しにならないでください。

確かにメッサリーナは一日に四十人あるいは五十人の男によって満足を得ましたが、奥様の両足の間にそれだけの数のペニス[*2]を入れていれば、そのくらいの数の男たちに命令を下《くだ》すことができたでしょうし、クセルクセス[*3]がギリシャ侵攻をおこなったときの兵士と同じくらいの数を率いることもできたかも知れません。あるいはまた、奥様のカントがこれまで征服してきた数々のペニスを使ってピラミッドを作ったとすれば、それは間違いなく、あのスパルタの地においてペルシャの暴君[*4]が築き上げた骸骨の山をしのぐものとなりましょう。ここに奥様の庇護により外国から持ち込まれたこの書物はその偉業を示すものであり、奥様の賛同を得られるのならば、他の女性から嫌われても構うものではありません。どうかこの献辞を温かく受け入れてくださるようにお願いするものであります。

奥様の召使いより

「梗概」第一の対話

若き紳士ロジャーは、類い希なる乙女キャサリンに熱烈な愛情を抱いているが、キャサリンは実に素朴そのもの。というのも、厳しい母の監視の下で育てられてきたからである。この母は金持ちの市民の妻だが、この夫がどんなに娘を説得してロジャーの愛を受け入れさせようとしてもだめなのは、愛情に関することは何ら理解できないからである。そこでこの夫は贈り物などで妻の親戚であるフランセスという女性を味方に引き入れると、このフランセスがロジャーに対してキャサリンを説得することを約束して、ロジャーの代わりにキャサリンを訪れることになる。こうして、キャサリンよりも賢く、また恋愛問題には慣れているフランセスは、キャサリンが家にいるときに訪れ、言葉巧みに愛の喜びを語ると、その言葉に血をたぎらせたキャサリンは是非体験したいと言う。ここでフランセスは鉄は熱いうちに打てとばかり、キャサリンを説き伏せて、メイドと二人だけで家にいるときが絶好のチャンスとけしかける。さらに、ロジャーがいかに好ましい男かをキャサリンの心に吹き込み、キャサリンの乙女心を安心させると、キャサリンも納得する。そこにちょうどロジャーがやってきたので、計画通りにフランク(フランセス)は二人だけにしてそこを去っていく。

「第一の対話」

登場人物　フランク、ケイティ(キャサリン)

フランク　おはよう、ケイティ。

ケイティ　あら、おはよう、フランク。いいところにいらっしゃったわ。今、母はいないの。会えてうれしいわ。何かご用なの？

フランク　別に用はないの。ちょっとお話でもと思って。一人じゃ退屈でしょうし、ずいぶんご無沙汰したものね。

ケイティ　確かにそうね。でもうれしいわ。どうぞ座って。わたしとメイドしかいないの。

フランク　あらまあ、何かご用をしているの？

ケイティ　ええ。

フランク　何かほかにすることはないでしょう。こんなふうに部屋に閉じこもって、まるで修道院みたいね。外出もしないし、男の人が会いに来ることもないでしょう。

ケイティ　その通りなの。でも男性が来れば、気も遣《つか》うからいやだわ。それにわたしのことを気にする人もいないし、母が言うには、結婚するには若すぎるって。

フランク　結婚には早すぎるわね。十六歳のぴちぴちのお嬢さんだもの。でも母親になるのに十分なものはあるわよ。あなたのお母さんのように、ちゃんと子どもを育てられるでしょう。でも最近の親ときたら、本当に愛情をもって子どもを育てているのかしら。まあ、こんなことはわたしには関わりはないけれど。それにしても、あなた、結婚しないと男性とおつきあいしてはいけないなんて、本当に思っているの？

ケイティ　そんなことはないわよ。それに男の方はよく来るのよ。
フランク　それどなた？　誰も見たことないけど。
ケイティ　まったく！　そんなことはないわよ。二人のおじさんに、それからいとこたちも来るわ。リチャーズさんもだし、ほかにもたくさん。
フランク　それって親戚でしょう。わたしが言っているのはほかの人よ。
ケイティ　いいえ、クラークさんもいれば、ウィルソンさん、レノルズさん、それに若いロジャーさんだって。そうよ、真っ先に言わなければいけないのはロジャーさん。だって、よくいらっしゃるし、わたしのことは気に入っているみたい。それでいろいろなことをおっしゃるけど、よくわからないの。どういうつもりなんだか。一緒にいても楽しくはないわ。母やおばさんといるのと同じ。それは、ぺこぺこされたり、気取ってごあいさつをしたりするので、つい笑ってしまうこともあるけれど、こちらが話しかけると、じっと見つめてくるのよ。取って食べられそうになるわ。でも最後は、来たときのように馬鹿みたいな顔で帰って行くの。そんな人たちといて、うれしくなるわけないでしょう？　本当のことを言うと、うれしいどころか、うんざりなの。
フランク　でも、皆さん、あなたがきれいだとか言って、キスをしたり、触ったりしないの？
ケイティ　あら、誰がそんなこと言ったの？　確かに皆さん、きれいだと言ったり、キスをして胸に触ったり、いろいろなことを言うし、それでわたしが気をよくすると思っているらしいけれど、本当のことを言うと、別にうれしくもないのよ。
フランク　じゃあ、それで文句を言ったりするの？
ケイティ　まさかそんなこと言わないわ。お母さんからだめと言われているもの。
フランク　あなたって何にも知らないのね？
ケイティ　ねえ、なぜそんなことを言うの？　それじゃあ、まるで馬鹿みたいじゃないの。
フランク　お馬鹿さんなのよ。ものを知らないのね。
ケイティ　じゃあ、お願いだから教えて。
フランク　これは母になった人の経験から来るものなの。だから男が言うことなど気にしないのよ。
ケイティ　初心《うぶ》な娘に男から学ぶものなんてないわ。だってこの世の堕落のもとを作っているんですもの。
フランク　男性だっていいところもあるのよ。その証拠はいくらでもあるわ。つい先頃のことだけど、このわたしも男の人からいろいろな喜びをもらったの。いいこと、あなたが考えているほど悪くはないの。一番の問題は、あなたがその目で確かめていないこと。男の手練手管も知らないままに閉じこもっていて、いつまでも無知のままに暮らしているから、この世の中の楽しみを味わうことができないのよ。ねえ、こんな風に部屋に閉じこもっていて、母親と暮らしていて、何か楽しいことがあるの？

ケイティ　楽しいことと言うのなら、たくさんあるわ。おなかが空《す》けば食べるし、喉《のど》が渇けば飲み物を飲むし、眠ったり、歌ったり、ダンスをしたり。それに田舎に行って、お母さんと一緒にいい空気を吸うこともあるわ。

フランク　それはいいけど、誰でもがそんな風にはしないでしょう？

ケイティ　でも、誰もが気に入る喜びなんてあるかしら？

フランク　あるわよ。あなたがまだ知らないこと、ワインがただの水よりいいように、何にも増していいことがあるわ。

ケイティ　馬鹿をさらすようで恥ずかしいけど、教えてくれないとわからないわ。

フランク　でも、あなたが話をした人、たとえばロジャーさんなんか何か教えてくれなかったの？

ケイティ　いいえ、教えてくれなかったわ。もしあなたが言うようにそんなに楽しいことなら、男の人たちは不親切だったのね。だって教えてくれなかったもの。

フランク　あなたまだ、それが楽しいというのを疑っているでしょう？　途方もなく楽しいことなのよ。でもロジャーさんて偉いわ。だって彼があなたのことが好きなのは誰もが知っているし、あなただってあの方から聞いたでしょう。あなた、あの方の愛情に応《こた》えていないのでしょう。

ケイティ　それって間違いよ。確かにあの方も否定はなさらないわ。でもわたしの前ではため息をついたり、自分のことを哀れんだりするので、その理由はわからないけれど、かわいそうだと思って、どんな悩みなのか聞いているし、少しでも気持ちを楽にさせられるのなら、とてもうれしいと思っている。

フランク　何が問題なのかわかってきたわ。彼が愛していると言ったときに、あなたも同じ気持ちだとなぜ言わないの？

ケイティ　もちろんそれであの方の気持ちが晴れるのなら、そうするわ。でもそうはならないと思えば、黙っているほうがいいでしょう？

フランク　かわいそうな子ね。みすみす幸運を逃がすなんて。もしあなたが少しでも愛情を示せば、あの方は間違いなく今わたしたちが話している喜びを与えてくれるわ。

ケイティ　どうしてなの？　その喜びを味わうには、男の方を愛さなければならないわけ？　確かにわたしはロジャーさんやほかのたくさんの殿方を愛しているかも知れないけれど、そんな喜びは味わっていないもの。

フランク　もっと正直になるのよ。お互いに見つめ合っているだけでも、気持ちは高ぶるものなの。

ケイティ　何度もあの方に触ったけれど、なぜその喜びが感じられないのかしら？

フランク　確かにあの方の服には触ったかも知れないけれど、ほかのものにしたほうがよかったのよ。

ケイティ　ねえ、もっとはっきり言ってくださる？　どういうことなのか全然わからないわ。だからもっとわかりやすく、どうしたらその喜びが味わえるのか教えて？

フランク　それならはっきり言うけど、若い男と女はとても簡単に、信じられないくらいの喜びを味わえるの。

ケイティ　どんな喜びで、どうしたらいいわけ？

フランク　焦《あせ》らないの。すぐにわかるから。あなた、裸の男性を見たことある？

ケイティ　一度もないわ。男の子の裸は見たことあるけど。

フランク　だめ、だめ。それじゃあだめよ。男は若くて十六歳か十七歳、娘は十四歳か十五歳ね。

ケイティ　そんな年の人のなんか見たことないわ。

フランク　あなたのことは大好きだから、教えてあげるわ。男の人がおしっこをするとき、どこから出すか見たことある？

ケイティ　一度だけ壁に向かってしているのを見たことがあるけど、そのときには手に何かを持っていたわ。何だかわからなかったけど、こちらが見ているのに気がついて振り向いたので、それで見えたの。豚のプディング〔赤身で作ったソーセージのようなもの〕みたいで、白くてかなり長いもの。それが身体にひっついているので、わたしにはないからびっくりしたわ。

フランク　それなら都合がいいわ。見たことがあるのなら、今話していた喜びを手にすることだってできたかもね。でもこれから、今まで聞いたことがないような話をしてあげる。

ケイティ　感謝するわ。でもその前に、その喜びが特別なら、若い男と女以外には味わえないの？

フランク　そんなことはないわ。どんな身分の人でもみんな味わえるの。王様から靴屋に至るまで、女王様でも皿洗いの女でも、要するにこの世の中の半分は残りの半分とファックをするの。

ケイティ　そんな話はちんぷんかんぷんでわからないわ。でもその喜びはみんな同じなの？

フランク　ええ、そうよ。夫婦でもそれなりに楽しめるけれど、たいていは飽きているから、奥さんはときどき、夫はしばしばちょっと相手を変えたりするわ。たとえばあなたのお父さんはメイドのマーガレットと楽しんだりしたでしょう。だからそれに気づいたお母さんはマーガレットを追い出して、この間も騒ぎになったわね。でもね、お母さんだってそこそこきれいだから、ちょっとうずいたりするでしょう。それで秘密の人にそれを鎮めてもらったりしているわ。

ケイティ　そのことについては何も知らないけど、上流階級はどうなの？

フランク　とてもおもしろい話があるの。あの人たちは若い紳士で、獲物と見ると何でも飛びかかるのよ。ロンドンには獲物はいくらでもいるから、メイドだろうが、人妻だろうが、未亡人だろうが、よりどりみどりなの。ただし獲物のお顔がそこそこならばね。よく言うとおり、顔が美人ならば、あそこも美人というわけね。こういう元気のいい若者たちには苦労などないので、町にはすぐにしたがる女性が山ほどいるものなの。というわけで男も女もファックをするもので、近親相姦にしても罪だとは思われていないしね。だからあの方たちは冗談めかして、こんなことを言うの。あそこを同じ血の中に浸せば、先っぽがますます充血して大きくなるってね。

ケイティ　わたしは結婚していないから、若い男と女の話にしてくれる？

フランク　若い男と女だって大喜びよ。だって若くて元気だから、快楽を得るにはうってつけなの。でも、男と女のどちらの話をする？

ケイティ　よければ男性のほうからお願い。

フランク　それなら、まずこれを知っておかなければ。男の人がおしっこをするものはペニスと呼ばれるの。

ケイティ　あら、そんな言葉いいの？

フランク　ったく！　気にしないの。こういう話を聞くときには、お上品なことは言わないの。

ケイティ　わかったわ。好きに話して。

フランク　そのものずばりの言葉を使うわよ。おまんこ、お尻、ペニス、睾丸。

ケイティ　いいわ。

フランク　それじゃあ、いくわよ。男の人がおしっこをするものはペニスと呼ばれたり、おちんちんと呼んだり、陰茎だったり、数え切れないほどの名前があるの。おなかの下から雌牛のお乳みたいに垂れ下がっているけれど、もっと長くて、わたしたち女がおしっこをする割れ目のあたりにぴったりとはまるの。

ケイティ　不思議ね！

フランク　それと二つの小さな玉がついていて、それは財布みたいな袋に包まれているけれど、これが睾丸で、スペインのオリーブに似ているわ。上のほうにはこの気高い道具に優雅な雰囲気を与えるものとして、ダウンのような毛が生えているけれど、これはわたしたちのおまんこの周りにも生えているでしょう？

ケイティ　よくわかったけど、何のために男の人はそんなものを持っているの？　おしっこをする以外に何か役に立つの？

フランク　そこなのよ。これがさっきから話していた喜びを女性に与えてくれるの。男性が女性に好意を持つと、女性の前に男性がひざまずき（もちろん二人きりになってから）、誰よりも君を愛しているとか言って、自分の愛情に応えてくれと頼むの。それで女性が黙ったままで、思い焦《こ》がれるような目で見つめていると、たいていは男が勇気を出して、女性を仰向けにして、上着やスモックをはぎ取って。男のほうはズボンを下ろして女性の脚を開き、おちんちんを女性のおまんこ（おしっこをするところ）に勢いよく差し込むと、こするわけね。それで信じられないほどの快楽が得られるの。

ケイティ　何だかよくわからないけれど、あんなにぐにゃっと柔らかそうなものでどうしてできるの？　指で何か詰め込まなければだめじゃない？

フランク　まったく何も知らないんだから。男の人がファックをしようとすれば、ペニスはぐにゃっとせずに、まるで違ったものに見えるのよ。大きさも長さも増えて、杭《くい》みたいに固くなり、かちかちになって先っぽが出てくると、まるで巨大なサクランボみたいなのよ。

ケイティ　男の人のペニスが立つと、それを女の穴に入れるわけね。

フランク　そうだけど、入れるときに少し痛いかも知れないわ。特に相手が未通の女性の場合ね。でも男のほうがかちかちになっていれば、少しずつ入っていくの。そりゃあ、少しは汗もかくけど、女もだんだんにあそこが広がってきて、男がこすったりすれば、女も当然気持ちよくなるのよ。

ケイティ　怪我することなんかないの？

フランク　そんなことはないわ。最初は少しひりひりするけど、その後で男性がせっせと動かしてくれれば、この上もない喜びを味わえるわ。

ケイティ　女の人の持ち物は何と言うの？

フランク　そのものずばりではおまんこと呼ばれるけれど、それではあまりあからさまだから、ほかの言葉を使うの。あそことかね。そういう名前が二十くらいはあるわ。男性がペニスを女性のおまんこに入れるのは、ファッキングと呼ばれているわ。でもお願いだから、人前ではそういう言葉は使わないでね。恥じらいのない女だとか言われて、怒られるからよ。

ケイティ　人には言わないようにするわ。でもほかにも知りたいことがあるの。どうやって男の人はあの大きな持ち物を女のおまんこに入れるの？

フランク　女性の穴に少し入れたら、男はお尻を前後に動かして突くの。そして女性も手助けをするから、二人ともどんどん気持ちよくなって、男がお尻を動かしている間に、女は絶頂にまで達してしまうの。

ケイティ　男の人ってお尻の動きを止めたりしないのね。

フランク　しないわ。ずっと突き続けるの。

ケイティ　だからすぐに入れるのね。

フランク　試しにわたしを見て、お尻をどう動かすか観察してね。男の人がやるように動かしてみせるわ。それで男の人がやっている間、女は男の身体を触ったり、抱きしめたり、キスをしたり、男の人のお尻や玉玉を撫でたりしながら、好きよとか、愛しているわとか、もう放さないなんて叫んで、男のペニスが奥まで入っているのを感じると、喜びで死にそうになるの。

ケイティ　何だかそんな風に説明してもらうと、わたしも試してみたくなるわ。本当にそのとおりなら、それだけの喜びを与えてくれる男性に、若い女はぞっこん参ってしまうわ。でも男の人も喜ぶのかしら？

フランク　もちろんよ。うれしくて気が狂ったみたいになるわ。だってその最中には叫び声を上げて、息も絶え絶えになって死にそうだとか、いったいおれはどこにいるんだとか、そんな譫言《うわごと》を言うのよ。でもね、女の喜びのほうが大きいのよ。だってファックされてうれしいだけじゃなく、男が狂ったように喜んでいる姿を見て、女性は満足するの。

ケイティ　あなたの説明を聞いているとよくわかるわ。でもそんなに楽しい遊びなら、女は男性に離れてもらいたくなくなるでしょう。わたしだって、男性のペニスが外に出ちゃうのはいやだわ。それだけの喜びを与えてくれるのだもの。
フランク　そうはいかないわ。
ケイティ　なぜ？
フランク　一回終わったら、少し休まなければ。
ケイティ　好きなだけ続けられるのかと思ったわ。でもペニスが入っていないと、困るでしょうに。
フランク　それは間違いね。確かに入っているほうが気持ちがいいし、それでなければ、あんなに喜びは感じられないけれど。
ケイティ　ねえ、もっと詳しく説明してよ。終わってからもう一度どうやって始めるのか、それからペニスがおまんこに入っていると、どうしてそんな快感を味わえるのか、指では同じような喜びは味わえないの？
フランク　いいわ。ペニスはなめらかで柔らかい皮膚でできているの。それがだらっとしてしなびていても、女性が手でつかんでやると、すぐに固くなって、はち切れそうになるわけ。ペニスは神経と軟骨でできていて、頭の部分はなめらかな赤い肉でできているんだけど、前にも言ったとおり、それは大きなサクランボにそっくりなのね。この頭を皮膚が覆っているんだけど、ペニスが立つと、この皮膚が剝《む》けてくるの。ペニスの中にはパイプが通っていて、これが大きく膨《ふく》らんで頭のところに来ると、そこに小さな裂け目があって、ちょうど女性のおまんこみたいになっている。裂け目の中に何があるのかは知らないけれど、ペニスが内側に向くだけだと聞いたわ。それでペニスがおまんこに入ると、さっき言った帽子みたいなものが剝けるわけ。この皮はユダヤ人やトルコ人の場合、切ってしまうそうで、それを割礼《かつれい》と呼んでいるらしいわ。それでこのペニスがおまんこの中で上へ行ったり、下へ行ったりしてこすれるものだから、今までさんざん言ったとおり、男にも女にも喜びを与えるわけなの。要するに、両方がこすれて二人ともむずむずくすぐったくなるわけね。最後に、精液が喜びとともに出て、二人はわれを忘れた状態になる。男性の精液はスエットみたいに白くて濃いべとべとした液体で、これに対して女の精液はそれよりも薄くて、赤い色をしているけれど、女は男が長い間してくれれば、男が一回出せば終わりなのに対して、二回も三回も出ることがあるの。女性の中にはおまんこの入り口をぐっと締め付けていられる人もいて、これは自由に開け閉めができるから、男が精液を出すまでずっと締め付けていて、そのためにどちらも大きな満足が得られることになるわけなの。

ケイティ　そんな風に喜びを詳しく説明してくれると、すごいと思ってしまうわ。でも、どちらも満足したらどうするの？

フランク　そのときは少し休むわ。それで最初は杭みたいに硬くなっていたペニスも、女性のあそこから出ると、哀れなくらいぐんにゃりと下を向くことになるわ。

ケイティ　すごいわね。でもまたしようと思うのかしら?

フランク　ええ、いちゃついたり、触ったり、キスしているうちにペニスがまた立って、そうなるともう一度するわけ。

ケイティ　でもペニスが下を向いたら、女の人はそれをまた立たすことができるの?

フランク　簡単よ。やさしく片手でさすればいいの。もし女性の手がどのようなことができるか知っていれば十分。そして男性に喜びを与える力があるんだから、それを知りさえすれば、あなたも驚かないわ。

ケイティ　ねえ、ここまで詳しく教えてくれたのだから、ことのついでと言っては悪いけれど、最後まで話してくださる?

フランク　要するにこういうこと。若い恋人同士がどこかで会っても、ファックをするのにふさわしい場所じゃない。それでキスをして舌を絡《から》め合うんだけど、すると興奮してきてペニスが立ってくるの。それでもキスを続けて、ファックもできないとなると、男はペニスを女性の手で握ってもらい、女性がそれをやさしくこすると、男はやがてその手の中に放出するわけ。これは手コキと呼ぶのよ。

ケイティ　じゃあ、女はそういうことは当然知っていなければだめなのね?

フランク　そうよ。それにもっといろいろなこともね。だって少し休むと、また二人で始めるでしょう？

ケイティ　もう一度？

フランク　ええ、もう一度。女は男のものを触り始め、指で撫でてやり、男のお尻や太腿をさすって、ペニスをつかんでやると、当然男は大きな喜びを感じることになるわ。その結果、男が上になるのではなく、女が上になったりすると、男は途方もなく喜ぶのよ。

ケイティ　いろいろな喜びがあると言うけど、どうやったら覚えていられるかしら？　それと女性が男性をリードしてファックするって、どうしたらいいの？

フランク　男の人が仰向けに寝て、女がその上に乗るの。それからお尻で男のペニスをこするの。

ケイティ　新しいやり方ね。この喜びにはいろいろなやり方があるのね。

フランク　ええ、そうよ。百以上もあるわ。ちょっと待ってくれたら、全部教えてあげるわ。

ケイティ　男性がリードするより、女性がリードしたほうがなぜ男の人は喜ぶの？

フランク　女の人はやさしいからいろいろとしてくれるの。そうじゃないと、男が何でもしなければならないし。

ケイティ　女性がしているのをじっと見ているわけね。

フランク　そうよ。男は下になっていて、気持ちよくなりながら、自分で何もしなくていいわけ。それに対して女は一生懸命に汗をかいているの。

ケイティ　そんな風に女の人がやっている姿を想像すると、わたしもやりたくなって気が狂いそう。

フランク　まだいろいろと教えることはあるんだけど、あまり焦《あせ》らないでおきましょう。少しずつ教えてあげるから、だんだんに覚えていくわ。

ケイティ　よくわかったけど、わたし、特に夜になるとあそこがむずむずして、どうしても眠れないの。お願いだから、どうしたら抑えられるか教えて？

フランク　硬くてみずみずしいペニスでこすって、それであそこに入れるのがいいのよ。でもそうはいかないときには、あそこを指でこすってやれば、落ち着くわよ。

ケイティ　自分の指ですって？　とても信じられない。

フランク　ええ、指をあそこに入れて、こんな風にこするの。

ケイティ　教えてもらったことを忘れないようにするわ。そう言えば、あなたはときどきとても気持ちのいいファックをするって言わなかった？

フランク　その通りよ。仲のいい友だちがいて、わたしがしたくなるとたいていしてくれるから、彼のこと、とても好きなの。

ケイティ　そんなに満足させてくれるのなら、好きになるのも当然ね。でもそれほど気持ちよくさせてくれるの？
フランク　あまり気持ちよくて、訳がわからなくなることもあるわ。
ケイティ　でもどうしたらそんな人に会えるかしら？
フランク　あなたのことを愛してくれて、あちこちで言いふらさない人。口の堅い人ね。
ケイティ　そんな人で誰か知らない？
フランク　それならロジャーさんがうってつけよ。あなたのことは大好きだし、若くてハンサム、元気はつらつで、太りすぎでも痩せすぎでもなく、肌もつやつやして、手足も頑丈そうよ。それに聞いたところによれば、お尻もあちらも元気で、精液もたっぷり出るとか。要するに、すてきな女性には最適の男性なの。
ケイティ　ちょっとお手合わせをしてみたいけど、それでも何だか危ないことない？
フランク　大丈夫よ。
ケイティ　でもそれって罪深いことで、恥にならないかしら？
フランク　そんなに臆病にならなくても大丈夫。別れるとなったら、ロジャーさんはぐずったりしないわよ。それにあなたを裏切ることもないわ。そんなことをしたら、あなたを怒らせることになるし、自分の評判だって傷つくでしょう。

ケイティ　でも後になって結婚したりすれば、その夫がこの件を知ってわたしのことを嫌いになるかも。
フランク　始める前から気にしないのよ。それにそんなことになったら、ご主人に絶対にばれない方法を教えてあげる。
ケイティ　でもばれたら、わたしの評判は永遠に台無しになるわ。
フランク　だから秘密にするのよ。そうすればわかりっこないし。それに誰もがやっていることなの。仮に親にばれたとしても、何も言わずに馬鹿な娘を人に会わせないようにするか、間抜けな男と結婚させるくらいのことよ。
ケイティ　でも神様には隠せないわ。すべてのことをご存じだから。
フランク　すべてのことをご存じの神様でも何も言わないわ。それに色事をしても罪ではないの。男性に代わって、女性が世界や教会を治めたら、ファックをするのは法にかなったことだと言うでしょうね。軽い罪にもならないと思うわ。
ケイティ　それにしても男の人って、自分で好きなことでもなぜそんなに固いことを言うのかしら。
フランク　女にあまり自由にさせるのが怖いからよ。ほかの人間が自分たちと同じ自由を持つのが許せないのね。でもまあ、お互いの欠点には目をつぶって、セックスが大罪などと考えないのよ。おなかが大きくならなければ、今以上にせっせとやることもできるしね。

ケイティ　まじめに生きるなんて思わないのね？

フランク　思わないわ。そりゃあ、もっと喜びを味わえないのなら、何にもならないことに厳しくあたってもいいけど、世の中には理由もなく激しい非難を受ける人がいるのよ。そういうのはまったく運がないとしか言いようがないでしょう。もしわたしがそんな状態になって、人の噂を止めることができなければ、これは最悪だと思って、お金儲けでもするわ。

ケイティ　あなたの言うとおりね。それならどんなに早く処女を失っても構わないわ。それで一杯ファックをするの。だってそんなに簡単にできるのなら、これほどいいことはないし。だからあなたの言うとおり、誰か分別のある若い男性にお願いできればと思うわ。

フランク　ふさわしい相手が見つかれば、信じられないくらいの満足を与えてもらえるわ。それでその男性には秘密を守れる人がいいと思うの。いったいどれだけの数の生娘《きむすめ》がいるというの？　そういうのは貞淑な女で通っているけど、そんな人は陰でこっそり笑ってやればいいわ。だって、あなたが偽善者のふりをして、聖女みたいに年中教会に足を運び、近頃の風紀は乱れていると批判していれば、あなたの名声は高くなって、誰もあなたのことを軽い女だとは思わないでしょう。それで秘密のうちにセックスしていれば、あなただって自信がつくものよ。イギリスの女にはこれがない人が多いのね。近頃は自分に正直な人は少なくて、その代わりにまったくの能なしがいるんだから、あなたもわたしの言うようにしたら、そんな女性は千人に一人もいないから、どこかの金持ちの馬鹿がひざまずいて結婚を申し込んでくるものよ。その後で計画通り、秘密の彼とつきあってセックスをすれば、びっくりするほどの快楽を味わえるわ。

ケイティ　あなたって何て幸福なんでしょう。ずいぶん時間を使ったけど、どういう手を使ったらいいのか教えてね。だって助けてもらわないと、希望を叶えることができそうにないもの。

フランク　何とか助けてあげるつもりだけど、正直に答えてね。どの男の人がいいの？

ケイティ　そうね、ロジャーさんが一番。

フランク　それならほかの人のことは考えないの。まあ、あの方は分別もあって申し分ないわ。

ケイティ　でもこっちから言い出すのは恥ずかしいわ。

フランク　それは任せて。でもとっても大きな快楽が得られたら、正直にそう言うのが大事よ。そうすれば何度も会えるし、禁断の果実を味わったら、なぜだか欲しくてたまらなくなるわ。

ケイティ　話を聞いていたら興奮してきて、何だか七年ぐらいかかりそうな感じがするわ。

フランク　早いにこしたことはないから、今日にでもロジャーさんに来てもらうのがいいわ。

ケイティ　待ち遠しいわ。

フランク　それならぐずぐずしないで、今日が絶好のチャンスよ。お母さんもお父さんも田舎に行っていて、今晩は帰ってこないし、家にはメイドしかいないから、何か用を言いつけたらいいわ。わたしがロジャーさんのところに行ってくるし、うるさそうな人たちにはあなたが外国に行くと言っておくわ。ここにちょうどいいベッドもあるから、ロジャーさんはここに来れば、きっとしてくれるわよ。

ケイティ　でもちょっと思うんだけど、好きなようにしてもらうの？

フランク　そうしなければだめ。ペニスをあそこに入れてくれるから、とっても気持ちよくなるわ。

ケイティ　それで、あなたと同じような喜びを感じるには、わたしはどうしたらいいの？

フランク　そんなこと、彼が教えてくれるわよ。

ケイティ　何にも知らなくてごめんなさい。でも彼が来るまでに、あなたのご主人がどんな風にするのか教えてよ。だって、ファックの喜びを味わえるというのに、まるで何も知らない女のように見えるのはいやだもの。

フランク　喜んで教えてあげるけど、ファックの喜びにはほかにいろいろな喜びがつきまとうもので、それが絶頂に導いてくれるものなの。ある晩のことだけど、主人がとても元気で、次から次へといろいろな技を繰り出してきてね。それまで知らなかったものだから、とても気持ちよかったの。

ケイティ 初めてのときには何と言って、どんなことをしてくれたの？

フランク 手短に言うけど、家族みんなが寝ているときに、そっと忍んでくることがあったのよ。わたしが寝ているときもあったし、起きているときもあったけど、ともかくあっという間に服を脱いでそばに寝ると、わたしの胸に両手を置いたの。それでわたしが起きていることに気がつくと、こんな風に言うのよ。一日中歩き回っていたのでうんざりだって。そしてじっとしたまま、手でわたしの胸を触ったり撫でたりするの。それから、かわいこちゃん、一緒にいられて幸せだなんて言うの。それでわたし、恥ずかしそうに、眠いから一人にしてって言ったの。すると言うことを聞くどころか、手をおなかの下に伸ばして、あそこの先っぽをいじり、指でこすって、それからキスをして舌をわたしの口の中に入れると、微妙に動かすの。そのあとはすべすべした太腿を触ったり、おまんこやおなか、胸を触っていたかと思うと、乳首を口に含んで好きなようにするわけ。それからわたしの服を脱がせて身体中を眺めていたかと思うと、固くなったペニスをつかませて抱きしめるのよ。それで二人は上になったり下になったりして、ペニスをまた握らせ、太腿の間に突っ込んだり、お尻の間に突っ込んだりして、そうかと思うとわたしのあそこをペニスの先でこするの。そんなにされると早く入れて欲しくなるんだけど、彼ったら目や唇、そしてあそこにキスをして、かわいこちゃん、ぼくのペットちゃんとか言って、上に乗ったかと思うと、ぴんと強《こわ》ばったペニスをおまんこに突っ込んで激しく動かすので、二人ともいっちゃったの。

ケイティ　それであなたは大満足ではなかったの？

フランク　満足したのに決まっているでしょう？　ただペニスをあそこに入れるだけじゃなくて、いろいろなやり方があるのよ。夫が上になったり、わたしが上に乗ったり、横向きでしたり、ひざまずいたり、交差するようにしたり、まるで浣腸するみたいにバックからしたり、片足を彼の肩に乗せたり、床でするかと思えば、スツールでもするわ。彼が我慢できないときには、ベンチや椅子、床に押し倒されたりして激しくされるの。それでこういういろいろなやり方をすると、喜びもさまざまでね、もちろんペニスはわたしのあそこに入るわけだけど、体位によって喜びも違うのね。昼間なんかよく彼はわたしを床に逆立ちさせるようにして上着を取ってしまうの。扉がちゃんと閉めてあるか確かめた上で、動いちゃいけないよと合図をすると、あれを立てたままで突進してきて、激しく突きまくり、このやり方が一番いいなどと言うのよ。

ケイティ　ほかのもそうでしょうけど、最後のやり方ってきっととても気持ちよさそう。いろいろと教えてもらってよくわかったし、やり方はさまざまでも要するにペニスをおまんこに入れるわけだから、教えてもらった以外に自分でも新しいやり方を見つけてみるわ。だって人が変われば、やり方も変わるでしょうしね。それで、そんなに感じた夜のこと、旦那様とどんな風に楽しんだのか話してみてよ。

フランク　実は昨日のことなの。愛にはさまざまなテクニックがあるんだけど、わたしたちは昼間からそれをいろいろ考えて楽しんでいるの。それでこの二日ほどご無沙汰だったので、わたしは気が狂いそうだったのね。すると夜の十二時を過ぎた頃、彼がそっと部屋に入ってきて、手には小さなランプを持っていたわ。それから上着の下においしい肉とワイン、それに食欲をそそるものを持っていて、するとこちらも興奮してきたの。

ケイティ　まさか幽霊じゃなかったでしょうね。

フランク　そのときはまだベッドに入っていなくて、ペチコート姿だったんだけど、わたしがそれを脱ぎ捨てると、彼ったらわたしをベッドに仰向けに倒して、硬直したペニスであそこを激しくファックしたものだから、二、三回でいってしまったの。

ケイティ　精液が出てくるとすごい快感だというのはわかるわ。でも出そうになるときは二人とも必死なんでしょう？　だったら、その大事な液体が出るまでは、二人とも離れたくないんじゃないの。

フランク　一回目が終わると、彼は服を脱いだんだけど、わたしはあっという間に眠くなったの。だってファックの後ほど眠くなるものはないのよ。でも彼が抱きしめてきて、ペニスを手で握らせるので、目が覚めたわ。

ケイティ　男の人のペニスって、一度しぼむと大きくなるまでにどのくらいかかるのかしら。それと一晩に何度くらいできるの？

フランク　最後までしゃべらせてよ！　男の人によるわ。それに同じ男性でもそのときによって違うの。ぐんなりならずにそのまま二回できる人もいて、女性にとってはうれしいの。一晩に九回とか十回できるとか、七回、八回という人もいるけど、こういうのは多すぎるわ。まあ、普通の女なら四、五回というのがちょうどいいわけ。一度に二回か三回出して喜びを与えてくれる人のほうが、やたら何度もする人よりもいいものよ。こういう場合、女性が美しいと男は元気になるもので、すごいファックをしてくれるんだけど、何でも同じであまり何度もというのはだめね。若い男も大人もだめになるのよ。若い人は満足ということを知らないし、大人になると次にちゃんとできるか自信がないので必死になるの。まあ、夜と朝にきちんとしてくれるのが一番。というわけでこの話は終わり。あなたが話をさえぎるから、どこまで話したか忘れたわ。

ケイティ　寝ようとしたら、ペニスを手に持たされたというところ。

フランク　そうそう、思い出したわ。硬くてつるつるのものを触ったので、眠る気持ちもなくなって、こちらもその気になってきたの。身体を抱きしめて、両足のかかとを彼の肩に乗せると、のたうち回るようにして二人とも着ているものを脱ぎ、燃えてきたから服が落ちるのも気にせず、真っ裸になってベッドの上で何度も何度も跳ね回ったの。彼ったらすべすべのペニスを見せつけて触れというので、言われたとおりにしてあげたわ。最後には彼が部屋中を薔薇のつぼみで一杯にして、わたしと同じように裸のままでつぼみを集めるように言うの。それでわたしは拾うためにいろいろな格好をしたら、彼は明るく燃えるろうそくでその姿を見ていて、終わると、ジャスミンのエッセンスを二人の身体に塗りたくって。それから二人でベッドに行くと、まるで子犬みたいにじゃれ合ったの。わたしがひざまずくと、彼ったら全身を眺めて褒めてくれて、おなかや太腿、胸もすてきだと言ってくれるし、クリトリスがふっくらとして出ているのがいいとか言って撫で回すし、肩やお尻を褒めてベッドに仰向けに寝かせ、その上にまたがってきたわ。そしてとうとうペニスを入れて、お尻のほうまで滑らせるの。本当に最初はファックまでやらせるつもりじゃなかったのに、うめくようにして頼むので断り切れなくなって、彼ったらわたしのあそこをこすって大喜び。ペニスを奥まで差し込んで、それから急に抜き出すので、そのときの音はパン屋が生地をこねるときに似ていて、気持ちがよかったわ。

ケイティ　でもそんなに激しくして気持ちがいいの?

フランク　愛し合っているんだから当然よ。とっても気持ちよくて時間が経つのも忘れるくらいね。

ケイティ　話を続けて。

フランク　身体を触ったりファックしたりに飽きると、生まれたままの裸で暖炉のそばに行き、座ってスパイス入りのワインを飲んで、おいしい肉を食べるのだけど、そのせいか二人とも元気になってくるの。彼はわたしのことを褒めそやし、大好きで死にそうだとか、そんな言葉を繰り返し言うので、とうとうわたしもかわいそうになって太腿を開くと、彼は勃起したペニスを見せて、わたしのあそこに入れたいとせがむので許してあげたの。その間も食べていたので、ときどきは口移しにしたこともあるわ。彼も同じことをしてくれたけど。そのうち飽きてくると、ほかのことをして、また違うこともしたけど、その間にさっきの飲み物を七、八杯飲んだかしら。それでまた高まり始めると、彼がいろいろなやり方を教えてくれて、ファックにも音楽と同じテクニックが必要だとわかったの。要するに彼はあらゆる体位を教えてくれたので、もし部屋に鏡でもあって二人の姿を見ていたら、さぞかし満足したと思うわ。そんなわけで二人ともほとんど満足しきって、彼の身体の至る所を触らせるから、わたしも同じことをさせてあげたの。それでついにわたしも終わりにしようと思って、彼のペニスをつかんでベッドまで行き、うつぶせになって彼を上に乗せ、ペニスをつかんで導くと、彼はそれをあそこの奥まで突っ込んで、またベッドがきしみ始めた。わたしは必死に身体を揺すったので、ペニスがぎりぎりまで届いて、彼の腰があそこの入り口をたたくほどだったわ。結局、最後に乾坤一擲《けんこんいってき》の突きをして、いかせてくれると言うので、お願いだから激しくしてねと頼んだの。そうこうしている間も、二人は互いに愛《いと》しい人とか、かわいこちゃんとか、ハニーとか言い合って、もっと激しくとか、ああ、死にそう、いくいくなんて大変だったわ。やがて彼はわたしにキスをして、ああ、いってしまうと叫び、わたしは天国にいるような気分になっていたんだけど、彼の液体が注ぎ込まれて、身体が温まり満足感に浸《ひた》ったの。わたしも彼と一緒にいってしまったわけ。それにしてもあの喜びは何とも言えないほどだったわ。二人とも満足したの。でももしあの場にあなたがいたら、行為の最中に二人がどんな顔をしているのか目撃して、笑い出していたかも知れないわ。

ケイティ　あなたの言うことは信じられるわ。だって話を聞いているだけで、変な気分になってきたもの。つまりはっきり言うと、あそこがむずむずしてたまらないのよ。でもこれだけ予備知識をもらったのだから、すぐにファックをしたいわ。

フランク　だめよ。喜びを味わうには、旦那様を手に入れること。それでないと喜びもすぐに終わってしまうわ。でも考えてみると、ロジャーさんが不意に来るかも知れないから、もう少し教えておいたほうがいいかもね。

ケイティ　ええ、ここまで教えてもらったのだから、最後まできちんと説明してもらわなければば。お願いだからそうして。

フランク　ファックをするには時と場所を選ばなければならないけれど、その前に愛の行為にはたくさんの喜びがあることを知っておかなければね。たとえば、キスをしたり触ったりはとても気持ちのいいものだけれど、ただしファックに比べれば喜びは少ないものよ。でもまずキスから説明しましょう。同じキスと言っても、胸にキスする、口にキスする、目や顔にキスするといろいろだけど、噛んだり、あるいはキスに近い行為として、舌は口の中に入れておくのもあるわ。そしてこういうキスからそれぞれ違った喜びが得られるけど、キスをしていればあっという間に時間も経ってしまうの。撫でたり、触ったりもいろいろな喜びを与えてくれるけど、これは人によって違うものなの。白くて美しく、固くしまった丸い胸は手に余るほどで、触っていれば男性のペニスは勃起してくるわ。いろいろなことを考えてね。胸から次に太腿に降りてくると、すべすべしてぽっちゃりの白い太腿は撫でているとすてきなもの。まるで大理石の柱みたいね。それから手を滑らせてお尻を触ると、そこは肉がたっぷりついて固くなっている。次に美しく柔らかなおなかに触り、それから毛の生えたあそこに行くと、赤い唇がぽっちゃりとしていて、まるで雌鳥のお尻のように突き出ているの。男は女のあそこを触り、そこにある唇を指で開いたり閉じたりしていると、ペニスは杭のように硬くなる。このペニスを喜ばせるにはいろいろな方法があって、女性が手でもてあそんだり、太腿とお尻の間に入れたり、乳房で挟んだりするけど、お互いに全裸になって見つめ合うととても満足するもので、特に二人のあそこがぴったりだと、これ以上ないほどの喜びが得られるの。恋人同士がお互いの裸を見つめ合うのは言葉では表現できないほどの喜びで、そこからファックに進めば、お互いに満足して、これこそ至上の喜びなのね。普通の大きさのおまんこは、大きすぎたり、小さすぎるのよりもいいものだけど、それでも小さくまっすぐのおまんこのほうが、だらっと広がっているのよりはいいわ。あまり締まりがないと、男の人がペニスを入れても感じないものなの。最初にペニスがあそこに入るときがとても気持ちよくて、やがて二人がいってしまって終わりとなるわけ。男の人ってまずペニスをあそこに収めて動かすのだけど、そのときに女はキスをしたり、力一杯に抱きついたりして、お互いにこすり合い、卑猥な言葉を言ってみたり、身体をよじらせては目を回し、ため息をついては息も絶え絶え、舌を絡めてうめくの。身体の動きや、絡み合ったときの表情などを見ているのはすばらしいものよ。というわけで、これで洗いざらい話したわ。あなたって一生懸命聞いてくれたし、素直だからうれしいわ。

ケイティ　でもたくさんのことがあって、全部覚えるのは大変だわ。

フランク　まだほかにもあるんだけど、今回はこれで十分だと思うわ。ところでわたしの恋人のことどう思う[*5]？

ケイティ　あなたは幸せだと思うわ。彼からそれだけの喜びをもらえるのは、それだけあなたがすてきだからよ。

フランク　うれしいけど、彼のこともっと知ったら、さらにすてきだと思うことよ。だって、一緒にいるときには彼ってとても口が堅くて正直、そして礼儀正しいの。わたしをいつも尊敬の目で見るし、礼儀正しいから手にキスをするのもおずおずした態度なの。それがいざとなると変わって、たっぷりと満足させてくれるんだから。

ケイティ　しっ、静かに。

フランク　どうしたの？　具合でも悪いの？

ケイティ　心臓が飛び出そう。ロジャーさんが来たみたい。

フランク　それはよかったわ。元気を出して。何を怖がっているの？　うらやましいわ。きっと楽しいから。元気を出して、彼をお迎えするのよ。ベッドに腰をかけて、仕事をしていたみたいなふりをするの。わたしは彼に先に話をして、どうしたらいいか教えておくわ。その間に片付けをしておけば、落ち着くでしょう。うまくいくようにね。

ケイティ　じゃあね。くれぐれもやさしくするように言ってね。あなたが頼りなんだから。

メリーランド最新案内
——その地誌、地勢、そして自然史

汝の心より理性を失うなかれ、
新規なるものに怯えたからといって。
むしろ鋭敏なる判断力をもって子細に確かめるのだ、
そして真実なりと思えるのなら、手に取るがいい。
あるいは偽りならば、しっかりと拒むのだ。
――ルクレティウス・カルス『事物の本性について』第二巻一〇四〇―四三行[*1]

友よ、それが新しいからといって、むやみに想像するなかれ、
子細に検討するのだ。そして丁寧に見たのちに、
偽りとして退けるか、真実なれば、それを受け止めるのだ。
――トマス・クリーチによる翻訳[*2]

第一章　メリーランドの名称、そしてその名の由来

ほとんどの国々の名称は、これまでさまざまに変更されてきた。そして今日においても、さ

まざまな国家、いや、同じ国に住む人々が、同じ場所に異なる名前を与えているのだ。メリーランドもほかの国々同様に、実に多くの名前で知られてきたし、おそらくは現在も、ほかの場所と同じく、幾多の名前を有している。それらを逐一数え上げ、どれがもっとも適切かで、読者の心を悩ますのは本意ではない。というわけで、ここではそこをメリーランドと呼ぶことにしておこう。(学識ある古代人によれば)この名前の由来はギリシャ語の「かぐわしき香りを注がれた」[*3]から来ており、大地がとろりとなめらかなことを表現しているか、あるいはこの国の住民の中に、「持っている香料を喜んで使った」人間がいたこと、または「香り豊かなもののかぐわしい香りが漂っている」[*4]ことを意味するのであろう。フランス語によれば、「喜ばしき大地」、「歓喜に襲われる」を意味するのである。[*5]いずれにしても、それぞれの解釈はなるほどと思えるのだが、つまり、メリーランドの住民がすばらしき喜びを味わっていることが大事なのであって、これからその様子を詳しく述べていくことにしたい。しかしながら、こうした語源がまごうことなく正しいと考えることはできないのであって、学問世界にとっては重大なることであるが故に、語源の問題については学識豊かで大いに役立つ古典学協会の賢明なる判断に委《ゆだ》ねることにしたい。そしてその結論が出るまでは、メリーランドの語源に関しては、次のような説にかなりの信頼を置きたいと考えている。すなわち、高地ドイツ語、あるいはオランダ語の「喜ばしい」なる言葉に由来するとしており、[*6]どちらも同じ意味であるから、これによって間違いなく解決できるのではないかと思う次第である。

第二章　メリーランドの位置

メリーランドは、オランダの地理学者が「女性のヴェヌスのふくらみ」と呼ぶ広大な大陸の一部である。メリーランドはこの大陸の下の部分にあたり、上部、すなわち北方には「ヴェヌスのふくらみ」と呼ぶ小さな山脈が境をなしてあり、東西の境にはそれぞれ「罪の尻」があって、南、すなわち下の部分は「固い大地」へと広がっている。*7 この国の経度と緯度に関してはきわめてめざましい驚くべきことがある。すなわち、どちらも未だかつて一定に定まったことがないのだ。実に奇妙に思えるかも知れないが、メリーランドの経度も緯度も、世界のほかの地域における船乗りの磁石と同じく、大きな変化があるのだ。その証拠に、読者にはお許しを願って事実を確認させていただきたい。つまり、メリーランドのことなど何もご存じなければ、おそらく信じられないようなことがあるのだ。けれども、この国に関してなにがしかの知識があり、少しでもここを訪れたことがあれば、とても信じられないどころか、ご自分の目で確かめて確信できることは間違いないと思うのである。*8(*)

そこで、読者諸氏には、まずこのことをお話ししたい。すなわち、わたしがすばらしく愉快なこの国に足を踏み入れてまもなく(多くの男性同様に、好奇心に駆られて観察をおこなったのだが)、メリーランドの状況に関しては、すべてでき得る限りの観察に努めたのであり、必死に目をこらしてこの国で目立つ事柄をすべて、つまり、この国の技芸と自然双方を観察したのであるから、以下にその全容をお知らせすることにしたい。とりわけ、経度と緯度に関してはきわめて正確な観察をおこなっており、適切な器具を使って広範囲にわたる観察を完璧にしているので、重大な誤りはないと言うことができるだろう。いや、これは確信を持っていることだが、メリーランド滞在中、わたしの使用した器具はどんなものにも負けないものだった。ところがその数年後、たまたまこの国に戻る機会があり、もう一度実験をやってみたところ、緯度も経度も大きく増えていたのである。同じ場所で、しかも同じ器具を使ったのにもかかわらず、そうした結果が出たのだ。器具が前回と比べて劣化していた(よく知られているとおり、時間が経過し、あまり頻繁に使いすぎるとこうしたことになる)のではないかと思われるかも知れないが、そんなことはない。確かに器具をよく使ったのは事実だが、念入りに気をつけていたから、完璧な状態であった。実際、今日においてもそこそこ優れたものであるのは間違いなく、それも三十年以上かなり頻繁に使ってきたのに、十分な満足感を与えてくれるし、他人にもそうした満足感を与えられるのである。[*9(**)]

ところが緯度と経度が増加しているのは明らかだし、それもかなりの増え方であるのは疑いの余地がないのだ。しかし、どうしてこのような驚くべき現象が起きたのか、その説明はほかの方々にお任せしなければならないし、何事にも関心を持ち、学識豊かな組織、つまり王立協会の検討を待つのがいいと考えている。

物事の理《ことわり》を学ぶことができた人は幸いなり。

——ウェルギリウス『農耕詩』二巻四九〇行[*10]

王立協会の方々は、わたしの経験をもとに事実の解明に向かいつつあるだろうが、ここでお知らせすべきなのは、メリーランドにおける緯度と経度のこの驚くべき増加が、この国の実りの季節を過ぎたあとには(前の実験をおこなったのもこの時期である)、必ず大きく起こっており、その結果、数年後には同じ場所だとは信じられなくなることである。またこの変化の原因は、そうした実りだけではないのである。完全に荒れ果てていて、種など播《ま》けなくとも、土を頻繁に掘り返すだけで同じような変化がある程度起こるのは事実なのである。

緯度が異常に変化するのは決して好ましいことではないが、それが大きく広がれば広がるほど、住民にとってはますます喜ばしいことではなくなる。この点に関してあまり広がりすぎると、企画者《プロジェクター》の中には、緯度を狭くするためにいくつかの方法を試している人もおり(その結果、成功を収めたという人間もいる）、それによって少なくとも外見は、メリーランドをもとの状態に戻している。しかし彼ら住人に関しては何も知らないに違いなく、というのもこの方法では住人が苦痛を受ける可能性があるからだ。けれども実際にこの方法は採られているようで、これほど信じ込みやすい性格は笑いものになるのも当然なので、しかもほかならぬ、簡単に欺《だま》した住人から笑われる始末なのである。

　この国の状況についてはこれ以上の説明は不要だが、あの優れた地理学者のパトリック・ゴードン氏の例にならって（この人物は『地理的詳細』なる書物で、両極とはどのようなものか、つまり、自分が扱っているいくつかの国に対して、地球の反対側はどのようになっているかを記《しる》している）[*11]、この章を締めくくるに当たって、好奇心を持たれている読者には、メリーランドの反対側はＰＤＸと呼ばれるめざましい場所だとの説があることをお伝えしておこう。[*12] このＰＤＸとは高地オランダ語では「肛門の頭」という名前で知られているもので、両極とはＣＰＴ岬の突端を意味するとの説もある。しかしながら、こうした論争に深入りするのはわたしの意図することではなく、できる限り主題に忠実に沿いたく、両極の問題はその方面に好みを持つ方にお任せしたいと思う。要するに、ＰＤＸに異常なほど（と思える）好みを持つ人々もいて、イタリアの地理学者にはこの方面にかなり傾倒する人もいるし、オランダ人の中にも同じくその方向に向かう人もいるし、近頃では、イギリス人の中にも若干、それが嫌いでもない人が出てきているのである。

＊　しかしよいか、汝に新しきことを教えよう。
それは奇妙だが、理にかなっており、真実なのだ。

＊＊　われらが今はいとも簡単に受け入れていることも
最初は不思議に思えて、ほとんど信じられなかった。
そして年月の経過とともに、驚いていたものが
自明のように思われて、驚きはすべて消え去るのだ。
――トマス・クリーチ訳『事物の本性について』

第三章　空気、土壌、河川、運河などについて

メリーランドの空気は実に変化に富んでおり、きわめて清浄かつ健康的な場所もあれば、とてもひどく、有害な場所もある。大部分の場所に関しては、オランダの空気に似ていて、「概して重苦しく湿気が多いのは、湖や運河からしばしば立ち上る霧のためだ」と言えるかも知れない。とはいうものの、総じて住民にはとても気持ちのよいものだが、健康によいとは必ずしも言えまい。もっとも健康的な地域では、若くたくましい人間にはうってつけだが、老人、ない

しは肺を患《わずら》っている人には、この国はせいぜいのところ有害であると言わなければなるまい。特にこの空気をあまり楽しむと、害をもたらすのだが、場所の魅力に虜《とりこ》となって誘惑に駆られる人々が多く、この点に関しては、「ソロモンの雅歌」にあるように、「恋人よ、あなたは美しい。あなたは美しい!」と言えるのである。*13

気候は総じて暖かく、ときに非常に暑くなることもあるので、知らない人間が不用意に入り込むと、とんでもない苦しみを味わうことになる。これで命を落とした人間も多くいて、やけどや火ぶくれがなかなか治らないこともある。仮に生きて逃げても、仲間を失ったこともあった。メリーランドの灼熱の気候となると、これほど恐ろしく、身体の不調をもたらすものがないのは確かである。興味のある方は、わが国のバーソロミュー・グランヴィル(十四世紀前半に活躍した人物)の書物『物の特質』が一三九八年にバークリーの牧師ジョン・トレヴィサによって訳されており、*14 それを見ればひどい兆候を含めて詳しく述べられているので、それをご覧いただきたい。だがこれだけ不便なことがよく知られているのに、この国は人を誘惑するものなのか、人々は注意も払わずに、あるいは危険を顧みず、しばしばこの地に押し寄せてくるのである。高くつく経験をして、ひどい目に遭うことを知っていても、同じ愚行をうかつにも繰り返すのを止めないのだ。いやはや、メリーランドの住民のこうした向こう見ずはすさまじいもので、彼らは先を見ないという言葉が、ことわざとして流布《るふ》する始末なのである。しかしこうした危険な暑い気候や、それに伴う恐ろしい事柄も、それほど恐れる必要はないので、適切な注意を払うなどの予防をすれば、最悪の気候であっても、あるいはもっとも不潔な場所であっても、大きな危険なく入ることができるのだ。つまり、危険を避けるには気をつけて常に適切な服を着ることであり、この服はたっぷりとしたもので、この国にぴったり合うのだ。それは実になめらかで薄い素材でできており、すべてをすっぽり包み込んでしまうもので、継ぎ目などなく、下の部分だけがたいていは丸くなっていて、飾りとして深紅のリボンが巻かれている。この服は実に役立つことがわかったので、現代の詩人はこれを推薦する詩を書くのがふさわしいと考え、無韻詩で優雅にもその賛歌を書いたのである。[*15]

気候に関しては、極端に寒くなることもあるが、これは滅多に起こらず、住民に悪い影響を与えることもない。住んでいて不愉快になる程度である。

概してこの国は十分に温和で、きわめて居心地がよいから、ここに足を踏み入れた男性は誰しも、最初は喜びに溢れる。メリーランドを目にして、あるいはここに近づくと、奇妙にも忘我の境地になり、この国のことを思い出すだけでも、人々は実に心地よい瞑想に耽《ふけ》ってきた。要するに、ここは世界でももっとも愛《いと》しく、甘美なる地域であって、詩人はかくのごとくその姿を描き出している。

風は騒がず、湿気を帯びた雲の塊も
雨をもたらすことはなく、
凍える雪も、霜も大地を変えることなく、
働く人の仕事を邪魔することもなく、
常春は豊かな大地にほほえみかけ、
温和な陽光は至る所に注ぐ。[*16]

しかしながら、この描写において詩人はいささか大胆、大仰であったように思う。わたしもこの国は好きだが、この詩的想像力の羽ばたきを、まさしく正しいとまでは入れあげる気持ちにはなれない。もちろん、学識豊かな注釈者がこうした大げさな表現を、次のような言葉で擁護しているのは知っているが、それでも全面的に納得するわけにはいかないのである。

詩人には抑制など無視する権利があるのだ。[*17]

さてこの国は(オランダについてゴードン氏が言うように)きわめて低いところにあるから、その土壌は当然非常に湿気が多く、沼地のようであり、もっとも住みやすいのは概して湿地帯である。そして博物学者が言うように、この湿気は実り豊かさを生み出すのに好都合で、乾いていると、なかなか実りを得られず、耕す人間にとっても困りものなのである。また一度も開墾されず、鍬《くわ》や鋤《すき》の入れられたことのない場所は大いに喜ばれる。そこで未開拓の土地に初めて鍬や鋤を入れることがうれしいものだから、そうした喜びを手に入れるために、数百ポンドも出した人間がいるそうだ。

メリーランドには川から水が注ぎ込んでおり、この川の源は近隣にある大きな水たまり、あるいは湖なのだが、そこはＶＳＣＡ（膀胱）と呼ばれている。そこから水が猛烈な勢いで流れとなり、恐ろしい滝のように、大きな割れ目の入り口近くにある大地に向かって流れ落ちる。なお、この川についてはほかの章で、さらに詳しく扱うことにしたい。[*18]

この国の中央部には幅の広い運河が上下に流れており、深さは底が知れないほどだと言われている。わたしはいろいろな場所で何度も深さを測ってみたが、底があるのは確かだと思っても、その地点まで到達はできなかった。おそらく、測量に使った計器がもう少し長ければ、底まで達していたに違いない。

トルコ人が「バラの園」と呼ぶ場所には「ソロモンの泉」なる、ため池のようなものがあると聞いているが、これもまた先ほどの運河と同じく、底が知れないと言われている。最近の話によれば、この運河は地下を流れる川から水が貯められていると言われ、賢明なる王がこの場所の地下にそうした川が流れているのを知ったからだそうである。なお、これについてはド・ブリュインの『レヴァント旅行記』を参照されたい。[*19] これをソロモンの運河と呼んでもいいと思うのだが、なぜそう呼ばれないのかは読者の判断に委《ゆだ》ねたいと思う。いずれにしても確かなことは、この賢明なる王がこの国をよく知っていたことであり、それでもいろいろな場所の改良に王は力を尽くしたのである。

　この国の余分な湿気はこの運河を通って排水されており、メリーランドの上部にも運河を通じて供給がおこなわれている。すなわち、この国にまかれた種は、すべてこの経路で上部にある大貯蔵庫に運ばれるのである。要するに、メリーランドに輸入される物品は、どれもこの経路を通るわけだ。だからこれを大輸送経路と呼んでもいいであろう。したがって、この運河は、チェイン博士が栄養管を評して述べた言葉を借りるならば、「いわば、公共の下水管であって、さまざまな方法できわめて便利に、汚染されるかと思えば、清潔にされるものであり、広く開いていて、そこそこに頑丈なものなのである」[*20]。

　この国はおおむね肥沃《ひよく》であり、十分に耕されている。そして場所によっては一度に複数の収穫を得るほど、きわめて肥沃な土地もある。あるオランダの旅行者が語るところによれば、かつては一年中収穫が絶えなかったこともあるという。だが、これはいささか怪しい情報ではないか。場所によってはまったく不毛なところもあって、一人の男が片っ端から石をひっくり返し、ただひたすら耕作に励んでも、いっこうに種が根付かないことがある。ところが住民はその多くが気まぐれであって、肥沃な場所よりも、こうした不毛の土地を選ぶこともある。これには何らかの理由があって、あまり作物ができすぎると、大きな不都合がいろいろと生じることを経験から知っているからだ。多くの収穫があっても、それを保存しておく余裕がなかったりするのは、実に悲しいことだからである。収穫したものをそのまま腐らせたりするのは恥ずかしいことだが、貧しい男にはほかにどうしようもない。そこですぐに捨てたりせずに、大金をかけて何年間か保存し、市場に出せるようになるまで待ったり、せめて自分の労働への見返りが少しなりとも出るまで待つのである。次に掲げるのは、そうした貧しい農夫の哀れな状況を書いたものである。

ああ、これはかつてわたしが目にして、
深く感じ入ったものだ。[*21]

こうした状況故に、中には種が根付かないような道具を発明したり、成熟する前にだめにしてしまう道具を作った人間もいる。けれどもこうしたことは人目を避けてやるもので、公《おおやけ》には推奨されるものではない。悪い方法だと見なされて、かつては死罪にされたこともあった。

奇妙な話に聞こえるかも知れないが、収穫物が多すぎて、そのために破産して逃亡した人間が数多くいたのは事実なのである。その一方で、選んだ土地が不毛なために、哀れな気持ちになって満足できない人間も多くいるのだ。人間の心とは何と矛盾しているものか！　ある人間には喜びとなるものが、ほかの人間には苦しみになるのだ。

ドイツの考古学者キルヒャーによれば、中国は浙江省にある山があり、そこが同じような場所だという。虎などをおとなしくしてしまうのである。だとすれば、この山はメリーランドと同じような土壌なのではあるまいか。つまり、猛り狂った生き物をある程度おとなしくさせる力があるわけだ。いやそうではなく、最初はその生き物を猛り狂わせ、後になっておとなしく従順にする力があると言うべきだろうか。[22]

メリーランドの土壌を述べたこの章を閉じるに当たり、次のような言葉を引いておこう。「彼女の谷はエデンのようで、丘はレバノンのごとく、泉はピスガのようで、川はヨルダンのごとし。彼女は快楽の楽園、喜びの園なり」[23]。

第四章　メリーランドの広大なる全貌——主要な名所について

『スルタン・サラディンの生涯』巻末につけた地理的注釈において、著者のシュルテンスが挙げたアラビアの地理学者は、メリーランドという広大な国がどれほどの広さがあるかはさっぱりわからず、この偉大な旅行者にしてもその範囲はついに発見できなかったと正直に告白している。[*24] 実際、そうした発見をしようとするのは、闇の中を手探りで進むようなものと言うべきだろう。

よく知られている地域や、旅行者によって記録されている地域に加えて、ほとんど何もわからない地域があるのだが、そうした場所については、権威ある人間が正確かつ詳細な記録を残しているように言うけれども、実はそれとても想像力ででっち上げたものなのである。さらに、依然としてさっぱり情報のない場所があるのも事実なのだ。そうした場所について細かく書いても、いたずらに本書を分厚くするだけで、読者にはほとんど役に立たないから、ここでは主な名所のみに触れるだけにしておきたい。それは次のようなものである。

第一の場所。大きな運河が大地に向かってぎりぎりの場所に来ると、LBA(陰唇)と呼ばれる二つの城塞があり、その間を誰もが通り抜けなければならない。何しろほかに道もないので、この場所を通って進まなければならないのだ。この城塞はそれほど堅固なものではないが、幕壁、角堡、塁壁はある。そのためにある程度の時間は防御ができて、通行を許さないのだが、激しい攻撃にさらされれば、長くはもたないものであった。

第二の場所。これら二つの城塞近くには首都のCLTRS(クリトリス)があって、ここは気持ちのいい場所であり、メリーランドの女王がお好みの場所である。つまり、主な宮殿であり、むしろ快楽の場所と言うべきかも知れない。最初はこぢんまりとした場所であったが、歴代の女王の中にここを気に入った人がいて、その結果、大きく広げられてきたのである。

第三の場所。もう少し先まで足を伸ばすと、さらに二つの城塞があるが、これはNMPH(小陰唇)と呼ばれ、大河の土手近くにある。ここはこれまで激しい抵抗をしたことがあり、猛烈な攻撃や手の込んだ攻撃にも耐えたことがあるし、つらい経験にもくじけなかったため、強壮な攻撃者も意気阻喪《いきそそう》したことがある。ところがその一方で、最初のちょっとした攻撃に弱くて、抵抗しないままに敵の侵入を許したことも一度や二度ではなかったと言われている。

第四の場所。大運河の上流、すなわち前の章で触れた場所にはUTRS(子宮)と呼ばれる大きな財宝蔵があって、これを古代ローマのプラウトゥスは次のように描いている。

広大なる大洋とおぼしきものあり
そこに落ちてくるものはすべて飲み込み
そこの深淵には巨大なるもの
あるいは小さきものなど、すべて飲み込まれる。
溢れんばかりに飲み込め、満杯となれ!

そしてさらに欲しがるのだ。[*25]

この貯蔵庫は特別な構造をしている。形態はあのおなじみのビールの瓶、つまり一パイント瓶(約〇・五五リットル入り)にやや似ていて、首の部分は狭く、下へ向かって広がっている。実によくできたもので、大きさも伸縮自在、中身が増えればそれに応じて広がる。逆に空っぽ、あるいはほんの少ししか入っていないと、それに合わせて縮《ちぢ》んだりするのであって、それも自然に変化するのだ。

第五の場所。この国のもう一つの場所で、よく指摘されるところだが、これがHMN(処女膜)である。学者の間で激しい論争が繰り返される場所で、そんな場所はないと否定する人もいれば、いや、実際に見たと強く主張する人もいる。わたしはと言うと、できる限り細かく調べた結果として、これについては満足のいく答えは見つからなかったと申し上げておく。多くの旅人が同意するように、仮にそうした場所があったとしても、時の経過あるいは何かの事故で摩損しているため、今日においては足跡は見つからず、まさに詩人が次のように言うとおりである。

そんなものの跡は今は見えない。[*26]

第六の場所。有名なる気持ちのよい小高き丘、MNSVNRS（恥丘）についてはここに記しておかなければならない。これは国全体を見渡せる場所だからである。また最後に、メリーランドの国境の周囲には広大な森林があって、これは（チェンバレン氏がイングランドの森について述べているように）「多様なる喜びのために保存し、狩猟の楽しみが味わえる場所であったらしい」。[*27]

以上が旅人たちが見てきた主な場所である。そこでこの国の完全な地理をご覧いただこうと地図を付け加えようと考えたのだが、それをおこなうとなると、本書の値段がかなり高くなるので、むしろご参考のために、メリーランドの地図に興味がおありの読者には、銅版刷りで、学識豊かなモリソー氏が数年前に出版したものをご参照いただくように述べておきたい。彼はこの国を旅した偉大な人物で、なかなか正確な地図を作り上げたのである。[*28] これをご覧になれば、有名な場所が正確に描かれていることが読者諸賢にも理解できよう。またここで申し添えておきたいのは、学識豊かなサー・R・Mも言うように、氏が近頃作られた像ないしは器具は実に優れた発明で、地図や文章よりも、メリーランドの姿を生き生きと伝えるものとなっている。

第五章　古代及び現代の住人、その風俗習慣など

メリーランドは人類の堕罪直後に人が住み着き、最初にこの豊かで香《かぐわ》しい国を開拓したのはアダムだった。彼に続いて族長たちが熱心に土地を耕したのである。ダヴィデとソロモンはしばしばこの地を訪れ、近代の王侯貴族もこの国を訪れ、保護してさまざまな栄誉をもたらしたが、中でも国王チャールズ二世はこの国に愛着を持ち、彼の時代には国が大いに栄えた。またその後を継いだ国王もこの国をないがしろにすることなく、大いにこの国が気に入った国王もいたし、議員もまたメリーランドの国事の状況に影響を受けることがあった。大臣の中には自らの国よりも、この国の繁栄を喜ぶ人間がいたし、聖職者にもメリーランドの小さな教区に満足を感じる人間がいたのである。現在ではこの国の住人は数も多く、さまざまな階層、宗教、国籍から成立している。

住民の風俗に関しては、きわめて低俗、下劣な面もあるけれど、激しい運動によってすぐに元気を失い、落胆することがある。けれども機嫌がいいと、力と活力に溢れ、自らの快楽に夢中になると、大胆にして不敵となる。人前では謹厳にして慎み深いが、一人になると喜び、快楽に淫するのである。

ともかく敏感で、快楽が大好きなのだが、相手をしてくれる人間がいないとなると、自分で

快楽を得ようとする。生まれつき自由奔放を愛する傾向があり、変化や多様を求めるのだが、偽りやおべっかに弱く、獲物に夢中になる。けちや節約に重きを置かず、ありったけのものを消費し、もっとも消費する人間に栄光が与えられる。硬くて堂々たる持ち物を何より自慢し、べヘモットと比べられることほどの賞賛はないのである。つまり「ヨブ記」にあるように、「腰の力は強く、尾は杉の枝のようにたわむ」[*29]のだ。

ホメーロスは闘いにおける彼らの大胆さと勇気を、美しく描き出しているが、攻撃に当たっての彼らの大胆不敵は何とすさまじいものか、ポープ氏の翻訳では次のようだ。

彼は怒り狂い、ねめつけ、すべての敵をめがけて襲いかかる、
そして倒れるとすれば、その勇気が彼を倒すのだ。[*30]

この国に生まれた人間の目立つ特徴の一つは、この世に生を受けた瞬間、生まれた場所を離れ、二度とそこへ戻らずに、十四歳か十五歳になる頃までは放浪して、たいていはメリーランドのほかの場所を探し回り、その場所で最初のチャンスを得るのである。生まれた場所へ戻ることは恥ずべき罪と見なされ、法律によって厳しく罰せられるのだが、それにも耐えられる人間がいたという。

この国のどんな場所でもそこを手に入れた人間たちが、日常的におこなう奇妙な儀式がある。たとえば腹ばいになってひれ伏したり、自分が選んだ場所を賛えて、何度も何度も声を上げたり、それからここはおれのものだと言わんばかりに手を置いたり、自分の鋤《すき》を突き立てて、力一杯に地面を耕すのである。こうした場合、普通は跪《ひざまず》いておこなうのだが、中には立ったままという人間もいる。しかし跪《ひざまず》くのがもっともよく見られる姿だ。

もう一つ目につくのは、男たちが酒を飲んで大喜びする姿で、自分の恋人のために乾杯するのではなく、飲みながらメリーランド万歳と叫ぶのだ。そして約束事として、こうした場合には必ずなみなみと注いだ酒を飲まなければならない。このような義務を忘れないために、彼らの杯やグラスには、メリーランドの文字の下に次のような詩が刻まれているのを目にしたものだ。

このグラスを手にするものは誰であれ、
麗《うるわ》しきメリーランドと声に出して言い、
グラス一杯に注ぎ、
健康を祝して、酒をぐいぐい飲むのだ。
かくして汝の誓いの言葉よ響き渡れ

ヴェヌスの神殿にて喜びのとき、
かくして汝が恋人が優しく認め、
キューピッドが汝の愛を永久《とわ》に祝福せよ。[*31]

住民の天賦の才に関しては、自由七科がここでは高い評判を得ており、経験哲学は驚異の域まで高められてきた。医学も解剖学も見事に栄えてきたし、神学がこれほど盛んな国はない。そして商業については、地域によって交易から巨富が生まれていることを見れば、メリーランドでは流通が大変な成功を収めていることがよくわかる。

ここでもう一つご注意いただきたいのは、この国が優れた詩人を大量に生み出し、その霊感を刺激してきたことだ。そしてその返礼なのか、詩人たちは多くの詩において、この国土への大いなる感謝を表明し、賛美の言葉を高らかに記すのである。その一つをご覧いただこう。

ここにおいてわが最初の息は幸福なる星に引き寄せられ、
ここにおいてわが喜ばしき年月とわが喜びのすべてが始まった。
徐々に知識は増し、ここにおいてわが頭脳は豊かになり、
ここにおいて最初の栄光の火花がわが胸に炎をもたらした。[*32]

第六章　魚、鳥、獣、植物など、産品について

この国には立派な川と運河があるので、水は豊富なのだが、その割には魚は少ない。それでも初めてメリーランドを訪れた人は、臭《にお》いによってこの国にはタラやニシンがたくさんいると思ってしまう。聞くところによれば、ハンガリーのティサ川では魚の臭いがするそうだが、臭いが強すぎると、気分が悪くなることがあるらしい。しかしこの国ではそうした魚の姿は見られない。タラは大きな運河の下流でよく見られ、カニは土手に多くいる。しかし、ムラサキガイや鯉の類はたくさんいて、マコガレイもいるし、エイの幼魚も少しいるというが、これら以外はメリーランドでは見かけたことはないという。ちなみに最後の二つは滅多に見かけず、捕まえるのが難しいから、味にうるさい人には珍重されているらしい。実はここでR氏なるプリマスの外科医が鯖を見つけたと聞いたが、これはまさに偶然のことで、ある若い女性が実験のためにメリーランドに持ち込んだ一匹だったのだ。だが、このように魚が少なくても嘆くにはあたらないので、この国では肉料理がことのほか喜ばれており、そのために肉は十分に手に入るのである。

鳥類に関しては、鶏、セキレイ、ノスリ、カモ、カモメ、それにシジュウカラもいるが、こうした小さな鳥はあまり珍重されず、去勢された鶏も同じく評判は悪い。

獣に関しては、ロバは数多くおり、熊やヒトコブラクダ、ラバなどもおり、ずるがしこい年老いた狐も多いという。同じようにヒヒや猿、スパニエルがいるとも聞いているが、ここで見つけるのは難しいので、言うほど普通にいるわけではないと思う。何人かの学者が(その中にはメリーランドを何度も旅した人が含まれている)強く主張するのは、ウサギがこの国では飼育されていることで、巣穴から見つけたばかりだと言えば大いに儲かると考えたのだが、何のことはない、大騒ぎになって儲かるどころではなかったという。[*33]

鉱物や野菜の類となると、目にした限りの記憶では、その数は少ないと思える。

鉱物に関しては、硫酸銅(がっしりした肉をぐんにゃりさせる効能あり)がこの国の国境地帯でよく見つかるし、辺境地帯でも見つかるが、概して気持ちの悪いものである。

金や銀もここで発見されているし、貴重な石もないではなく、とても高く評価されているものである。ただし地面の上で見つかることも多いものである。これらはとても喜ばれるものだから、男性たるもの少なくとも二つほどは財布に入れて常に持ち歩いていないと、メリーランドでは軽蔑の目で見られることになる。なお、こうした貴重な石は大地を豊かにするのに大いに役立つものである。

野菜に関しては、ヘンルーダと呼ばれるミカン科の植物が多く、にんじんも土地になじんでいるのか、多く使われる。「真実の愛」と呼ばれるツクバネソウの一種、しその一種であるマヨラナもあり、「乙女の毛」と呼ばれるクジャクシダもあるが、最後のものはほとんど目にすることはない。薬草の類も何種類かがかなりあり、これは大いに利益が上がるものである。

海底植物もあって、これはここの土地に合っているものだ。先端部分が赤珊瑚《さんご》に似ており、その価値も赤珊瑚並みと言ってよい。メリーランドではこれは高く評価され、甘みとなると赤珊瑚よりずっと甘いのは間違いない。そしてこれは、機嫌を直すのに使われて、事実効果が高い。この植物は白っぽくねばねばした液体を出し、この液体を内部に取り込むと、人によっては悪い影響を受けて、おなかのあたりが腫《は》れることになる。そうなるとこの腫れをなくすには、かなりの痛みを伴うのである。ところがそうした影響を受けない人間も多いので、その場合には大量に取るのがいい。また一般的にはこれが優れた化粧効果も持つと考えられ、「実に表現しようがない相貌を与え、光り輝くような生気をもたらし、身体全体に若さをみなぎらせる」とされている。いくつかの点で似ているところから、これがハナチョウジと呼ばれるのもなるほどと思えるのである。ボイル氏は、珊瑚が生長すると、柔らかく水分を多く含み、繁殖能力が強くなることから、珊瑚の特徴と生育ぶりを強調している[*34]。そしてキルヒャーは、いろいろな人から得た情報として、珊瑚にはときとして精液を排出するものがあり、これが適切な身体に当たれば、珊瑚がもう一つ誕生するとしている。まさに同じことがこの植物にも言えるだろう。

メリーランドではもう一つの海底植物が見つかっていると言われ、それはスポンジのようなものなのだが、名前は失念してしまった。これは磨き粉として使われるだけでなく、すでに述べた液体の悪い効果を抑えるものとしても使うという。

花は数多くあるが、香りや美しさの点では、あまり推奨できない。色とりどりではないし、色の種類も多くはない。赤と白がもっとも一般的である。自然科学者の中には、こうした花には毒が含まれていると考えた人もいるが、その点については今は十分に探求されており、たまたま季節外れの時期に咲いたりすると、国中が汚れて荒涼とすることがわかっている。

工業製品に関しては、メリーランドにはこれといったものはないと聞いていて、せいぜいピンと針がある程度だが、これらは商売の盛んな地区では大量に生産されていて、実に鋭く作られることで有名である。

第七章　珍品、名産品などについて

第三章で触れた大河は実に目を瞠《みは》るものである。水は温かく塩分を含み、ほかの川のようにとうとうと流れてはおらず、流れは毎日何時間も止まることがある。そして不定期に突如としてものすごいスピードで再び流れ出す。この川は(スコットランドのネス川やノルウェイのドロンタイム湖と同様に)どんなに厳しい寒さでも凍ることはなく、常に温度を保っている。もう一つめざましいことがあって、フェニキアのビブルス近くにあるアドニス川同様に、決まった季節になると、血のように赤く染まるので、これについてはアレッポからイェルサレムまでの旅を綴ったモーンドレルの旅行記に触れられているとおりである。*35

運河についてはこれも第三章で触れたが、何よりもこの国の珍品として高い評価を与えておくに値するだろう。その深さについては底が知れないと言われているが、それだけではなく、もう一つ異常とも言うべき特色がある。これは驚くべきもので、中国のいくつかの湖についても言われているように、何かを放り込むと嵐が巻き起こり、第六章で触れた珊瑚のような植物の美しい枝をこの運河に放り込むと、激しい嵐は完全に収まらないにしても、静かになるのである。この有名な運河は、ブルターニュのル・ベッセ近くにある湖の描写にぴったりのもので、きわめて深いために音が反響しないのである。また近くにある洞穴では、音が雷のように聞こえるのだ。

さらに見るべきものとしては、メリーランドの国境地帯にあるすばらしい山を挙げておくべきかも知れない。これは季節によってその高さも広がりも増していき、広大な姿は自然が生み出す驚くべきものと言わなければなるまい。数ヶ月にわたって大きくふくらみ続けたのち、突如として小さくなって、前と同じ面積に戻るのだ。このふくらみは実りの年の先触れと一般には考えられていて、貧しい人間は農地を借りることができないから、この前触れとなるふくらみに気がつくと、矢も楯もたまらず飛んで行くのだ。

ほかにも二つ小さな山があり、名前をBBY(乳房)と呼ぶが、メリーランドからは少し離れているにもかかわらず、この国とそっくりで、付属物と呼んでもいいくらいである。この二つの小さな山はそっくりで、それらはそれほど離れてもいないし、両者の間には美しい谷間がある。またそれぞれの頂上にはすばらしい泉があって、健康的な液体を出すことで評価が高く、特に若い人たちから好まれている。これらの泉は乾いていることが多いのだが、すでに述べたもう一つの山がふくらむと、たっぷりと液体を出すのである。だから同じようにふくらんだり、しぼんだりする力があるのだろう。こうした場所には密かなつながりがあると学者が想像したのも、理由のないことではあるまい。

しかしこの国の珍品の中でも、注目に値するのは小さな動物であって、どこか蛇に似たこの小動物はPNTL(ペニス)の名前で呼ばれている。大きな運河に入っている姿をよく見かけるが、これは運河に入るのが好きだからである。この生き物はすばらしいもので、それ故にここで特に触れておく必要があるだろう。実に小さい動物なのだが、いわば「リヴァイアサン」について言われるように、「そのすべての場所も、その力も、その美しい均整のとれた姿も隠すことはできない。深みをえぐってポットのごとく沸き立ち、そのものこそすべての誇り高き子どもを支配する王[*36]」なのである。この動物には脚も足もなく、しかし筋肉の類い希な力で自らを立たせて、ほとんど直立することができる。学識豊かな医者で哲学者のチェイン博士は、この動物を目にして、こう述べた。「この動物の身体はパイプが複雑に絡み合った構造以外の何ものでもない。ポンプのような器械で、両親によって注ぎ込まれた液体で満杯となり、あるいは栄養となった食物の性質によって変化し、これら二つの源泉によってよくも、悪くも、あるいはどちらでもなくなる」[*37]。ちなみにこの小動物は雄だけであるが、それでも子どもを数多く作る。ちなみに「外皮」というものがあって、これは彼らの自然の力が十分に動いて挿入しようとする行為を邪魔するもので、これがある結果、自然の力がそもそものはじめから阻害され、弱まって動かなくなるのだが、この外皮を脱ぎ捨てたことのない人間には、どうもなかなか信じがたいようだ。けれども、すでに取り上げた学者の意見を参考にすれば、きわめて論理的に証明されるのはあきらかである。つまり、あらゆる動物は「本来、性の違いなどなかったに違いなく、なぜなら、結局はもともとの状態に戻れば、性の違いなどないからである。そしてこれはきわめて間違いないと思われることだが、雌などは二義的な存在に過ぎず、あるいは倒れていく建物を手で支えるようなもので、しょせん役には立たないのである」。

さて小動物の大きさだが、これは十分に成長すれば、背の高さが六インチから七、八インチになり、場合によっては四インチから六インチである。これよりずっと大きいものもあるが、そんなものは滅多に見られないし、逆にずっと小さいものとなると、ほとんど価値がないし、無価値だと言ってもよかろう。中間ほどの大きさのものは、大きなものより元気はつらつとしている。大きなものは軍隊にいる擲弾兵《てきだん》のようなもので、歩兵隊に比べると、長い行軍には耐えられず、すぐに力が尽きてしまう。その点で歩兵はほとんどが優れてすばしこく、これは彼らの元気がありあまるほどあるからだ。この動物で一つめざましいのは、寝ていようが起きていようが、ともかく横になっていると、身体が三分の一くらいに縮こまり、ぐんなりとしてとても立ち上がることなどできないと思えることだ。ところが起き上がって元気になると、実に堂々たるものとなり、威厳に満ちた雰囲気が賞賛の的となる。ここでも再び、すでに引用したチェイン博士の言葉を引くことにしよう。「この聖なる動物の身体は、そもそも神の手で作られたもので、丸められ、こね回されて形を整えられ、ごくごく微小なものだったのが、時間をかけて徐々に大きくされ、やがて適切な雌の出す液体によって栄養を与えられて成長したのである」。この動物が獲物を追いかける素早さは比類なく、必死で飛びかかっていく。この動物の皮膚は浅黒い色をしており、肩の上にゆったりと垂れ下がっているので、頭や顔を隠すフードの役割を果たすこともしばしばだが、これはむしろ、カタツムリが角や頭を殻の中に隠すのと同じく、頭を皮膚の中に縮めて入れると言ったほうがいいかもしれない。この生き物の顔は赤に近い色をしており、触れると実に柔らかいのである。鼻は平べったく、目はないが、本能で行く先を探り当てる。骨はなく、すべて筋肉や肉だが、きちんと身体の内部に入っているので、きわめて新鮮で栄養もいい。うぶわずらいをはじめとして、さまざまな女性病に効果があるとされ、「これほど気持ちのいい薬はなく、飲むのも簡単、どんなに華奢《きゃしゃ》で弱い体格の人でも喜んで体内に取り込めるし、害はないから、子どものいる女性でも安心して服用できる」。

第八章　メリーランドの政体について

この国の政体は君主制であり、絶対的なものである。フランス人がサリカ法を有し、これによってすべての女性が玉座から排除されているように、これとは逆にメリーランドでは完璧に女性による政府で運営されていると言えるのであって、絶対君主である女王が存在して、すべての地域を治めており、この女王の権限は無限なのである。メリーランドの女王ほど、君主への絶対服従を要求した暴君はいなかったであろう。アエリウス・ヘロディアヌスの『ローマ人の歴史』第四巻、第三章には次のようにある。「彼らは民を最低の奴隷として扱い、人間として扱うことはほとんどなかった。その一方では、自らを不滅の神々と同じものと考えたのである」。こうした女王たちの強大な権力を示すものについて、そして彼女たちがおこなった征服、目的のためにいかなる汚い手段を使っていたかについては、数えきれぬほどの例がある。だが、歴史を書くのが目的ではないので、この点に関してこれ以上述べることは止めておこう。女王の中にはお気に入りの廷臣ないしは首相がいることも少なくなかったが、このお気に入りの能力、振る舞いに十分に満足した場合には、その忠告に従ってかなりのことを任せることもあった。しかし、有能な大臣が数多くいても、そうした人間に支配されることは決してなく、常にお気に入りを次々と変えるのであって、寵臣《ちょうしん》も入れ替わりが激しいのだが、その理由は要するに、自らの権力を誇示して、その移り気な性格を満足させることにあったからだ。新しいお気に入りが毎日入れ替わるのであって、それはあたかも変化がもっとも大きな喜びのようであった。女王たちの気まぐれとは以上のようなものであり、能力のある大臣の地位も決して安定したものではないのだ。こうした気まぐれに加えて、女王の多くはまさにその強欲にして満足することのない性格故に非難に値するのだが、このために自らの欲望を満足させようと、臣民をいつまでもこき使ったのである。わずかな数の能力ある男性が何とか仕事をこなし、大いに賞賛されるのだが、それでも過酷な労働を強いられ、その褒美としてそこそこの利益を与えられるのである。そうした人間の中には身なりもよく、食事も十分に与えられる男がいて、彼らは非常な出世を遂げたわけだが、誰もが生まれつきそのような疲労に耐えられる能力を持っているわけではないのである。

こうした女王の中でも最悪だったのは、その破廉恥なおこないがギリシャやローマの諷刺家の作品に記録されている。しかしながら、わが国のユウェナリスとも言うべき人物が、優れたラテン語で『諷刺詩』を先頃出版して、この最悪の女王の一人の姿を生き生きと伝えているので、その中から四行を引用したい。これは古代人、近代人の著したものの中でも、もっとも優れたものと思えるからである。

魔女は純粋な若者と乙女を誘惑し、
重みに耐えられれば、雄牛になるだろう。
肉欲がこれまで編み出した体位をすべて試し、
それに自ら生み出したものを加える。
彼女の罪は、年によって力と勇気を見いだし、
年齢を重ねるとともに、肉欲が増していく。[*38]

この国における軍事体制については、その規則にあまり詳しくないので、言うべきことはそれほどない。だが、全体を見渡してみると、兵士たちは高く評価され、激励も受けているので、メリーランドにおける兵士については、他国ではいざ知らず、何ら不満を言うべきことはない。海軍力も同じく立派で、国に大いに貢献をなしている。彼らは好き者であるから、陸に上がると必ず励みたがり、すべてを使い尽くすまで戻ってこない。女王にお仕えする役割であるから、

その庇護のもとで生きているのである。

政治と軍隊のあとには、この国の宗教組織について何らかの言及をすることは当然読者が大いに喜んで受け入れるものと思う。ただ読者の好奇心に応えられるかは、大いに懸念がある。聖職者はできるだけ自分たちの中だけで秘密にしようとするものだからである。奇蹟などは、俗人に伝えるのはふさわしいとは考えていないのだ。たまたま知ったことで、この問題について少しは語ることもできるが、聖職者の一団に対して悪意があるわけではないことは、ご理解いただきたい。何しろこうした方々には尊敬の気持ちを抱いているし、幾人かの方からは親切な援助と推薦をいただいて大いに感謝しているのである。またこうした人々は、わたしがメリーランドで楽しい時間を過ごすのに、大いに力を尽くしていただいたのだ。そこで、宗教組織についてはこれ以上述べることはせず、ただ、大まかなことだが(率直にありのままを述べる)、正確な数はわからないものの、この国には多くの聖職者がいること、また聖職者の決めたことがどこまでの範囲に及んでいるのかもわからない点だけは指摘しておきたい。下級の聖職者は山ほどいるが、控えめにその数を言うならば、メリーランド全体の税金を上回るほどではないだろうか。

第九章　メリーランドの宗教について

キリスト教が最初にこの国にもたらされたのはこの宗教が誕生して間もない時期だったことは、まず間違いがない。現在は、この国ほど宗教が栄えている国はないだろうが、逆にこの国ほど信仰心が薄い国というのも、キリスト教圏を見渡してみてもほかにはないのではないか。ここではあらゆる種類の宗派、宗教団体(すべての宗教が容認されている)を目にすることができるかも知れないが、その一方では、使徒ヤコブが「これこそ父である神の御前《みまえ》に清く汚《けが》れのない信心[*39]」と呼ぶものは、考えられているほど少ないわけではないものの、いかなるキリスト教国の中でも少ないのである。

偶像崇拝(口にするのもおぞましいもの)は悪徳だが、かといって全面的にこれを免れているわけではない。というのもよく知られているとおり、メリーランドの女王の中でも途方もない数の人が、第六章で指摘した赤珊瑚に似た海底植物を特別に尊敬しているからだ。この植物に女王たちは密かに信心を寄せることがしばしばなのである。信心の儀式はさまざまな感情と身体の動きからなるもので、手足をしきりに動かすのだが、こうした「偶像崇拝」はわたしは大嫌いであるから、これ以上詳しくは述べない。読者諸氏はこうした恥ずべき行為は知らないほうが賢明であり、あらゆる男性はこれを嫌うべきだから、女王がどのようにおこなうのかはこれ以上述べずにおこう。

この国ではカトリックの聖職者が数多くいて、そのためにローマ・カトリック教会は、そうした聖職者の熱心かつ疲れを知らぬ伝道により、かなり大きな勢力となっている。またクエーカー、長老派、独立派、そして近頃ではメソディストが各地で熱心な活動をしているが、それでもほかの宗派と比べて、目立っているとは言えない。さまざまな宗派が寛容に認められているのは嘆かわしいことで、特にこれほど多くの宗教団体が熱狂的な活動をする結果、国内に危険な熱狂主義が溢れるのを考えると、実に嘆かわしいと言わざるを得ない。要するに、メリーランドにはこれまでいろいろな宗派が入り込んだものの、それらはきちんとした宗教組織になっていないのである。つまり、この中のどの宗派がもっともしっかりした地盤を築いているのか、これははっきりとは言えないのである。一つかなり目立つ点を挙げれば、こうした宗派はすべてわが国の優れた祈りに同意して、誰もが同じ祈禱をおこなうのである。すなわちそれはしっかりと立ち、弱き者を慰めて助け、倒れる人を立ち上がらせるのだ。

第十章　言語について

ゴードン氏は日本語について次のようなことを述べているが、同じことがメリーランドで使われている言語についても言えるだろう。すなわち、「日本語は非常に丁寧で語彙も多く、同じ意味の言葉が数多くあって、話題に応じていろいろと使われる。同じことは話し手及び誰に向かって話すかで変化し、この両者の人柄、年齢、男か女かなどによっても変化するのである[*40]」。メリーランドの言語にはきわめて甘美で強く訴えかけるものがあるが、同時に、誰もがそうした言語を使う必要がないとも言えるのだ。その理由は、自分の感情を伝えるのに、目や身体の動きでいとも簡単にできるからであって、口がきけない人でも(こういう言い方をしてよければ)、その目によってきちんと伝えられるし、こういう手段のほうがどんなにすばらしい話よりもうまくいくことが多いのである。

　この点を確認するために、興味をお持ちの読者にある学者の次のような言葉を引用しておこう。「目は心の鏡と言うことができよう。すなわち、さまざまな感情、たとえば敬意、好意、欲望、愛情、怒り、憤怒《ふんぬ》、哀れみ、復讐心などをそこに見いだすことができるからだ。大胆な気持ちになると、射るような目つきになり、こびへつらうときには、従順に目を伏せる。夢中になると、和らいだまなざしとなり、心が乱れると、落ち着きのないまなざしとなる。陽気に快活なときにはその気持ちが目にはっきりと現れ、不安や悩みに襲われても、その気持ちは目にはっきりと出る」。

　同じように、舌も何かを語ることなくはっきりと意味を伝える役割を果たすのであって、弁舌さわやかに語るよりも十分に効果を発揮することが多い。

メリーランドの言語に文法を与えた人間がいなかったのは、まことに残念なことである。文法があれば、きわめて役に立つと思うのだが、それでも控えめな学者を説き伏せて、これをやらせることを断念したわけではない。この人物はすでに六ヶ国語の文法を世に送っており、だとすれば彼の力でこの国の文法をまとめることも可能だと思うからである。

第十一章　保有権などに関して

メリーランドにはほかの国と同じく、おそらく数多くの保有権があり、それらをすべて挙げるのは難しいだろうし、必要もあるまい。特定限嗣を持つものもいれば、一般限嗣の所有者、騎士奉仕、単純封土権、あるいは快楽期間のみの権利、生涯賃借権もある。このうち最後のものがほぼ一般的で、最善の保有権とは言えないだろうが、法律でもっとも奨励されているものだから、まずこれを最初に扱うことにしよう。この権利に伴う条件はきわめて特異なので、見ておくだけの価値がある。

ある男がこの保有権を用いて、メリーランドに土地を所有しようとすれば、その農場の所有者とできるだけきちんとした条件で合意をするのである。そして条件が取り決められ、公示がなされると、すぐさまこの土地を所有するのである。というのも、誰かこの取り決めに反対する人間がいると、その人物がこの合意に即座に反対することもあるからだ。この場合、法に則《のっと》った反対がいくつかあることを知っておかなければならない。すなわち、その農場がすでにほかの人間と譲渡の契約がされている場合、あるいはこの農場を手に入れようとする人間がすでにほかの農場を所有している場合(この保有権では、一度に二つの農場を所有することはできない)、あるいは農場を耕すだけの能力がない場合などである。反対が出なければ(反対が出るのを避けるために、公告を出す権利をあらかじめ手に入れておく)、生涯賃貸権は次のようにして効力が発生するのである。すなわち、こうした契約を取り仕切る役人(これは一つの教区に一人はいる)が耕作についての短い賛辞の言葉を読み上げ、この土地の本来の姿や役割を明らかにして、その姿が重要かつ賞賛に値するものだと宣言し、これらに加えて、この土地の取得に当たっては軽率、かつ軽々しきことのないように十分注意することを求め、この契約の障害となる法律違反があれば、それを素直に告白することを要求し(もしそのようなことがあれば、最後の審判で報いを受ける)、契約の手続きが履行できない理由を説明するのである。その上で、男は厳《おごそ》かな誓いの言葉を述べて、法律に則ってこの農場の所有権を手に入れ、いいことがあれ、悪いことがあれ、生涯この場所を保有し続けること、永久にほかの場所に目を移すことがないと述べるのである。そこで役人は祝福を与え、成功を祈り、続いて歌を歌い、耕作の幸運を祈り、豊かな実りあることを祈る。この儀式が終わると、男は土地を手に入れ、普通は眠るまで耕し続ける。季節がいずれであっても、最初の数日は耕作にいそしみ、激しい労働にいそしむものだが、やがて飽きて、しばしの休息を取らざるを得なくなる。

こうした長期に及ぶ契約は、多くの裕福な農夫を破滅に導いてきたのだが、その理由は急いで契約に走る傾向が見られることで、あらかじめ未来のことをきちんと考えに入れなかったり、あるいは農場の状況について正確に調べていないために、契約を結んでからそこが不毛の地であったことに気がついて、結果として貧しくなり、契約したことを後悔するのである。しかしこれはどうしようもないことで、いつまでも不毛の労働を続けるよりほかにはないのだ。こうしたことがあるために、契約を結ばない人間も多いし、逆に慌ててひどい契約に走ったものの、手の施しようがないことに気づくと、がっかりして病を得ることもあり、畑仕事に気が入らず、放置する場合もある。しかし契約を放棄することもできず、農場の世話もしないまま、自分にとってもっと気持ちのいい場所を密かに手に入れる場合もある。

これまで述べてきた保有権によって農場を所有することを考えない人も多くいて、任意不動産権なるものを選ぶケースもある。これは金額が高くなるが、土地が気に入らなければ、即座にそこを離れてほかの土地を手に入れられる点で便利なのである。しかもこうした農地が長い間放置されることはなく、今日一人が去っても、明日にはほかの人間がやってくるからだ。

メリーランドのおかげで騎士奉仕を手にすれば、たいていは繁栄して、労働による収穫もかなりのものとなり、特にその男が有能であれば、十分である。土地を放置したままでやせ衰えていても、なにがしかの収入はあるのだ。

メリーランドには広い土地があって、これはコモンと呼ばれる共有地に存在する。しかし土地としてはよくなく、せっせと種をまいても、出てくるものはせいぜい藪《やぶ》や棘《いばら》だらけの樹木、雑草で、囲い込みをする価値もないのだが、それでも囲い込もうとする間抜けがいたのである。

メリーランドのほとんどの農場に見られる不都合とは、しっかりと土地を囲ったりすることができず、隣の人間があらゆる機会を捉えては、いとも簡単に侵入できることだ。コモンが多くあると、実に容易にいい作物を大量に手に入れることができる点は驚くほどで、そのために隣の敷地に好んで侵入する人間がいる。もちろん見つかって訴追されると、高い罰金を払う危険性はあるし、法律はこうしたケースに関して実に厳格なのである。判事という輩《やから》はこうした場合に途方もない罰を下すもので、知り合いの男など数千ポンドの罰金を、ちょっと不法侵入しただけで科されている。しかもその土地というのがコモンと同じような土地であったのだが、その結果、所有者はその金の百分の一で、喜んで単純封土権を売り払ったそうだ。

第十二章　港、湾、入り江、砂地、岩場などの危険な場所について。加えて波や潮の干満について。さらに安全にメリーランドに入ろうとする人への指針。

湾や入り江などをすべて数え上げるのは、果てしのない仕事である。またメリーランドに向かう人々が足で踏んだ岩をすべて挙げるのも、不可能なことだ。そこでここでは読者の方々に、この愛すべき国に安全に到着するためにできるだけの道案内をすることにしたい。すなわち、一番よく利用する二つのルートを示して、あとは読者の好み、便宜に応じてどちらを選ぶかをお任せするのである。

まず、上のルートを選ぶ人は、最初にＬＰＳ（唇）と呼ばれる大地を目指すのだが、これはたいてい到着して、挨拶の旗を立てることになる。またときには税関で税金を払う必要があって、それを済ませてから先へ進むことが許されるのである。しかしこれは常に要求されるわけではない。続いて風向きがよければ、海岸沿いに「Ｂｂｙ－Ｍｏｕｎｔａｉｎｓ」（乳房）に行くことができて、そこでは気持ちのいい乗馬が楽しめる。嵐に遭わず、穏やかで静かな天候であれば、潮流に乗って安全に進み、思い切って港に入ることができる。しかし嵐のように荒れた天候は先に述べたＢｂｙに至るとときどき起こるもので、そうなると潮流が向かってくるから、嵐が止《や》むまで近くにとどまっているのが最善で、そのうちに天候もよくなって、はなはだ気持ちよい航海が約束されるものである。またちょっとした突風が吹いたからといって、がっかりする必要はない。その程度のことはよく起こるのであって、最初は激しい風だと思っても、大した被害も受けずにまもなく静かになるものなのである。

人によっては下のルートが好きな場合もあり、そうなるとすぐに「ティビア海峡」にあっという間に入ってしまい、左舷の部分に「罪の尻」が近づいてくるが、前に進むと潮流に運ばれて港に入ることができる。また貿易風が吹くと、このルートは失敗がない。

どちらのルートを取るにしても、優れた「直角器」を備えていることが最善で、常に一瞬の間に用意できるようにしておくことが大事である。知り合いの中にはこの器具をすぐに使えるようにしていなかったために、航海が大失敗になった人間がいて、港に入る直前で引き返さざるを得ず、大いに失望していた。また頻繁に見張りを出して音にも注意することは大事である。コリンズ氏が『沿岸案内』で述べているように、「まず第一に注意すべきは潮の流れで、これはしばしばコースが変わり、船乗りをがっかりさせるのである。というのも風に乗り損ねると、潮流が風任せに進んでいけば、思いのほか風下まで行ってしまい、逆に風にあおられて、思いがけない方向まで吹き飛ばされることもある」。まさにこの著者が言うように、「一般的に言うと、潮流が引き寄せる力は大きく、そこで風が微風であったり、あるいは無風ならば、びっくりするほど引きずり込まれるものなのである」[*41]。

潮の流れがおおむねきわめて順調で、港にも入れるとしても、気をつけなければならないのは「大潮」（月経）の時期である。このときの潮の流れは月に一回、四、五日続くだけだが、流れが強く外に向かうので、この時期が終わるまで静かに待つのがいい。ところが、大潮が最高潮に達している時期に、慎重にならずに突っ込んでいく人間もいるのだ。

すでに述べた二つのルートの代わりに、「風に向かって進み」たがる人間もいるのだが、これについては賛成できない。場合によっては確かに便利かも知れないが、これは便利と言うより、何か変わった方法を使いたいだけのことだと思う。

水先案内人によってはいろいろなルートを教えてくれて、メリーランドへ安全に行く方法を示してくれたのだが、中でも優れた案内人であるアレティーノ氏がいくつかの海図を出版し、さまざまな方位も示しているので、興味ある読者はこれを参照していただきたい[*42]。そのほうがこの章をいたずらに水増しすることにならないと思う。実はさまざまな方角が示されてもあまり必要を感じないので、というのも航海はそれほど難しくないし、目が見えない人でもたいていは方向がわかるのである。メリーランドの岸辺まで来て、行き先がわからなくなるなど十回に一度しかないし、それでも案内してくれる人間は見つかるものである。彼らは道を知らない人間をきちんと案内するだけの用意があるし、わたしにしたところで、まだ若くてこの手のことに詳しくなくても、最初の航海で迷ったりしなかったのである。わが国の水夫が世界のほかの地域で海岸近くまで来ると、明るい夜であることを望むが、メリーランドへの航海では、暗くても何の不都合を感じないというし、それどころか昼間の陽光が照りつけているときよりも、暗いほうが好都合で、トラブルもなく港に入れるというのだからすばらしいものである。

港の入り口までほぼ入ったあとは、できるだけ奥まで進み、その上で綱をできる限り方向転換して停泊をする。この場合、できるだけ方向転換をするほうが、しっかりと足場が固まるのである。大事なことは、不潔な土地に碇《いかり》を下ろさないように気をつけることで、ここには不快なものがほかよりも多くいて、それが綱のいい部分をすぐに損なってしまうのだ。砂地や灰色の地面は碇を下ろすにはよくなく、茶色がもっともよいとわたしは思う。しかし誰もが必ず望み通りの場所を得るとは限らないから、得たもので満足するのが望ましいのである。

さて、この心地よい港に読者を案内して碇を下ろしたからには、結論として楽しいメリーランドが与えてくれるものをすべて味わうことを期待したい。波や嵐、難破といった危険を避けて、できるだけ力を注いで安全に案内したし、この好ましい国の全貌をご紹介した以上、ここから読者の方が喜びや利益を得ていただければ、この短い論説に費やした労苦も十分に報われたと思うものである。

終わり

エロティック・ヴァース

不完全な悦び（一六八〇年）　第二代ロチェスター伯ことジョン・ウィルモット

彼女は裸で、求めるわたしの腕に抱かれて横たわっていた。
わたしは愛情に満たされ、彼女はどこも魅力に溢れていた。
二人はともに激しい炎に燃え、
優しさで融け合い、欲望に燃え上がっていた。
腕と脚と唇をつけて抱き合い、
彼女はわたしを胸に引きつけ、唇を吸う。
素早い舌、愛の小さな稲妻は、
わたしの口の中で戯れ、わたしの思いに
素早い命令を伝えた。下にあるすべてを溶かす稲妻を放つ準備をせよと。
鋭いキスで羽ばたいたわたしの魂は、
彼女のかぐわしい至福の頂の上をたゆたう。
だが、彼女のせわしない手があの部分を導くと、
それはわたしの魂を彼女の心へと運んでいき、
液体にまみれた恍惚となってわたしは溶け出し、
精液となって、あらゆる毛穴から放出する。
彼女のどの部分で触れられても同じ、
手も足も、そのまなざしも女陰なのだ。
　微笑みながら、彼女は優しくささやくような声で叱り、
その身体からしっとりとした悦びをぬぐい去る。
そして数多《あまた》のキスを
わたしのあえぐ胸に浴びせかけて、「もうおわり？」
こう叫ぶ。「こうしたものはすべて愛と歓喜のため、
悦びにもお返しをしなければね？」
　ところがわたしはもっとも惨め、生きながら死んだも同然、

何とか義務を果たそうとするが、これも果たせず、
ああ！　とため息をついてキスをするが、交わることができない。
はやる気持ちが当初の意志をくじき、
屈辱にまみれて成功は打ち砕かれ、
挙げ句の果てには怒りに駆られて不能が証明される。
彼女の美しい手は凍った年寄りにも
熱を与え、冷たい隠者を燃え上がらせるのに、
それがわたしの死んだ燃え殻《がら》に触れても、もはや熱くはならない、
火をもってしても灰に炎が戻らぬのと同じ。
震え、困惑し、絶望してげんなり、乾ききった
わたしは望めども、弱り果てて、身動きならぬ塊となって横たわる。
この愛の矢は、その鋭い先をもって
一万人の乙女を処女の血で染めたのだ。
自然は常にその巧みな技で導き、
あらゆる女陰から心に届き、
堅忍不抜の決意で女も男も

気楽に襲い、その怒りを止めることはできなかった。
貫けば必ず、女陰を見つけるか、作るかだったのが、
今やこの不幸なときにぐったりと横たわり、
萎《しお》れた花のごとく、縮んで枯れ果てている。
　汝、裏切り者にして、卑劣にもわたしの炎を見捨てるものよ、
わたしの情熱に不実で、わたしの名声を亡き者とするものよ、
いかなる過《あやま》てる魔術によって、
淫欲には忠実でありながら、愛には不実なのか？
場末にたむろする淫売女に
今までおまえはしくじったことが一度でもあるか？
悪徳、病、醜聞に導かれたとき、
何といそいそとおまえは付き従うではないか！
乱暴で、怒鳴り声を上げる路上の野獣のごとく、
出会う人間すべてと取っ組み合い、殴りつけ、争うおまえだが、
王や国が助けを求めると、
悪党のおまえは怯《おび》えて顔を隠す。

それでも野蛮な力を見せつけて、
売春宿と見ればどこも打ち破り、幼い売女《ばいた》を犯すが、
偉大な愛がおまえに攻撃命令を下すと、
卑怯にも主を裏切り、立とうとしない。
わたしの最悪の部分よ、これよりは憎まれるものとなれ、
町の誰もが操る棒となれ、
どの淫売もうずく女陰をそれですっきりさせ、
その様はまるで門柱に身体をすりつけて鼻を鳴らす豚さながらだ。
おまえは貪欲な性病の餌食となれ、
淋病に罹ってやせ衰えよ。
尿が出ず、結石に苦しむがいい。
尿が出なくなるがいい。わたしの悦びすべてが不実なおまえを頼りにしていたのに、
おまえは射精を拒んだではないか。
　そしておまえの代わりに、一万人の有能な男どもが、
不当な扱いを受けたコリーナに償いをしてくれたらいいのだ。

ベッドの鈴の音（一六八二年頃）　作者未詳

見るがいい、新床に横たわるシーリアの魅力的なことよ。
　宮廷にはこれほどの美女はいない――
　彼女はお遊びにうってつけ
そしてとても愛らしく見え、白と朱に染まった身体。
一回、二回と終えたので
花婿は速度を落として休息、
だが彼女は叫ぶ――「来て、来て、来て、そばに来て
あなたの頬をわたしの顔に近づけて」
ちんちろりんと鈴の音がベッドに届き
二人は抱き合う。
別れのキスとともに
至福のときは終わり
かくして二人は眠りにつく。

好き者の年増（一六九一年頃）　作者未詳

朝の散歩をしていると
ヴィーナスがおめかしの最中、
鳥が春の到来を悦び、
その声はとても甘美。

耳を傾けていると——
こう告げているようだった。
年老いた娼婦と欲情した若者が
座っていちゃついていた。

女は若者の腋をくすぐり
互いに高まるのを待っている、
女は足を高く上げ、目をしばたいていた
美しくすてきで、そそるような年増だった。

ヴィーナスと軍神マルスが筋骨隆々
二人して闘いをしたならば
これ以上大きなぶつかり合う音はなかっただろう、
若者は年増の尻を激しく揺すった。

女は男の突きに身体をせり上げ
男が果てるとしがみつく。
女は男に五シリングをやって新顔の調達を頼む――
なかなか好色な年増女だよね？

快楽と童貞（一六九九年頃）　作者未詳

ぼくはやさしく彼女の手に触れた。すると彼女は
ぼくの心を虜《とりこ》にする目を向けた。
いやがる唇にキスをしたが、これはだめ。
でも唇を突き出したので、もう一度キスをした。

有頂天になったぼくはこれだけで
満足して、それ以上はしなかった。

彼女の柔らかな胸に手を置くと、
素早く、軽やかに押してみた。
すると彼女の乳房は穏やかに温かく輝き、
大きく盛り上がって、とろけ出すかのよう。
　でも本当に、これだけで
満足して、それ以上はしなかった。

彼女の目をじっと見て、
柔らかな四肢を手でまさぐった。
五感は悦びに打ち震え、
ぼくの心は今にも飛んで行きそうだった。
　軽蔑しないでくれ、ついにぼくが
童貞を捨てて快楽を求めたとしても。

頬赤らめる乙女（一七〇〇年頃）　作者未詳

麗《うるわ》しき乙女よ、なぜいつも頬を赤らめているのか？
　愛しているのなら、なぜそんなに恥ずかしがるのだ？
汝の頬にはバラのような赤みが差しているが
　それは悦びを恐れているからだ。
汝が恐れている男は、いったい誰だ
その男に処女を奪われるからか？

最初は乙女の誰しもが恐れるもの
　そしてむなしく時を費やすだけ、
それでも心が決まらぬまま、
　泣き言いいつつ時を費やす、
だが一度心を決めてしまえば、
夜昼構わず求めて止まぬもの。

本当の処女（一七一八年）　マシュー・プライア（一六六四—一七二一年）

「だめ、だめ、処女なんだから！

　なくしたら」ローズは言う、「あたし、死んじゃう」

「夕べ、ニレの木の後ろで」ディックは叫んだ、

　「ローズ、死ぬほどいったんじゃないの？」

毛がないぜ（一七二〇年頃）　作者未詳（ロバート・バーンズが改訂したとされる）

昨日、美人と結婚したんだ、
　そしたら何と、
彼女のあそこに毛がなくて、
　それでがっかりさ。

腹が立って、頭にきて、
　血がのぼったよ

だっておれが結婚したのは
　あそこが古くなった女だった。

女性論（一七六三年）　ジョン・ウィルクスとトマス・ポッター

起きろ、ファニーよ！　つまらぬことはすべて放っておけ、
今朝は交尾がいかなる歓喜をもたらすか確かめよう！
さあ（人生が与えてくれるのはせいぜい
気持ちのいいファック数度、あとは死ぬのだから）
男の愛すべき場所を自由気ままにさまようのだ。
巨大なる洞穴よ、雄々しき肉棒を探すのだ。
荒れ野には娼婦のごとく邪《よこしま》な棘《いばら》が乱雑に突き出て
交雑の薔薇が花を咲かせるが、果実は生まれぬのだ。

（第一書簡一―八行）

クイーン・アン・ストリート二十一番地東のハーヴィー夫人に（一七八八年頃）　作者未詳

見るがいい、あの目を。熱き炎の中を泳ぎ回っている目を
そしてその淫《みだ》らな思いと若き欲望を追いかけるのだ。
あの甘やかな唇を味わい、香りよき美酒を湛え、
芳醇なる思いに溢れた唇を。
あの柔らかな胸を押すがいい、湧き上がる悦楽の座すところ、
その魅力は薔薇のごとき羽の少年を誘う、
すると少年は羽ばたきつつ過《あやま》たぬ矢でねらいをつけ、
両の目には炎、両の胸は騒ぎ立ち、
やがて大胆になると、汝の手が飽くことを知らずさまよう
彼女の麗しき盛り上がりや、いたずらな木立を。
やがて彼女の手足はほどけ、帯はしどけなく、
もはや彼女に何も求めるものはなく、彼女が拒むこともない。

（『ハリスのコヴェント・ガーデン女鑑　一七八八年版』より）

あいつを蹴飛ばせ、ナンよ、あるいは初夜の詩的描写（一七三四年）　作者未詳

肉体と血液が盛りの時期には、
自然は、時が経って弱まらない限り、
男にも女にも欲望を生み出すもの、
欲望は、抑えない限り、火となって燃え出す。
だが、そんな淫らな流産を阻止するために、
賢者たちは結婚という制度を生み出した。
かくして牧師の支持が
荒れ狂う愛への治療薬となる。
なぜなら、そうした流産は、
この薬がなければ、大罪だったろう。
だが、古代において、ノアの洪水以前は、
状況は異なるものだった。
一夫一婦制に限られる以前、
司祭の厳しい掟が定められる以前は、

われらが父たちは子孫を次々増やし、
多くの女たちに情けを振りまいたのだ。
そして優しい気立てを自由に示していた。
その頃は独占などまだなく、
一夫多妻も罪ではなかった。
だが神の命令が下ると、
そこで男は従順となり、
はっきりと言ったのだ、神こそ
すべての支配者、なれば支配者の教えのままに。

だがなぜここでそんな理屈が必要なのか？
今の問題にどんな関係があるのか？
なぜ、前書きとして、
ポンプが水を吸い上げるように、
読者の耳を惹きつけようとするのか。
わが創意を無理に使って、

読者に味わってもらう必要があるのか。
この後に続く言葉を読めばわかるのに。

昔、途方もなく有名な騎士が住んでいた。
だが、いつ、どこで、あるいは名前は何かなど、
どうでもよく、別に構わない。
その男の長女は、噂では、
まだ生娘《きむすめ》だった。
そしてわたしの話を信じてもらえるのなら、
あそこがひどい臭いで、腐ったようだった。
そのまま家に置いておくわけにはいかず、
騎士は海外に目を向け始め、
誰かちょうどよく
良質の鹿肉を喜ぶ人間を見つけようと思った。
そして(人々が言うように)娘が
生娘のまま老女となって死ぬのを阻止しようとした。

騎士の苦労は見事に報われ、
男らしい若者を見つけた。
この若者は実に気立てのよい男。
騎士は若者を家に招待し、
そこで未来の花嫁を紹介した。
若者は美しい娘を眺め、
彼女の目を見つめ、心が燃え上がり、
その表情には愛情が表れている。
二人は若者が愛を告白する時間を決め、
何とか相手の愛を得ようと若者は求婚をしていたし、
毎晩夢を見て彼女の動く姿を目にしていたし、
愛の翼をつけた彼女に出会っていた。
毎晩幸福感に包まれて、
やがては有頂天となって、
枕を愛撫して、キスの嵐を降らせていたし、
心の中で至福の極みを楽しんでいた。

ところが朝になって目が覚めると、
すぐに自分の間違いに気がついた。
それでも愛らしい乙女を目にして、
彼女は横たわり、若者を虜にする。
若者曰く、時間はゆっくり流れ、
過ぎゆく一分が一日のごとく思えたのだ。

娘が若者を愛していたのか、
キューピッドの矢に喜んでいたのか、
それとも父である騎士の思いを受けて、
愛情を装っていたのか、抵抗も
しなかったのだから(子どもとしての義務感は
その美しさと同様、明らかだった)
何とも言えないのだ。
だから何かの折に語るとしよう。

この娘を男たらし、気取り屋などと呼ぶのは、
失礼千万なことだ。

だから彼女も情熱溢れ、
自身の行動も思いのままにしたと言っておこう。
ともかく娘の言葉は真実から出たもの、
そのことは彼女の美しさ同様紛れもないのだ。
　やがて婚儀の日取りが定められ、
豪華絢爛な祝宴が準備され、
借家人すべてが命令により、
大広間に集められた。
牧師と書記も準備万端、
乙女のお出ましを待ち受ける。
義務を果たすのはここぞとばかり、
飲めや食らえの大騒ぎ。
書記も(付け加えれば)、
牧師様も、　その腹は
たっぷりとして、　心と同じくゆとりあり、
夜昼問わず、　ただ飯をむさぼった。

花嫁は白衣に身を包み（ここから
無垢の象徴となった）
広間に入場、続いて花婿入場、
牧師が聖書を読み上げる。
牧師は合間に花嫁を盗み見て、
何と、よだれを出す始末。
さて牧師のおかげで、
新郎新婦はこれにて一つに結ばれる。
ともに相和してと、
新郎が言えば、出席者の中に微笑むものあり。
不可思議なることよ！　何と驚くべきことか、
二つの相異なるものが一つとなるとは。
だがそんなことをとやかく言う暇はない、
難しすぎて説明など無理なのだから、
だから愛の睦《むつみ》に目を向けて、
新婚夫婦の様子を見ることにしよう。

牧師は結婚の秘蹟により、
二人の心が結んだ印に、手を合わせてやる。
だが、この神秘なる結合の完成には、
何かが必要、霊的交わり、
あるいは床入りと呼んでもいいのだが、
これには新郎も落ち着かず。
新婦に目配せをして、
客たちを飲み食いさせたまま、
愛する花嫁、美しい――y
との想像に耽《ふけ》った。
花婿は扉に鍵をかけると、その腕に
(花嫁の魅力を発掘せんと決意して)
だが、花嫁は叫ぶ――だめよ――だめ――今はだめ！
誰か来る！――そんなことだめ――
お願いだからやめて(ささやくように花嫁は言う)
ベッドに入るまで待って。

何て人なの、
恥を知りなさい！
花婿はにやりと笑って、花嫁にキスをすると、
こう答えた。

どんなことがあってもやめないぞ、
笑って、そうすればぼくの目的は達せられる。
手も唇も止めることなどできない、
キスをして、君の魂にキスをするんだ。
苦労があっても、恥ではない、
確固たる喜びに変わりはない。
絶対に、絶対に負けないぞ、
愛は始まったばかりなのだ。

負けないわ、でもわたしに、
落ち度はないことは証明しなければ、

花嫁はそう言った。すると元気な蛾が、
花嫁の無傷なあそこから飛び立って、
燃えるろうそくの周りを飛び、
やがて炎に捕まって、死んでしまう。

ようやく花嫁は何とか、
喜ばしき技をもって同意した——二人は仲直り。
花婿のキスに応えて、
花嫁は多くのキスを返した。

母はすぐに娘の姿を見失い、
犠牲となることを阻止せんと、
騎士と一緒に、ネズミの臭いを嗅ぎつけて、
いったい二人はどんな具合か考えながら、
よろめきながら階段を昇って、覗いてみると——見えたのだ——
何と、割れ目があるではないか——

母は言った、だが花婿を欺してやろうと、
こう大声で叱りつけたのだ——娘よ、そいつを蹴飛ばせ！
花嫁は答えた——そんなことできません、
気持ちがよくてうずうずするの。
父の騎士が言う。おい、おい、いいか、
好きにやらせるがいい、
いいかい、おまえ、別に目新しいことじゃない。
まず結婚したときには、わしらも同じことをしたじゃないか。

終わり

女性の夫、あるいはジョージ・ハミルトンこと、本名ミセス・メアリーの驚くべき生涯、ウェルズの若き女性と結婚し、その夫として暮らした罪で訴追されし女が獄中より語りし物語

だが、この男の結婚がめざましきは何だったのか
（確かに彼はその性を変えたが）生まれつき女だった。
まことに新奇な出来事にして、運命に満ちたもの、
それを自分で語るように頼んだのだ。
——オウィディウス『変身物語』十二巻一七四—七六行

いとも賢明なる目的のために、一方の性に生まれつき備わった性向とは、人類の存続のために必要であるのみならず、美徳と宗教とによって支配され導かれる場合には、肉体の喜びだけではなく、きわめて理性的な至福をも生み出すものである。

ところが、そのような慎《つつ》ましく確固たる導きがないままに、われわれの肉欲がいったん解き放たれると、自然な満足を追い求めていても、本来なら犯すこともないような過剰にして不自然な行為に耽《ふけ》ることになる。さらに不可思議と思えるかも知れないことは、自ら考え出す能力

もないのに、奇っ怪きわまりないことが生まれ、現実に実行したこともないのに、野蛮にして衝撃的なことが起きるのである。

こうした不自然な欲望については、古今東西その実例は山ほどあるが、ミセス・メアリー、またの名をミスター・ジョージ・ハミルトンの生涯ほど驚くべきものはないのではないか。

この不埒《ふらち》なる女は一七二一年八月十六日、マン島に生まれた。父はかつて近衛歩兵連隊の曹長だったが、この島の地主の未亡人と結婚して大きな財産を手に入れ、除隊して、妻とともに島で暮らしたのである。

しかしこの父はマン島にやってきてまもなく死去し、妻と子ども、すなわちミセス・メアリーがあとに残された。ところがこの母は、この島に来て二ヶ月も経たない頃だったと思うが、娘のメアリーを生んだのち、三人目の夫に嫁《とつ》いだのである。

こういうわけで母は三回結婚したのだが、子どもはメアリー以外にできなかったので、常にこの娘にことのほかの愛情を注ぎ、島でも最高の教育を受けさせたのである。そしてこの母は娘に大きな愛情を注ぎ込んだのだが、娘はそれに甘えることなく、きちんと道徳を守るとともに信心深く育った。子どもの頃から悪徳に向かう兆《きざ》しなどまったくなく、ましてや、恥ずべき不自然な品行によって自らの性を汚《けが》す気配など、毛ほども見せなかったのだ。実際、自分でも正直に述べていたように、頭の中に不謹慎な思いが浮かんだことなど一度もなかったのだが、それが一転したのはアン・ジョンソンなる隣人に誘惑されたからだった。娘はこのアンとは子ども時代からの知り合いだったが、それほど親しいわけではなかった。

さてこのアン・ジョンソンが何かの用件でブリストルに出かけたことがあり、結局半年近くそこに滞在したのだが、その際に「メソディスト」と呼ばれる人間たちと知り合いになり、この宗派に入ることを勧められたのである。

マン島に戻ったアンは、まもなくモリー・ハミルトン〔モリーはメアリーの愛称〕を簡単にメソディストに改宗させたのだが、熱しやすい性格のモリーは熱心にこれを信じるようになり、アンが説くメソディストの教えをすべて受け入れることになった。

この二人の娘はこうして無二の友となり、ついには同衾するまでになった。そしてモリー・ハミルトンは母親の家から出て、アン・ジョンソンと一緒に暮らすようになったのだが、このアン・ジョンソンの財産は、マン島のような貧乏な土地ではかなりのものだと思われていた。

こうして、いわばミセス・ハミルトンとなった彼女は、友人のミセス・ジョンソンに大きな愛情を抱くようになったのだが、これに対してジョンソンはそれほど大きな愛情を持って応《こた》えたのではなかったらしい。それでもハミルトンは自分が愛していること、いや、ジョンソンに友情を抱いていることを公言してはばからなかった。とは言っても、二人の関係はまったくやましいものではなかったのだが、やがてジョンソンがいろいろと誘惑の手を伸ばして誤った道へと誘い込んだのである。このジョンソンという娘はこうした不道徳な振る舞いをするのは初めてではなく、彼女の告白によれば、ブリストルにいたときにメソディストの女性たちから教わり、実践に移すことがたびたびあったという。*1

モリー・ハミルトンは好きだとなると熱狂的になる質《たち》で、その気持ちがジョンソンに激しく向けられたものだから、二人だけとなると、手練手管に長《た》けた女性でなくとも、この情熱がさまざまな炎を燃え上がらせるのも難しくはなかっただろう。

したがって、二人の会話はあっという間に犯罪者さながらのものとなり、二人の間のやりとりはここで述べるにはふさわしくないものとなった。

二人がこの悪辣《あくらつ》な罪に耽《ふけ》ってまもなく、ジョンソンがまたしても用事でブリストルを訪れることとなり、モリー・ハミルトンも一緒に行くこととなった。

ブリストルに着いた二人は一緒の宿を取り、今までと同じく恥ずべき生活を送る。ところがこの二人の汚《けが》らわしい愛欲生活も、ロジャーズなる男によって終わりを告げた。このロジャーズは若い男で、異常なほどに信心深く(彼も熱心なメソディストだった)、そのためなのか、それともほかに魅力があったのか(とても陽気でハンサムな男だった)、アン・ジョンソンの心を捉えて結婚したのである。

この一件、あっという間に結末を迎えたのだが、それまではハミルトンには一切秘密だった。ところが事情を知るやハミルトンはほとんど狂気のごとくなり、髪の毛をかきむしり、胸をたたいて怒りを露わにし、愛する妻の不倫を思いがけず発見した夫のごとく、大変な騒ぎだったのだ。

こうした騒動のさなかに、モリー・ハミルトンはアン・ジョンソンから手紙を受け取ったが、そこには次のような文章が書かれていたという。なお、これはハミルトンの記憶をもとに再現したものである。

愛するモリーへ

わたしがしたことをきっと怒るでしょうね。でもわたしだって、今までしてきたことで、自分をもっと責めているのよ。二人でしてきたこと、とても恥ずかしくていけないと思っているの。確かにわたしは清純なあなたを最初に誘惑したし、だから神様に許してもらいたいし、あなたの罪も神様に許して欲しいと思っているわ。わたしができることは、主《しゅ》のみ名によって今までの罪深い生き方をあなたも捨てるようにお願いし、今度はわたしを見習って生きて欲しいとお願いすることなの。わたしに誘惑されるより前のあなたのようにね。そしてできるだけ早く、昨日私が導かれた聖なる状態にあなたも導かれるように祈っているわ。まだわたしだって改心して間もないけれど、二人で一緒に経験した些細な喜びよりも、ずっと大きな喜びがあるのよ。いつもあなたのために祈っているし、いつまでもあなたの友だちよ。

この手紙は怒りを鎮《しず》めるどころか逆に怒りを増幅し、怒ったハミルトンはすぐにでも駆けつけて、裏切り者を叱責《しっせき》しようと考えた。ところがそんなとき、ロジャーズ氏と妻がブリストルから出発したことを知らされ、おまけにその知らせを持ってきた人が、ロジャーズ氏からの届け物として金を差し出したのだ。

当初の怒りが収まると、ハミルトンはどうするか考えはじめ、何とも思いがけないことを思いついたのである。つまり、男の服装を身につけて、アイルランドに向かって船で旅立ち、彼《か》の地でメソディストの教えを広めようと考えたのだ。

ブリストル滞在中にはほかに何も大したことは起きなかったし、風向きが悪かったので、衣服の調達を終えたあとも一週間はこの地にとどまっていた。しかし風向きが変わり、ようやく出発できるようになったので、ダブリンに向けて船出をしたのである。

彼女はとてもきれいな娘だったので、こうなると実に美しい若者に見えた。そしてこの冒険のそもそもの始まりにおいて、ハミルトンはこうして船に乗り、アイルランドへ向かったのだ。

船にはこの冒険者と一緒に、たまたま一人のメソディストが乗っていて、この男は奇《く》しくもアイルランドへ同じ目的で向かっていた。

客室では二人だけとなり、どちらも相手を情熱溢れる目で見ていた。そして男のほうはうっとりとして、手を相手の胸に差し込んだのである。これにはハミルトンもびっくりして、叫び声を上げたのだが、その声がデッキでパイプをくゆらせていた船長の耳に聞こえてきた。何と、船に女が乗っているとは！　と言うと、すぐさま船長は船室へ降りていき、そこで二人のメソディストが跪《ひざまず》いている姿を目にしたのだ。

何たることだ！　船長はそう言うと、続けた。あんたは女を連れて乗ったんだな。乱暴されているような声が聞こえたんだが、わしの知らない間に、こんなふうに女を連れ込んだとすれば、あんたには悪魔が憑《つ》いているに違いない。

悪魔など何をしても怖くはないさ、メソディストの男が答えた。悪魔など悪いやつにしか効き目がないんだ。もし船の中にいるのなら、おまえがここへ連れてきたんだ。何しろ、船に乗ってから、おまえが二十回以上も声を上げているのを聞いたんだ。おれの祈りで悪魔を邪魔できなかったら、とうの昔に船は沈んでいたはずだ。

船の悪口を言うな、船長は叫んだ。こいつは安全なんだ。それにこんなにいい船はない。沈むのがいやだと言うのなら、船になんか乗るんじゃない。

メソディストは何も答えずに、うめき声を上げた。ところがその声が大きかったので、船長はまたしても一度か二度なじるような言葉を吐いて、船室から出ると、再びパイプを吹かし始めた。

船長がいなくなると、すぐにメソディストは連れに向かっていたずらを始めたが、まもなくそれがしつこく煩《わずら》わしいものになったので、何度か穏やかに手を払いのけてから、ようやく自分が男の格好をしていることを思い出して、相手の鼻に強いパンチを浴びせたところ、血がどくどくと流れだした。

けんかをするのはこの宗派の信条に反するのか(彼らの教えを詳しく読んだことがないので)、それともほかに何か動機があったのか、これはわからないが、この乱暴な扱いにもメソディストの男は反撃せず、何度もうめいてから、すぐにこの悪辣《あくらつ》な連中から救い出してくれと祈りを上げた。その祈りのいずれかが効き目があったのか、追い風が都合よく船を運び、無事にダブリンの港に着いたのである。

こうして冒険の旅に出たハミルトンはセント・スティーヴンズ・グリーン近くの裏通りに宿を探し当て、翌日には教会へ行ってお祈りをしようと考えた。ところが航海中に風邪を引いたため声がかれてしまい、その計画は実行できなくなった。

宿には四十歳近くになる元気な未亡人が滞在していた。この女性はすでに二人の夫に先立たれていたのだが、そのそぶりから見ると、三度目の結婚にまんざらでもない様子だった。

この未亡人に対して、わが冒険者であるハミルトンはすぐに挨拶をし、自分がいかに燃えているかを伝える言葉が出てこないものだから、やむを得ず、抱きしめたり、キスをしたり、いちゃいちゃしたりして、親愛の情を態度で示さざるを得なかったのだ。

こうした態度を取ると、美しい未亡人はこれを受け入れ、そのためハミルトンはこの分なら自分の愛情を正式に伝えても構わないと考えた。しかし相変わらず声が枯れていて、優しい愛の言葉を語ることができないので、手紙でそれを伝えることにしたのである。

そこで手紙をいつもの調子で書いたのだが、何か間違いが起きないようにと、ハミルトンは自分で手紙を届けるのがいいと考えた。手紙を届けるとすぐさま部屋に戻り、愛する女性が手紙の内容を一人でじっくり読めるようにする。返事は自分の望み通りのものになるとほとんど疑わず、あるいは少なくとも、恋の始まりにあたっては女性特有のはにかみに満ちたものになるけれど、恋する人間は長い経験から手紙の内容をどう解釈するかはわかるものだと思っていた。

ところがこの色事師が驚いたことには、恋文の返事には次のような辛辣《しんらつ》きわまりない皮肉が書かれていて、いかに楽天的な性格の持ち主でも、誤解の余地がないし、好意的に解釈することなどできないものだった。

拝復

手元にいただきました手紙に大いに驚いております。実は受け取ったとき、オペラの歌だと思っており、そちらの風邪が治れば、あなたはファリネッリのように歌うと思っていました。[*2]だってとてもよく似ていらっしゃるものですから。あなたの希望に勇気を与えるとはどういうことか、わかりません。もしわたしの無邪気な振る舞いが誤解を招いたのであれば、もっと気をつけるべきでしたわ。でも、将来は自分の行動にきちんと注意して、立派な男性方から受けてきた気遣いを、今後の行動で台無しにしないようにすることを教わったのですね。あのすばらしい方の思い出がよみがえりますので、これ以上はもうだめなのです。……

この決意はきわめて固いものだったので、これ以後はがっかりしたハミルトンが親しくすることをまったく許さなかった。けれども、おそらくあらゆる結婚問題に干渉するとされるあの運命が、この未亡人に防御の姿勢を取らせていたのだろう。というのもそれから数日後には、彼女はアイルランド連隊の士官候補生、ジャック・ストロングなる男と結婚したからである。

こうして恋愛は成就せず、落胆したハミルトンは、さらに悪いことに懐具合も悪くなっていて、故郷に戻ることを考え始めたのだが、そこにこれまでの計画失敗を補うかのように、幸運が舞い込んできた。つまり、目の前にもう一人の女性が現れたのだが、この女性は先の未亡人よりもずっと財産があり、ハミルトンが言い寄ると、大喜びで受け入れたのだ。

この女性の名前はラッシュフォードといい、裕福なチーズ商人の未亡人だった。夫が死亡するときにはすべての財産を残してくれていて、おまけに世話をしなければならないのは一人のひ孫だけで、もしこの未亡人が死ぬときには、このひ孫を跡継ぎにするようにと夫は言い残していたのだが、すべては未亡人の力と判断に委《ゆだ》ねられていたのだ。

この未亡人は六十八歳、それでも現世の楽しみをすべて捨てていたわけではないようだった。というのもハミルトンと知り合うや、この女性を十八歳くらいの美しい若者と思い込み、愛情に溢れた目を投げかけ、はにかみなどとうの昔に失ってあまりある年齢でありながら、思いのままに愛情を振りまいていたからだ。

これまでの観察からわかることは、どんなに賢明な男性が(仮に熱心に調べたとしても)自らの力を精一杯使って発見するよりも、女性同士のほうがお互いのことはよく理解できる点である。したがって、今述べた未亡人がいろいろと与えるほのめかしは、ハミルトンのような野心溢れる女性にはすぐにわかるのであって、老未亡人の財産がこちらの状況を改善してくれるうってつけのものだと考えると、喜んで機会を捉えては、未亡人の攻撃に愛情一杯に応《こた》えたものだから、ほとんど諸手で迎え入れられたのである。そしてその近くでぐらぐらと揺れていた要塞も、やがて門を開いて相手を迎え入れ、無条件で降伏したのだった。

前の未亡人との関係では、ハミルトンは女性の愛情を得ること以外に目的はなく、自分をさらけ出して、あのアン・ジョンソンのときのように成功が得られることを期待していた。ところが今回の老婦人は、その財産のみが目当てであり、正直に自分を見せては満足のいく成果は期待できない。そこで少し考えたのち、ある策略を思いついたのだが、これが悪辣《あくらつ》きわまりないものであると同時に、奇妙で驚くべきものだった。つまり、この老女と実際に結婚し、口にするのも汚《けが》らわしい手段で老女をだますのである。

というわけで、結婚式は華々しく、そして賑やかにおこなわれたのだが、さすがに老女は恥ずかしく、陰口をたたかれるのを恐れて自分の顔は隠し、その代わりに新郎の美しさをこれ見よがしに強調したのである。しかもこの夫のために、かわいそうにもひ孫に相続をさせるのを取りやめる気持ちでいたのだが、考えてみれば彼女の財産は亡き前夫の一族から受け継いだものだから、一族の人々はこれまではずっとこの少年が跡継ぎだと考えていたのだ。いや、それだけではない。おそらく誰もがびっくりしたと思われるのは、牧師が気を利かせて、この結婚によって子孫が繁栄するようにとの祈りを省こうとしたところ、老女はそれを許さず、おまけに十八歳の娘のような気取った服装で二十歳以上も年齢をごまかし、結婚式につきものの冗談が語られれば大笑いをして、もっとおもしろい話をとせがむ始末だった。一方、ハンサムで頭の回転が速いひ孫が気の利いた言葉を口にしても、これには喜んだ顔も見せないのだ。誰かが花婿にはひげがないので、新郎らしく見えないなどと言うと、このひ孫は即座に、新郎新婦ともにひげは必要ないと答えたのだ。確かに新婦の顎《あご》には剛毛がびっしり生えていたのである。

この新婦は披露宴で恥をさらけ出すだけでも満足せず、宴をすべて取り仕切ったので、ストッキングをおもしろ半分に投げ捨てる始末だった。

結婚式のあと三日間は、花嫁は自分の選んだ婿に大満足、ある老女と一緒のときなど、大喜びで自分の幸せを吹聴したものだから、相手の老女もうらやましくなり、自分が男に対していかに優柔不断だったかを悔しがる始末。そうこうするうちに、この二人の老女は口論となったのだが、その顚末を詳しく知っていたとしても、それをここで繰り返すのはあまりに不謹慎なので、ただこう申し上げておこう。すなわち、口論の果てに結婚していない老女が花嫁に向かって、あなたの夫は男というよりも、女に見えるとのたまったのだ。ところがこれに対して花嫁は、勝ち誇ったように、わが夫こそアイルランドで一番と宣言したのである。

さてこうした顚末は一切合切妻の口から夫のハミルトンに、このあとすぐに伝えられたのだが、新郎のハミルトンはこれを聞いて頰を赤らめる。すると老女はこれこそ若さ故の恥じらいと考えて、まるで雌の虎のごとく飛びかかって、キスの嵐で相手を殺さんばかりとなった。

妻がときならず発情したときに、ハミルトンよりもうまくさばける夫のことを、わがイギリスの詩人は次のように歌っている。

医者は自分を呼ぶ声はわかっていたけれど、いつもそれに応《こた》える準備はしていなかった。*3

というわけで哀れな夫は、このときにも妻に応える気持ちはなかったのだが、ただ黙って身を任せ、妻の愛情の嵐を受け止めるだけだった。それでも妻はがっかりせず、経験豊かな女だったので、夫の冷たさを治す方法があると考えていた。その方法が効果的なことは、おそらくすでに試した経験があったのだろう。そこで夫に優しい笑みを浮かべて語りかけ、あなたは女でしょうと言うと、両手で身体をまさぐってその秘密を発見しようとしたのだが、ちょうどよくそこに夕食が来たので、この探求は終わりとなったのである。

しかしながら、女の心に沸いた好奇心を抑えるには一つしか方法がない。すなわち、好奇心を満足させてやることなのだ。そうすれば、秘密の発見は時間がかかるにしても、いつまでも秘密のままにはできないのである。そこで次の夜、夫婦がともにベッドにいたところ、まもなく嵐が起きて、どんどんぱちぱち、嵐に雷が一斉に押し寄せたのだ。その瞬間、悪党、ごろつき、売女《ばいた》、獣、裏切り者などの言葉が乱れ飛び、さらに悪口雑言、脅迫の言葉が続いて、屋根裏部屋にいたひ孫が目を覚ます。慌てて彼は階段を下りて、曾祖母の部屋に駆けつけた。すると部屋の真ん中で下着姿の老女が、片手にシャツをつかみ、片手に髪の毛を握りしめ、地団駄踏んで泣きわめいている。ああ、破滅だ、だまされた、何とひどい、もうだめ、悪党に盗まれた、ペテン師、売女《ばいた》などと大騒ぎ。どうしたんですとひ孫が尋ねると、ああ、もう破滅だわ！結婚したのが女だったの。夫が女、女、女よ！　それで、女はどこに？　逃げたわ、逃げたのよ、老女は騒ぐ。決定的な嘘がばれて、確かにあの女の花婿はすぐさま逃げ出し、ズボンを穿くのもそこそこに、ポケットにありったけの金を詰め込んで、慌てて靴を履くと、上着やチョッキ、靴下などを両手に抱え、道へ一目散に逃げ出したのだ。あとに残っていたのはシャツの半分、怒った妻が背中から引きちぎったものだった。

モリー・ハミルトンは、こうした出来事のためにすぐにダブリン中に知られることとなり、自分のことが知られずにいるのは不可能だとよくわかっていたので、慌てて波止場まで逃げた。そこで幸いにしてちょうどダートマスへ向かう船を見つけたので、すぐさまそれに乗ると、港を離れたので、追いかけてくる人々に見つからずに済んだ。

二週間の船旅だったが、その間には大したことは起きなかった。そしてようやくダートマスに到着すると、すぐに白の肌着を買い求め、トトネスの町へ行って、医者になりすまし、ミセス・ベイトリーという女性の家に滞在することにした。

ここでハミルトンは若い女性、ミスター・アイヴィーソーンなる人物の娘とすぐに知り合いになったのだが、この娘は萎黄病《いおうびょう》にかかっていた。[*4]　すると医者になりすましたハミルトンが、間違いのない万能薬があるから、これで治ると保証したのである。

こうして娘の治療に取りかかってまもなく、ハミルトンはこの娘に言い寄った。病気のために顔色は若干優れなかったものの、それを除けば彼女は美人だった。

この娘は医者になりすましたハミルトンには手頃な獲物で、結婚の日取りまで決める始末。これについては父親も知らないどころか、疑いすら持たず、娘を大事にしていた叔母も同じく信用しきっていた。これは娘がハミルトンを気に入っていたからで、それでなければこうは簡単に承諾しなかったことだろう。

結婚の日取りが決まると、医者のハミルトンと娘はその日の朝早くにトトネスを出て、デヴォンシャーのアシュバートンという町に行き、あらかじめハミルトンが用意していた証明書によって結婚したのである。

こうして二人は宿屋に二日宿泊し、その間医者になりすましたハミルトンはうまく役割を果たしたものだから、花嫁は二人の結婚が正式のものであることをまったく疑わず、永遠にこの夫と添い遂げるものと思っていた。三日目になると、二人はトトネスに戻り、ミスター・アイヴィーソーンの足下に跪《ひざまず》いたものだから、この父親も娘が無事に戻ったことに大いに喜び、娘がだまされていたのではないかとの疑いも晴れたのである。もともと実に性格のいい人間であって、自分の誇りや野心、あるいはこだわりなどを満足させるよりも、娘のためになること、娘の幸せを第一に考える父は、こうして娘を許し、娘と夫をわが子として家に入れたのである。ただし年老いた叔母はこれには反対で、絶対にこうした不埒《ふらち》な人間は許さないと言うと、若いカップルが家に入るやすぐさま、そこを出てしまった。

医者になりすましたハミルトンとその妻は二週間以上一緒に過ごしたが、その間、妻もほかの人間もハミルトンの正体に気づかなかった。やがてある晩、ハミルトンは少しパンチを飲み過ぎ、いつもよりも少し長く寝たのだが、目覚めてみると、妻が涙を流していた。そして何度もすすり泣きながら、自分が知らないのをいいことに、よくもこんなにひどいことをして破滅させたのはなぜなのかと尋ねる。ハミルトンは驚き、まだ完全に目が覚めていないまま、自分が何をしたというのかと聞いた。何をしたかですって、と妻は叫び、あなたはわたしのような若い哀れな娘と結婚したのではなかったのね、だってあなたは、あなたは……。何だか少し変だとずっと思っていたのよ。どうしてひげも生えていないのかと不思議に思うことも何度かあったわ。でも、それでもあなたは男だと思っていたの。だってそうじゃなければ、結婚するなんて恐ろしいことはできなかったもの。ハミルトンは何とかなだめようとして、結婚して喜びを味わったのだから何の不都合があると言ったのである。いいえ、いいえ、そんなことを言ってもだめよ。これ以上こんな罪深い生活を続けるつもりはないわ。落ち着いたらすぐにパパに言いつけてやる。あなたはわたしの夫ではないし、金輪際口をきくつもりはないわ。これにはハミルトンもどうしようもなく、大慌てで服を着ると、数日前に買った馬に乗って一目散に町から逃げ出した。そして間道を通ってサマセットシャーまで一気に逃げたのだが、その途中ではエクセターや大きな町はすべて避けたのである。

このように急いで、しかも注意深く逃げたことは幸いだった。というのも、娘の話を聞いたミスター・アイヴィーソーンはすぐさま治安判事から逮捕状を取ると、追っ手の役人たちを追跡に向かわせたからである。いや、それだけではない。自らもエクセターまで向かい、義理の息子の行方を捜したのだが、手を尽くして捜索したにもかかわらず、ようとしてその行方はわからなかった。結局、運が悪かったのだと思って泣く泣くあきらめたのだが、一方、娘のほうは同じ女性たちからの軽蔑や冷笑にさらされることになった。つまりこの一件をネタに、女たちは自分のことは棚に上げて、娘を笑いものにしたのである。

ハミルトンは何とか逃げて、サマセットシャーのウェルズに無事到着し、やれやれこれで追っ手に追いつかれる心配はないと思うと、またしても新しい冒険に乗りだそうと考えたのである。

ウェルズの町に着いてまもなく、ハミルトンはメアリー・プライスなる女性と知り合った。年の頃は十八くらいでとてつもない美人である。悪辣《あくらつ》なハミルトンは、ここでは何らはばかることなく、この娘を愛していることを明らかにしたのだが、とは言ってもその愛情の強さは男が同性の男に感じるものと同じくらいだった。

最初に親しく会話を交わすことができたのは、あまり身分の高くない人々に囲まれてダンスをしているときだった。このパーティ、ハミルトンの肝いりでおこなわれたものであり、二人はこの機会とばかり一晩中踊り続けたのである。ハミルトンはもちろんこの絶好の機会に好意を露わにしたのだが、口説き文句だけではなく態度でも示したのである。優しい言葉をささやきかけるかと思えば、何度もそっと手を握りしめ、さらにはキスを繰り返したため、娘のほうは喜ぶやら燃え上がるやら。何しろこんな心の高まりは今まで経験したこともなく、恋の炎が燃え上がって、ダンスが終わったときには胸がざわめいて仕方がなかった。若くて経験のない彼女には、この気持ちをどう表現していいのかわからず、朝になっても夜が来ても、目を閉じて眠ることもできなかったのだ。

次の日になると、医者に化けたハミルトンからこんな手紙が来る。

親愛なるモリーへ

こんな言い方をして申し訳ありません。でも、天使よ、心の底から本心を申し上げているのです。あなたにはすっかり打ちのめされ、わたしのすべてはあなたのもの、何ものも入る余地はないのです。こうしてお手紙を書いているわたしの気持ちはいかばかりか、おわかりいただけるでしょうか。わたしのモリーを考えていると、あなたの愛情とは言わないまでも、哀れみをいただければと思っています。またすでにあなたがわたしを哀れんでくれているのなら、どうかもう一度お目にかかるチャンスを与えてください。どうかすぐにでも。そのときにはあなたの足下《あしもと》に跪《ひざまず》き、心の内をため息とともにさらけ出しましょう。それがかなわぬのなら、喜んで死にます。愛する人よ、心の底から書き記します。

あなたを愛する
哀れなる僕《しもべ》より

この手紙は、すでに胸が高まり始めていたモリーの心にさらなる動揺をもたらした。二十回以上も読んで、ついには部屋中をくまなく見渡して誰もいないことを確認すると、手紙に熱烈なキスをしたのである。けれども、もともときわめて慎重な性格で、あまり図々しい態度を取るのが怖かったので、この最初の手紙には返事を出さなかった。だから仮にハミルトンに会ったとしても、ことさら冷たい態度を見せたことだろう。

その日、母親の具合が悪かったので、モリーは外出できなかった。すると次の日の朝、ハミルトンから二通目の手紙が届き、前にも増して情熱的な言葉が書き連ねられていたので、経験に乏しく優しい心の持ち主であるモリーは完全に屈服してしまう。つまり相手の懇願に負けて返事を書くことにしたのだ。ただし文面はよそよそしく冷静なものでなければならないと考えたので、イングランドでもっとも道徳心が高く、慎ましい女性であっても、この返事を書いたことを恥だとは思わないだろう。そこで次にお目にかけるのは、モリーが書いた手紙である。

拝福

おてごみ二つ受けとんりましたです。あたしのような乙姫にこんな愛上をくれるなんて取ってもびっくらです。あたしみたいにまずしい人間と婚結するだなんてうたがって信じませんですよ。あんたは国で一番おうきなひとなんでしょう。あたしとおんなじ暗いにまんじめなお人であれば、うちのおっとにしてもいいけど、いまはこんだけにします。あんたの下辺《しもべ》より。

この手紙を受け取ったハミルトンは天にも昇る気持ちだった。あのコングリーヴ氏が『老いた独身男』でも言っているように、手紙の中に多く出てくる間違ったスペリングは、アリストテレスの言葉すべてよりも雄弁なのである。[*5] そこでハミルトンは手紙を通じて面倒なやりとりをするよりも、モリーと面と向かって話そうと考えた。そこでその日の午後、モリーの母親の家に出かけ、モリーはおいでかと尋ねた。すると愛する人の声を聞いた途端、モリーは震えて倒れてしまったのだ。扉を開けた姉がモリーは在宅だと言ったので、ハミルトンは家に入る。ところがモリーは普段着だったので、きれいな服に着替えるまで待たされた。モリーは上から下まで小綺麗な服に着替えたのだが、社交界の貴顕女性が身につけるほどのものではなかった。それでもこうして、めかし込んだ恋人と会うことになったのである。

二人の出会いはいとも優しくしっとりとしたもので、モリーの心の片隅にはためらいがあったものの、今はそれも完全に虜《とりこ》になってしまった。できるだけ慎ましくとの気持ちから、結婚は少し先延ばしにと思っていたが、何しろ相手が熱心にくどくので、モリーもまんざらではなく、ついには二日以内に結婚することに同意せざるを得なかったのである。

モリーの姉はことの顚末を立ち聞きしていて、医者に化けたハミルトンがいなくなると、妹のところに行き、皮肉混じりにお祝いを述べて、あんな夫とだったらさぞかし幸福になれるだろうと言った。姉の気持ちとしては、自分も同じように女性と結婚できればと思っていたので、ここに書くにはふさわしくないことを口にしたのである。そしてこれには妹のモリーが激怒し、自分で決めた結婚なのだから、自分が満足なら、ほかの人にとやかく言われる筋合いはないと答えた。何しろモリーは夢中になっていたから、ハミルトンの代わりに、世界でももっとも立派で金持ちの男が出てきても心変わりすることはなかったと思う。

こうしてその愛情がこれほど強くなかったとすれば、次の夜に起きた出来事で彼女の心は変わっていたかも知れない。実は次の日の夜、二人は再びダンスをしたのだが、そこでハミルトンと、そこにいた男との間で口論となり、男がハミルトンの襟首をつかんでチョッキを引きはがしたところ、下着がほころんでハミルトンの胸が露わになったのだ。そしてその胸が女性にしてもたとえようのないほど美しかったのだが、男の胸とは大違いだったので、その場にいた既婚の女性たちはクスクス笑い出す始末。これでハミルトンが女性であることがはっきりしたわけではないにしても、ひそひそと陰口がきかれ、モリーのように純粋で燃え上がった娘でなければ、おそらく結婚式はとりやめになっていたことだろう。

ところがモリーはそんなことでめげたりしない。好きな気持ちが嵩《こう》じて、だまされていると も、いや疑いすら持たなかったのだ。したがって、約束の時間にハミルトンと会うと、予定通り結婚式が執りおこなわれたのである。

母親は娘がこんなふうに自分から相手を見つけた(母はそう思ったのだ)ことに大喜び。あまりの喜びに身体もすっかり回復し、家族すべての顔に喜びと幸福の笑みが溢れたのである。

結婚した二人は愛し続け、その愛情はさらに強まっていった。ところが哀れなモリーが知り合いに語ったところでは、この町に暮らす若妻がだまされていて、ついには知り合いから笑われる羽目になったというのだ。

それでもこのまま三ヶ月が経過して、医者に化けたハミルトンがグラストンベリーまで往診に出かけようとしたところ(ハミルトンが優れた医者だとの噂が広まっていたのだ)、たまたまトトネスから人がやってきて、ハミルトンに出会ったのである。この人物は、すでに述べたように、アイヴィーソーン氏の娘との一件、つまりハミルトンがウェルズで結婚して大騒ぎになったことを聞いていたので、それを語ったのである。

この種のニュースは羽がなくとも即座に広まるものである。まずウェルズに伝わり、ハミルトンがグラストンベリーから戻る前に、母の耳に伝わっていた。そこでこの老女はすぐに娘を呼び寄せ、厳しく問いただした。そんなことを隠していれば、これは大きな罪を犯したことになるし、家族一同にとっても大いに恥である。その上、男ではない人間を夫として黙ったままで喜んで暮らすなど、女性全体への恥辱でもある、そう述べたのだ。モリーは母に向かって、そんなことは嘘だと述べる。どんなことであれ頭に血が上った人間は次々と証拠を挙げて説明するのが普通だから、モリーも母親の心を揺り動かすようなことを並べ立てる。すると母は泣き出して、まさか、そんなことは人間とは言えないと叫んだのである。

ウェルズではこんな話となっていたので、ハミルトンがそこへ到着する前には、みんながすでに知ることとなっていた。そしてハミルトンが通りを進むと、群衆、とりわけ女たちがみんな歓迎の声を上げたのだ。笑いものにする女もいれば、泥を投げつけるものもいる。そうかと思えば、聞くに堪えない言葉を投げかける女もいた。ハミルトンが家に戻ってみると、妻は涙にかきくれ、どうしたのかと尋ねれば、母との話を語る。これを聞いたハミルトンは、なぜことがばれたのかわからないながらも、もちろん自分のしたことはよくわかっていたから、前に耳にしていたやり方を使おうと思った。つまり、こんな無礼な言いがかりをされては、逃げるのが一番だと考えたのだが、ただしその結果として危険が身に及ぶ点については、詳しく法律を調べていなかった。

そうこうするうちに、母親は親戚筋から何とかしろと矢の催促を受けていた。妻は強く否定しているけれど、証拠は挙がっていると言われ、母は治安判事のところに出かけていく。すると判事の前で、トトネスの男がすでに述べた証拠を洗いざらいぶちまける。これでハミルトンの逮捕状が出て、警吏が逮捕のために家までやってくると、ちょうどハミルトンが逃げる算段をしているところだった。

夫が逮捕されると、妻は激しい怒りと悲しみに襲われて、不当な逮捕で、疑いはでっち上げだと訴え、夫がどこに移されようがついて行くと心に決めた。

こうして裁判官の前で審理がおこなわれ、厳しい尋問がされたところ、すべては間違いないとなり、誰もが驚きを隠せなかった。しかし特にショックを受けたのは妻であって、発作を起こした彼女はなかなか回復ができなかったのである。

裁判官の前ですべての真実が明らかにされ、あまりに卑劣、悪辣《あくらつ》にしてスキャンダラスなものがハミルトンのトランクから発見されると、それが有罪の証拠として出された結果、ハミルトンはブライドウェルの監獄送りとなり、著名にして法律の学識豊かなゴールド氏(近隣に住んでいた）が法的処分に関して相談を受けた。その結果、次の裁判で訴追を受けること、卑劣な行為を働いた罪、具体的には詐欺罪によって国王陛下の臣民に被害を与えたことで有罪とすることが決められた。

ハミルトンはブライドウェルに送られたが、その途中で群衆から多くの悪罵を投げつけられた。しかしそれ以上にひどいことは、哀れな無実の妻が同性から受けた残酷な扱いで、その原因はこの妻が夫についてとんでもない供述をしたことだった。

こうしてサマセットシャーの巡回治安裁判では、ハミルトンはすでに述べた悪魔のようなおこないによって起訴され、公正な裁判がおこなわれた結果、裁判に出た人々も満足したのである。

なお、裁判では妻のメアリー・プライスも証人として出廷し、検察官からハミルトンの正体に関して、求愛を受けている間も疑いは持たなかったのかと尋問されたが、彼女はまったく疑いを持たなかったと答えた。続いて結婚期間はどのくらいだったかと尋ねられると、三ヶ月間だと答えた。その間ずっと一緒に暮らしていたのかと聞かれ、彼女はそうだと答えた。そのあと検察官が、一緒に暮らしている間に、ハミルトンは夫が妻に対するように振る舞ったのかと尋ねると、妻は少し恥ずかしそうな顔をしたが、それでもようやくその通りだと答える。最後に、夫が正体を隠していると初めて気づいたのはいつかと問われると、夫が治安判事の前へ連れてこられるまで、そして真実が明らかになるまで、少しも疑わなかったと答えた。

こうした卑劣きわまりない罪を犯した人間は、裁判所によって四度にわたり、公開の場で厳しいむち打ちの刑に処するとされ、サマセットシャーの四つの市場町で、一度ずつむち打ちの刑を受けては監獄に収容されることが決められた。

こうしたむち打ちの刑をハミルトンは受け、厳しく罰せられたのだが、正義よりも自分の美貌に気を遣う人間は、少し手加減をする気持ちを抑えることができなかった。何しろ美しい肌にむちを加えるのだから、背中の皮がほとんど剝《む》けてしまうこともあるのだ。しかし手加減をすれば、罪を犯した人間への罰としては十分なものにならない。というわけで最初のむち打ちを受けた夜、ハミルトンは看守に金を渡し、若い女を調達してもらって、怪物のごとき不自然な欲望を満たそうとしたのである。

しかしここまで書いておけば、これほど薄汚い不自然な罪をあえて犯そうとする人間もいないことと思う。つまり、この世の中で卑劣きわまりない行為を犯しても、その罪を免れようとすれば、必ずやその罰を受けるのである。不自然な欲望は男女どちらにとっても同じように悪徳に満ち、嫌悪すべきおこないである。いや、たとえ慎ましさが女性の特質であっても、それを汚《けが》し貶《おとし》めるきわめて恐ろしいものが含まれているのだ。

したがって女性のためにご注意をしておくならば、生来の無垢と純真を持っていれば、男性の目にはとても美しく見えるのだから、これまで書き綴ってきたことをどうか拳々《けんけん》服膺《ふくよう》していただきたい。そうすれば、身を持ち崩すこともないのである。これまで述べてきたことをお読みになると、いささか不愉快になることもあるかも知れないが、お耳汚しになるような言葉、清純にして純潔な心を汚《けが》すような言葉は断じて含まれていないと言えよう。

終わり

地獄からの大ニュース、あるいは
ベス・ウェザビー[*1]によって敗れた悪魔

親愛なるルーシーへ

こちらへ来て、これほどのがっかりに驚いたことはなかったわ。状況にもよるけれど、地獄と地上には大きな違いはないと思う。つまり、わたしがよく出かけた場所、コヴェント・ガーデンという場所とは大きな違いはないってこと。ここに来るまでわたしは地獄のような生活を送っていた。それが今も、地獄以外の生活は送れないの。まったくのところ。実際、ここではもっといい生活を送る希望をみんな奪われている。ところがそれでいて今より悪くなることもできないの。というわけだから、どんなに悪い条件でも一生懸命やるしかない。今のところ、わたしがいる場所は、コヴェント・ガーデンのど真ん中ほど暑くはないと思う。それでも、身体はもう一つの世界にいたときと同じ暑さを感じていて、それはブランデーとマディラ酒を飲むせいなの。

頭のいい人たちは、地獄とはどんなものか、みんな違った考えを持っていて、これまではさんざん言い合ってきた。あいつらはそれぞれが、自分がこうだと思う地獄を考え出してきたのね。地獄と言ったって、たくさんの地獄があるというわけだわ。[*2] でも、ルーシー、あなたも同じだと思うけど、地獄がこんなものとは夢にも思わなかった。確かにここは地獄のような場所なのだと思うわ。だって女もここじゃわたしたちの世界と同じようだし、男も知り合いと同じような連中で、他に変わったやつなんていやしない。遊び人、ユダヤ人、ポン引き、女衒《ぜげん》、娼婦、女郎買い、博打打ちなんていうのばっかり。だから、地獄っていうのは、ほとんどこういう連中ばかりを集めたところなのだと思っているの。

ここで受ける一番の罰というのは、今までにやった罪を、全然改める可能性もないままに、いつまでもやらなければならないことで、このために悔い改めるなんていう気持ちが逆に強くなるの。これは罰としてはつらいもので、何しろ自分の気持ちに反してやらなければならないからね。前には進んでやっていたことを無理にやらされるわけで、だから喜びなんてものじゃなくなる。でも命令は絶対だから、いつまでもやっていなけりゃならない。そんなわけだから、マデイラ酒も毒みたいにむかむかするし、男と寝ても痛風の発作みたいに痛いのよ。

そんなんではじめの頃は二階に上がって、一日で最低でもワインを一ガロン飲んでいたんだけど、今じゃ二倍はこなさなきゃならない。考えてもすさまじい苦しみでね、地上にいたときと比べると、一度に二ガロンを飲まなければいけないのよ。それに男と寝るのも、二回はやらなけりゃならない。実際の話、ルーシー、身体が持たないわ。あなただってたいがい好き者だったけど、こんなのはとんでもない苦行と思うでしょうね。

地獄のやり方で悪魔のような儀式をするの。その儀式を取り仕切る儀典長が悪魔なわけよ。昔からの言い伝えによると、こいつは機嫌がいいと親切なやつなんだけど、そんなことは滅多になくて、まあまあの機嫌のときなんてのもほとんど見ることがないのね。ところが、訳知りのやつらが前にコヴェント・ガーデンのあたりに住んでいて、この悪魔の割れた爪〔悪魔の足は爪が割れている〕のようなものを拾ったので、この年取った悪魔をときどきだますようになったの。それで少しはあの苦しい義務から解放されたけど、これも結局、苦しみを増すだけのことで、悪から永遠に解き放たれる幸せを心の中で願うだけとなり、単調でつらい仕事をしていた頃よりもずっとずっと惨《みじ》めになったわ。だって前には、どんちゃん騒ぎに明け暮れて何かを考えることなどできなかった。そんなわけで悪魔のような義務から解放されるのを何度も期待するのは、苦しみを増やすものとしてわたしたちのなかに植え付けられているものだと思うようになったのよ。あの悪魔がそれを許しているのは、わたしたちへの褒美ではなく、罰なんだわ。

ここでやるわたしたちの儀式には女もたくさんいるけれど、炎や硫黄のような地獄の責め苦もたくさん受けなくちゃならない。ただ、今のところはそれ以外のものは見たことがないの。責め苦と言えば、これでもかとばかりいろんなものを繰り返し与えられることで、だから昔は快楽と呼んでいたものも、そんなふうにやたらと与えられると、とんでもない苦しみになる。でも、地上でひどく貧しい生活をしていた連中のなかには、そんなのには喜んでうれしそうな顔をするものもいるものだから、こっちも何とかして悪魔の鼻を明かしてやろうとしたの。そんなわけで、何度焼きを入れられてもまるで平気な顔ができるようになったやつもいて、鉄や鋼《はがね》を焼くような熱さにも我慢できるし、ハンマーで殴られても平気、顔には何の苦しみも出さないの。

酒を飲んだり、売春をしたりするような悪徳は、ここではものすごく盛んだから、ここにやってきたときは、間違いなくわたしは有名人だったわ。わたしの名前と性格は(それにあなたもよ、ルーシー。あなたもかなりの有名人)何年も前にこの場所に伝わっていたの。確かに、あなたと別れたときには少し怖かった。それと昔からの友だち、ジョーとかベスなんかにここで会えるか不安だったけど、それは大間違い！　ここにいる人たちは、まるでわたしがずいぶん前から住んでいたみたいに、すぐに打ち解けてくれたの。それにちょっと変だと思ったけど、みんながわたしが旅に出たことを知っていて、ここに着いたときに出迎えてくれたの。何しろわたしが着くずっと前から、ものすごく大勢の人が港に来ていて、まるで狂ったみたいに声を上げて大歓迎だったというのよ。

渡し守のカローンは、元気な年寄りのこそ泥だけど、わたしの仕事を知っていて、わたしが彼の小舟に乗った途端、勢いよくぶつかってきたんだから。[*3]――ねえ、くそじじい、あたしはあんたのご主人様のものだよ、悪ふざけはおやめ！　そう言っても、このじじいは力が強いんで、そいつの持っているオールを一つ取ると、舟から三途の川に突き落としてやろうとしたんだ。いいかい、好き勝手なことをするんじゃない！　これにはこの年寄りもびっくりしたようで、オールを手にすると、一生懸命逃げようとしたの。それでわたしはブランデーの瓶を舟の中から取り出すと、景気づけに一杯飲ましてやったのさ。

一番楽しかったのは、港に着いてすぐにみんなが昔の歌を少し歌って歓迎してくれたこと。「ウェザビーめがけて行きましょう」――ねえ！　ベッツィー！　一人が言うと――わあぁ！ようこそ、もう一人が言うの――ねえ、流し目のヴィーナスちゃん！　三人目が言うのね。要するに、みんながまるで仲良しに声をかけるみたいに迎えてくれたわけ。何だかいつものように、シェイクスピアやローズ、ベン・ジョンソンのようなパブに行ったみたいだった。

　何人かがわたしのことをよく知っていて、そばに来たんだけど、コヴェント・ガーデンを出るずっと前の記憶なんかほとんどなかったの。でもそのうちの何人かはわたしの猛烈なファンだったし、遠くからわたしにあこがれていた人もいたわ。こうしたかわいそうな人たちは、姿が見えなくなり、消息やら噂も聞かなくなっていたけれど、華やかでせわしない毎日を送っていたから、その人たちがどうなったのか考える時間がなかったし、こうしてもう一度会うまでは、会えなくなって寂しいとも思わなかった。親愛なるルーシー、こんな派手なお馬鹿さんたちが与える印象といっても、そのようなものだったのよ。

　一人のやつれた老人、昔は伊達男で通っていた男が群衆をかき分けてわたしのところへ来ると、長々と話を始めた。ローズでわたしが料金を踏み倒したという一件を持ち出して、自分が眠ってしまったのを幸い、わたしが彼をほったらかして、若い学生といなくなったことを怒るわけ。――ふん、わたしは言ってやったわ。そんなつまらないことを覚えておく暇なんかないわよ。だから、とっとと失せなさい、老いぼれ、そう怒鳴ったの。するとこの年寄り、くるっと振り向くと、口の中でもごもご悪態をついて、立ち去ったわ。

次はいかめしい顔をした老紳士。昔は王立取引所近くで仲買人をやっていたこの男がやってきて、手を握ると叫び声を上げたの。ああ、ベッツィーじゃないか！　昔の店の連中はどうしてる？　ええ、ここにまもなく来ると思うわ。でもわたしはみんなと別れて、とか言っていると、老人は手を握って、ジョーズじゃずいぶん一緒に瓶を割ったじゃないか！――この男のことはよく覚えていたわ、ルーシー。あなたとわたしがよく話していたあの男よ。わたしを自分の奥さんに紹介して、ダブリンに住んでいる文通相手の妹だって言ったのよ。六週間くらい家族同然に暮らして、その間に少し仲良くなったけど、彼の奥さんが焼き餅を焼いたので、わたしは故郷に戻るふりをしなければならなかったの。仲良くなったときのことを思い出して、二人で大笑いしたものだから、この人、また昔のように仲良くしようと言い出したんだけど、わたしは断ったほうがいいと思ったの。

次にやってきたのは騒々しい若者たちで、みんなわたしのことを知っていると言うの。それで、昔ワインや食事でもてなしてくれた人たちのことを思い出しているふりをしたわけ！――あらまあ、昔の知り合いは半分くらいは忘れてしまったの。だってこっちへ来てからずいぶん経つもの！　それでね、ルーシー、またやり直したいなんて思うような男もいなかったのでね。それで昔のようにふざけ合って、悪魔を門のところまで連れてきてと言ったの。悪魔は威厳に満ちていて、わたしの人生、わたしの考え、これまでの冒険の数々をよく知っていたので、喜んでわたしを迎え入れてくれて話し始めたのだけど、ようやくわたしと会えて喜んでいると言ったの。実はこの悪魔、年老いた愛人の腐った肉にうんざりしていて、もしよければ、わたしを地獄の女王にしたいと思っていたの。――女王ですって！ それはなかなかのものだと思ったけど、わたしは自分の仕事が大好きだし、いい申し出にはいつも嫌悪感を強く持っていたから、悪魔の顔を指でたたいて、おまえは筋金入りのワルだと言ってから、次々に悪口を浴びせたの。そしたら慌てふためいて姿を消してしまったわ。

三人のアイルランド人がいて、彼らはお金目当てに結婚相手を探していた男たちなんだけど、前にコヴェント・ガーデンのあたりでかなり派手に騒いでいたの。それがわたしのところにやってきて、こう言うのよ。――こりゃあ、びっくりだな。でもおまえは今はウェザビー[*4]にはいないんだろう。だったら気をつけるんだな。悪魔にここからたたき出されたら、もう一度戻ってくるのは楽じゃないからな。――あら、マッケリーさん、わたしは言い返してやったの。あんたがここに来たのは、借金から逃げるためだろう？ つまらないこと言ってんじゃないよ。これ以上つきまとうのは止《や》めておくれ。あたしはここのことはよく知っているんだから。あんたたちには負けないよ。――するともう一人が、このバビロンのあまが[*5]！ おまえがアイルランドにいたことは知ってるぜ。パンとビールが欲しいから、喜んで荷馬車の御者と暮らしていたじゃねえか。覚えてねえのか？　ええ、おまえは軍隊の＊＊＊からたたき出されただろう？――それでわたしはこう言ったんだ。とっとと失せな、乞食野郎！　あんたなんか縛り首になって、ここへ来たんだろう？

　このあともやりあって、あいつらを追っ払ってやったのさ。そしたら死んでまもないポン引き野郎がやってきて、二ポンドくれと言うんだよ。借りがあったんだ。でも、こう言ってやったんだ。このうすのろ、ここに金なんか持ってきてる訳《わけ》ないだろう？――家財道具はみんな、皿や陶器もオークションで売り払ってきれいになり、身一つでやってきたんだからね。もしあの喜劇役者のN–d S–rがN–cy D–f–nにやるからと言って、あたしの指輪や宝石を高く買ってくれなかったら、ここまで来るためのお金もなかったんだ。それにさあ、あちらの世界でこしらえた借金だってあったんだよ。そんなことわからないのかい？　こう言ってやると、この哀れで薄汚いやつは頭をかいて、慌てて逃げ出したのよ。

　次に会ったのが、昔わたしに言い寄っていた男。覚えているでしょう、ルーシー。この男とはウェザビーのバーの後ろにあった小部屋で、年がら年中一緒に食事をしたし、ときどきは一週間かそこら、ハンプトン・コートや、ウィンザー、タンブリッジなんかへちょっとした旅行にも連れて行ってくれたわ。この男の態度といったら、そんじょそこらの牧師よりもきちんとしていて、顔の長さなんか、どこかいろいろなところから取り寄せて足したみたい。だからわたしたちのような仕事をしていた女は、よく噂をしていたのよ。でも最初は正体がわからなくて、ずいぶん長い間、お互いに誰だろうと考えていたんだけど、ある朝、二人して酔っ払いながら散歩をしていたら、メソディストの集会にたまたま紛《まぎ》れ込んでしまったの。そしたらこの男が説教壇の上高くに上がって、まるで狂った雄牛みたいに夢中でしゃべったり、怒鳴ったりしたのね。それを聞いているのは六十人くらいの人たち。年をとって疲れたような男女が男の敬虔な演説に、歌を歌ったり、目を向けたりしているんだけど、その熱狂ぶりはすごいものだった。*6

話の内容は覚えている限りでは魂の純粋さについてで(こんな話題を扱うにしてはずいぶんハンサムな人だけど)、純粋さについての自分の信念を、ミルクのように真っ白な正義とか空の青さのような信仰心、鳩の色のような善といった言葉を盛んに使っていたわ。救いの信仰とかいうものの必要性を示そうとして、よきキリスト教徒はこれなしでは生きられない、それは魚が糖蜜を与えられても生きられないのと同じだと言っていたけど(何てすてきな比喩なんでしょう)、ぞろぞろと続く会衆を悔い改めさせようと、常に準備を怠らないように諭《さと》していたの。つまり、最後の審判の日は夜にやってくるかも知れないというわけね。それにしてもあなたも覚えているかも知れないけど、この言葉は見事にパンチがあると思って、思わず笑ってしまったけど、これには年寄り連中が立ち上がってこちらを見ていたわ。でもこっちは隅っこの暗いところに隠れてじっとしていたから、そのうちに長い演説もようやく終わったわ。

こういう連中に哀れな人たちが引っかかると思うと、おなかの底からよく笑いがこみ上げてきたものよ。だって簡単に言えば、こういう説教なんて同じ言葉の繰り返しですもの。天罰、自己正当化、再生、救済、そんな言葉が何度も何度も演説の中に出てくるの。でもみんな神を敬うような顔をしているけど、ほとんどの人が敬虔な牧師と同じく、ここに来たのも偽善者だったからだし、女を買ったり、酒を飲んだりしたからなのよ。そういう人たちの群れの中に上品な顔をしたわたしの恋人もいて、彼は少なくとも百五十人くらいの男と女たちを引き連れてきたんだけど、年を取った人間も若いのも、みんなどうしてこんなところに連れてきたんだ、もっといいところがあっただろうと、悪口を投げつけたり、叩いたり、殴りつけたりしていたの。――おい、この野郎、年を取って魔女のようになったじゃじゃ馬が、そう叫んだの。あんたはいつも言っていたじゃないか。わたしたちは好きなことができるってさあ。だって神様が救ってくれるって――いいかい、あたしがどんなだったか言っただろう？　大酒飲みだったし、昔は何よりもジンが大好きだったって言っただろう？　選ばれた人間だったんだよ。亭主の稼ぎをみんなあんたに渡したじゃないか？——あんたが初めて田舎から出てきたとき、あんたは貧しい屋根葺きだったよね。それをうちの家に入れてやるとき、あたしは娘とその二人の子どもを外に追い出したじゃないか？　あんたが偉大な仕事とか言うものを助けてやるために、信じやすい連中をたくさん集めてもやったよね？——何が偉大な仕事だね、あんたもくそくらえさ。——客の立派な肌着もみんな質《しち》に入れて、盗まれたんだと嘘まで言ってさあ、あんたが集会所を建てる金にしてやっただろう？　それだけじゃないよ。貧乏なグッディ・ソープウェルや近所のブルーラグ[*7]からも金を出させたじゃないか——あんたはそのとき、天が百倍にして返してくれると言っただろう——薄汚いやつだよ、あんたは——おまけにあんたは、あたしに浮気をしろと言ったよね？　うちの旦那があんたの信者じゃないからと言ってね。——あんたの誘いに乗って、旦那にはひどいことをしてしまったよ。——そう言えば、あたしが選んだ立派な家族いくつかにあんたを紹介してやって、あんたが立派な、とても信心深い人だと言ってやったっけ。そんなこんながあって、あたしは自分じゃ立派なキリスト教徒だと思っていたけど、結局地獄に落ちてしまったのよ。この悪党！　あんたの目をえぐり出してやるから！——そう言うと、女は怒り狂って男をひっくり返し、蹄《ひずめ》を男のやせこけた顔に乗せたものだから、男は地獄の端から端まで逃げ惑う始末。そのあとを集まった人間たちが追いかけ、叫んだり、ここぞとばかりに殴りかかる人間もいて、結局、男は最後には息を切らして、倒れてしまったの。すると女たちも、ここに来てかなり荒っぽくなっていたから、代わる代わる男に馬乗りになると、むちで男を打ち据えたのよ。まるで針のむしろに巻かれたような姿。こんなにおもしろい見物《みもの》は、その場にいた人たちだけでなく、誰でも愉快と思ったでしょう。結局、最後の最後にはみんなが一人ずつおしっこを引っかけて、そのために男はほとんど溺れそう、いえ、その臭《にお》いで息ができなくなりそうだったわ。

あの偽善者はこんなふうに毎日罰を受けていたんだけど、考えてみれば仕方のないことだったわ。だってあんなふうに人をだましたんだし、そういう人の信じやすさや無知につけ込んで、自分の思い通りにしたのだから、どんな復讐をされても我慢するより仕方がなかったのよ。つまり、正当な責め苦を果てることなく受けるより仕方がなかったわけ。

ところでこれも覚えていると思うけど(次にわたしに言い寄ってきた男のこと)、肌の色はサフランのような橙色で、眉は黒くて、やたら高い鼻の男よ。こいつはしばらくわたしのカモの一人だったの。こいつは確かとんでもないけちで、イスラエルの部族の中にいる相場師みたいな男だったけど、女が大好きで、その気持ちが抑えられなかったのね。ところが不幸なことに、こいつは男の中でも極めつきの醜男《ぶおとこ》で、金はうなるほど持っていても、こいつに身体を差し出す女は百人のうちに一人もいなかったの。でもわたしは、男の好みがそれほどうるさくなかったから、たんまりくれれば、相手もしてやったわ。二人であちこち飛び回って、あの男はわたしのことをまるで貴婦人のように思い、ずいぶん感謝してくれたものよ。――それが、人をだましたりするのが大好きで、その一方では金がかかることに苛立《いらだ》って、わたしがここに来る二年ほど前に死んでしまったの。――それにしてもこの男を失ったのは、わたしにとっては不運だった。――「アア、ベッツィー」[*8] 彼が言うの。「何でまたこっちさ、来たんだ？ わしを探してか？ あっちの世界にゃあ、金もないだか？ わしの時計も金鎖もあるはずだ。おまえがわしから取ったもんな。くじや札もあるんだろう？ わしのとこくるとき、おまえが持ってきたやつだ」――ねえ、シャイロック、わたしは言ってやったの。まだわたしのことを許してくれないの？ それから彼の顎の下を軽く叩いて、さあ、キスして、これで恨みっこなしにしましょう。「馬鹿言うな」彼が言ったの。「この悪党！ おみゃあ、わしのことを黒んぼ言うたな。金はわしが稼いだもんだ。それで悪魔んところに来たんだ。おめえはあばずれだ。モーゼは嘘つきか？ アーロンも嘘つきか？ イスラエルの子どもたちも嘘つきか？ わしはそれでこんなとこに来させられたか？ おみゃあみてえなキリスト教徒といなけりゃ、モーゼもアーロンも信じておったになあ。おみゃあはわしに嘘をつかせ、誓いさたてさせ、どんどん飲ませて、わしの金を取ったんだ。そんでわしは兄弟も、姉や妹も、父も母も捨てて、偉い神父さんも捨てて、シナゴーグにあった有り金全部持って来たんだ。おめえのせいで悪魔みてえなことして、こっちに来たら悪魔がいるんだ」。――「ねえ、お願いだからガーガシャイトさん、わたしは言ってやったの。言うことはそれだけかい？　そんならこっちの番だよ。――なんだい、悪いのはみんなあたしだって言うの？　こっちには知っている人間がいないんで、ちょっと一杯やったんじゃないのかね。――この薄汚いやつ！　あたしはあんたの財布から一度に一ギニー以上は搾り取れなかったし、それだってあんたの心臓から落ちる血のようなものだったじゃないか。それにあたしが飲んだくれてたときだって、ときどきは金を送っていただろう。二ギニー以上の借金だって、あんたに払わせたことはなかったよ。――あんたみたいなクズが、立派な女を囲っているふりができたのは、いったい誰のおかげなんだい？　あんたみたいな薄汚いやつが、あたしと一緒にいて楽しい思いができたのはどうしてなんだい？　そのおかげで他のつまらないことは忘れられたんじゃないか。あたしのことでどんな不平があるというのよ？――あたしにはこのイングランドやアイルランドの王国で、一番の人間が何人もついているんだ。まったく、あんたみたいな情けないやつはいないよ。隅のほうにとっとと行って、その汚いつらを隠してしまいな。バーソロミューの市《いち》で野獣の中にあんたのような顔を見ることがあれば、あたしは今より何百倍もすてきになれるんだからね」。こんなふうにこのモーゼの息子をとっちめていたんだけど、その間、あいつはじっと突っ立っていたの。そして最後には力を振り絞って、あたしにつばを吐きかけようとしたけれど、結局だめだった。それからわたしはあいつに飛びかかって、歯と爪で思い切り攻撃すると、慌てて助けを求めて泣きわめいた。すると仲間がひどい目に遭っているのを見た連中が、できれば仕返しをしてやろうと思ったのか、わたしから引き離そうとしたのだけれど、こっちのほうが強かったのよ。だってユダヤ人と比べたら、キリスト教徒のほうが数が多いから、やつらは慌てふためいて逃げ、後ろからさんざんに殴られてしまったの。

この嵐のような騒ぎが終わると、今度は二人の役者が声をかけてきた。それで一緒に座って話し始めたのだけど、そのうち芝居のことで聞いてきて、どうして芝居に来ないのかと尋ねるの。――あら、別に何かがあるわけでもないけど、マクヒースとポリーばかりで、[*9] そんな古い話を何度もやっているから、気分が悪くてね。古くさいやつをいつまでもぐちゃぐちゃやってばかりだから、迫力もなければ、見所《みどころ》もないもの。でもいつも小屋はいっぱいだけどね。――じゃあ、それってどうしてだと思う？　二人はそう聞くの。それでこう答えたわ。「確かにね、新しいポリー以上のものはないわ。イギリスの今までの歌手より上だもの。でも街の噂じゃ違うのよ。歌がうまいと言われれば、そりゃあ、あの女も大喜びでしょうけど、街の人たちに言わせれば、本当に趣味がいいことにはならないのよ。世界一歌がうまくても、新しさや工夫がないのは隠せないわ。あたしの考えではね。――あら、ごめんなさい、大事なことを忘れていたわ。とっても立派なお人柄で評判のいい女性がいるの。この女性は上の世界では、わたしのように、清廉潔白で有名だったわ。この女性がブラック・ベスの格好をして古い角笛《つのぶえ》を吹くと、みんな大受けしてね。何人かの人の話によれば、オペラの中でも一番拍手が大きくなるそうなの。これでわかると思うけど、最近人気があるのはこういうものなのよ」。「それは驚きだな」と一人が言い、「よくわかるよ」ともう一人が言ったものよ。「しかし、どうすれば他の小屋でそういうものがやれるのかい?」そこでわたしは答えたの。「確かにミスター・ギャ――ク[10]は才能に溢れているし、いい芝居を選んでいるわ。二つの新作の笑劇とか(＊)、三幕ものの新作喜劇なんかは、多くの目利きがこれまでで最高だと言っているけど、それでも『乞食オペラ』が今のところ圧勝なのよ。でもきっと、ドルーリー・レインの支配人は次のシーズンには、やっぱり新しいポリーを出すより仕方ないと思うわ。だってコヴェント・ガーデンに対抗しないとだめですからね」。

＊原注　*High Life below Stairs, Love A-la-mode,* and *the Way to keep him*[11]

すると、この演劇界の大物の一人がこう言ったの。われわれは芝居小屋を一つ持っているけど、きちんとした経営ができていないんだ。何しろ支配人は上の世界の人間と同じでね。だらしないし、見る目もないから、どの演《だ》し物もだめにしてしまう。パントマイムなんかも三十年も四十年も寝かしたままで、舞台に出そうとしないんだ。おそらくそのつもりもないんだろうね。その男は新しい演し物を舞台にかけるのに乗り気じゃないんだ。だから、誰が持っていってもまず上演される見込みはない。それにこいつは芝居の原稿を七年も八年も抱え込んでいるとよく言われていて、結局は読まないままそれを作者に返してしまうんだ。自分の判断を頼りにしていて、作品全部を読まずに、最初の一、二行を読んだだけで全体の判断をするのでね。まあ、この特別な才能は支配人としての彼には大いに役立つわけで、持ってこられた原稿をすべて細かくチェックしていたら、自分の私的なことだってすぐに手に負えなくなるだろう。何しろすでに上演しているものをチェックするだけで手一杯なんだ。この支配人は人間としては実に取るに足りないやつなんだが、自分を偉そうに見せるのが大好きでね。そのため、毎朝、芝居の世界に興味を持っている人間を集めて顔を合わせるんだよ。それで若者たちは、この男から約束を取り付けると、これで舞台に立てると期待するわけでね。そういう若者にいくつか役をやらせてみて、それが終わると、肝心の話はしないで、毎朝つまらないおしゃべりをしてばかりいるんだ。自分のそばにいるかわいいあばずれ女たちが、その会話に花を添えているんだが、やがて突然、芝居小屋で仕事の話があるとかで、支配人はそこからいなくなってしまう。

そのあとは何の音沙汰もなく、期待した連中はがっかりして戸惑うだけ。まあ、たまにはある役柄を何度かやらせることもあるけれどね。それで芝居が始まるときには、その役は他の人間に回したりはしないなどと約束する。すると、言われたやつは期待するよね。そしていつものように朝に歩いて支配人のところに行くと、ショックでしばらく口もきけなくなる。宣伝ビラに他人の名前があるからだよ。怒って支配人のところに行くけど、まるで効果なし。豆鉄砲で要塞に攻撃をするようなものだ。戻ってくる答えと言えば(嗅《か》ぎたばこを嗅ぎながら)「いやね、あんたにしてもらおうなんて思ってもいなかったんだ。一ヶ月前に他の人間に回していたからね」。それでもときには、新しい役者をデビューさせることもある。ただしそれは、この男によって他の連中が何かを学ぶ効果があると思ってなんだ。ともかくこの支配人はおかしなくらいものを知らなくて、常に名詞にアクセントを置くのが不変の法則だと思っているんだ。いや、この男がときどき偉そうに口にするのを借りれば、アクセントは強調の上に置くと言うんだ。もしこの男に教わった人間がいつもこうした規則に従っていれば、何と馬鹿なんだと観客に馬鹿にされるのは間違いないね。でもそれに従わなければ、即座にこの支配人様にクビにされてしまう。――仮に(実はやってみた人間がいるんだが)支配人の言うことはおもしろいと言って、言われたとおりにするふりをして、実は舞台できちんと役を演じたとすれば、間違いなくほされてしまうか、少なくとも(芝居小屋の言い方を使えば)、板から放り出されることになる。観客からやんやの喝采を受けたとしてもだ。「この支配人は世間の評判など歯牙にもかけないんだからな。馬鹿なやつらだ。あいつらにはセンスもなければ、良し悪しの判断もできないんだ」などと言ってね。

そのあとも男はこう続けたの。何しろ舞台に立ってもかなりの給料をもらっている人間などいなくてね。演技がうまいよりもお世辞が得意なほうが金になる。途方もない給料をもらっているのは、いつもこんなことばかり言っている人間なんだ。「いやあ、実にセンスがいいですね。よくわかっていらっしゃる。優雅な台詞《せりふ》だし、説得力に溢れているし、実に上品な言葉遣いだ！」。こうやって目立つ人間もいれば、そんな汚いやり方はごめんだと言う人間は、舞台に上がるだけでもさんざん苦労して、結局つまらない役をあてがわれるのが関の山でね。いい役をもらえるのは、たいていは上流階級や権力のある人間から強く推されたり、あるいは支配人に押しつけられたやつらばかりでね。こういう連中は支配人の馬鹿馬鹿しさなどぐっと飲み込んでいて、おべっかを使うのが得意だから、普通なら馬鹿にしたり嫌ったりするのに、いつでも褒めてばっかりなんだ。ろうそく係をやっているとても気の利く男がいてね、こいつは一流の役者と同じくらい役に立つんだが、何しろ金がなく、自分を引き立ててくれる友だちもいない始末でね。うちの主演女優ものすごい影響力があるし、何を演じても小屋を一杯にするんだが、金が入るとやる気をなくしたりするんだ。それでもこの女は上つ方のお覚えがめでたいのでね。ただし、仲間の女優連中みんなからはひどい悪口を言われているがね。

おいおい、ともう一人の男が口を挟む。ちょっと厳しすぎないかね。あの女は立派だよ。いつでも下手《へた》な役者のために演じようとしているじゃないか。少なくともその気持ちがあるのは間違いないぜ。聖書にもあるじゃないか。複雑な事情があるんだよ。おまえの言う欠点はおそらく支配人が悪いからなんだ。支配人は何らかの目的があって、おれたちのような下っ端があまり金を手にしないのがいいと思っているんだ。もし金が入ると、生意気になって給料の値上げを要求するとでも思っているんだろう。そうなりゃ、支配人の耳には追いはぎの台詞じゃないが、有り金を全部出せと聞こえるかも知れないんだ。要するに、ああいう連中にはいろいろと策略があって、そうしたものにはこちらはまったく太刀打ちできないわけだ。

人間ていうのは(もう一人が言い返した)、その性格があちらの世界で悪辣《あくらつ》きわまりないのでなければ、こちらの舞台に立つくらいなら、アラビアの砂漠で生きる道を探ったほうがましなくらいなんだ。そして驚くべき役者と呼ばれるようなものになるには、支配人とも観客ともうまくやらなければならないのは当たり前なんだよ。女郎買いや酔っ払いでは、こちらの世界では何にもならないんだ。役者の世界で名を上げるには、何か大きなことをやっていなければだめだ。銀のジョッキを盗んで逃げたとか、馬車の後ろから財布を盗んだとか、男の目をくりぬいたとか、あるいは人殺しをしたとかね。——こういう連中はこちらの世界では役者として小屋を満員にしたり、街の人気をさらったり、大金を給料として要求したりして、支配人なんか怖いとも思わないんだ。——ところが不幸にして泥棒にも人殺しにもなれないと、ここでは役者としてめざましいことなど出来やしない。

こういうのが地獄の観客で、彼らは役者の評判などこれっぽっちも考えやしない。おもしろくて楽しませてくれれば、それでいいんだ。もっぱら自分の楽しみを追いかけているので、役者がどんな人間であっても構やしないんだ。正直なやつであろうと、とことん悪漢だろうとね。だから笑うだけ。確かに正直か悪漢かでも、悪いことをやって目立つほうが好きでね。というわけで、おとなしくて内気な人間は、仮にものを知っていて優れているとしても、いわばたなざらしになるわけで、せいぜい無口な召使いか参事会員の役が与えられるのが関の山でね。

こう言いきったところで、もう一人の男が熱弁をふるい始めたの。いいかい、役者の世界は間違いなくこういうもので、一人が舞台で与えられた役柄をやっているときには、他の三、四人が舞台の袖に集まって、主役が何か言ったり、演技をするたびに悪口を言ったり、茶々を入れたりしてるんだ。ところがその主役が舞台から下がると、信じられないくらいのおべんちゃらで出迎えて、手を取っては「ブラボー、お見事でした！　最後の台詞なんかすばらしい。よく役柄をわかっているんですね！」と言う始末。そこで今度はこのお世辞が嘘つきどもに向けられることになる。その結果、この嘘つき連中は、同じようなお追従《ついしょう》を言われることになるんだ。こうしてお互いがいつまでも欺《だま》したり、欺されたりの繰り返しを続けるわけでね。そうなると、誰も彼もがやり合うだけのこととなって、近頃では演技だけでは役者として物足りないことになるわけだ。――ただし――

役者の間ではこうした不平等があり、かいかいかいわれわれの支配人にもものを見る目や判断力、それに会計検査をやる人間のような心遣いが欠けているけれども、芝居の興行といってもせいぜいが三晩で終わりなのだから、[*12] そんなに苦しいことじゃないんだ。たとえ優れた劇であっても同じことで、そもそもそんな芝居にお目にかかるのも珍しくてね。ただし、歌と踊りに関して言えば、うちの舞台でやってもまずひどいことにはならないのは確かだね。だってそういうものは、そもそも芝居小屋の品位などとは関係ない低俗なものとみなされているからだ。

二人の話が終わるか終わらないうちに、プロンプターから密かに連絡があり、リハーサルが始まることが伝えられた。そこで二人は別れを告げ、いつかまたご一緒したいものですねと言ったの。わたしは喜んで約束をしたけれど、なぜって二人はこちらで会った人の中でも唯一いい感じの人間だったからね。

あとになってこの二人の仕事を思い出してみると、その良識と自然な振る舞いにますます驚いたものだったわ。だって思い起こしてみると、こうした人たちとはよく会ったものだけれど、今までついぞ、彼らの口から出たような洒落た言葉、あるいは気の利いた言葉なんて聞いたことがなかったの。誰だかが言った言葉を引用すれば、こんな感じかしら。ああいう人は一様にカササギやオウムみたいなもので、教わった言葉しかしゃべらないけれど、だからこそ余計にわたしは感心したの。特に二人ともまるで気取りというものがなかったわ。だって大概の役者なんてうわべだけのものだから、すぐに見分けがつくわ。服を抱えて売り歩いている人が、重さでよたよたしているのですぐに洋服屋とわかるのと同じね。

というわけで、わたしは勝ち誇ったような気分だった。何しろ、一番強くてライヴァルなんていやしない。ルシファーだって怖がって向かってこなかったんですもの。でもとうとう、自分でも予想していたのだけれど、昔の友だちベス・ウェザビーがやってきて、この人に負けることになった。彼女がこちらに向かおうとしているということがはっきりわかると、ルシファーがその費用を持つと言ったのよ。何しろルシファーに言わせれば、ベスは普通の客とは違うというわけ。だからそんじょそこらの歓迎では間に合わないということだった。ルシファーの領地すべてから、数え切れないほどの人が見にやってきたんだけど、何しろ地獄におけるベスの名前は、コヴェント・ガーデン時代とは比べものにならないくらい知られていたの。ルシファーの命令で、大歓迎の式典がおこなわれることになり、ベスが正式に地獄にやってくる日にこの祭りが開かれることになった。六人の忌《い》まわしい、というよりは忌まわしさも普通じゃない詩人が(彼らは上の世界でも、ここにやってくるずっと前から忌まわしいやつだと言われていた)ルシファーに命じられて、ベスを賛美するオード*13を書くように命じられ、淫売たちや復讐の女神たちによって歌われる。そして地獄の世界の贅《ぜい》を尽くした数々がかき集められて、この記念日に花を添えたの。

ベスが地獄の港に到着すると、ルシファー自らが黒衣の護衛の一団を引き連れて、ベスの出迎えにやってきた。そしてベスの姿を目にした途端、次のような歓迎の言葉を言ったの。

「万歳、地獄の化身よ！　至高の導き手よ、万歳！　この地に満ち溢れる技をもっともよく知るものよ！　破滅への完璧なる導き手よ！　地獄の玉座にもっともふさわしきものに、三度歓迎を！　わが運命は定まれり。われは地獄の王となる！　汝は女王となる！　さあ、地獄の楽の音を高らかに鳴らすがいい！
ベス・ウェザビーこそ女王だ！」

賛辞としては何だか妙に聞こえるかも知れないけれど、ここでは悪徳が美徳とみなされていると言えば、あなたも驚かないでしょう。

この耳に心地よい賛辞のあと、ルシファーはすぐにベスの手を取り、重々しくタルタロスの入り口まで導いた。ベスはときおり、よろめくような仕草を見せたが、これを目にしてルシファーはなお一層気遣いを見せたの。足取りがおぼつかないのは、空気が変わったせいか、あるいはそれに近いような原因があると考えたのね。

続いてベスは地獄の馬車に乗せられ、ルシファーが御者にできるだけゆっくり進むように命じると、揺れる馬車から離れたが、これは女王を乗せた馬車が横転するのではと思ったからだわ。でもベスの体重と、彼女が犯した罪の重さで、百ヤードも行かないうちに、馬車が壊れてしまったの。そしてできる限りのことをしたのに、かわいそうに女王は座席から地面にきれいに投げ出されてしまった。この不幸を見て、他の連中がそばにやってきた。するとベスはすぐに七転八倒。上になったり、下になったり、前へ行くかと思えば後ろにを繰り返すの。[*14] これがまたひどい臭《にお》いを発するものだから、彼女を助けて馬車に乗せるどころか、周りの連中は自分の鼻をつまむのが精一杯。中にはほとんど窒息しそうになって、仰向けに倒れるものまで出る始末。やがてとうとう混乱が周りに広がって、誰もが自分のことをするので手一杯になったわ。要するに、あたり一面が大混乱で、ルシファーも未来の女王に降りかかった災難に、慌ててしまってどうしようもない有様。でも、強い腕を使って自分の顔を地面から上げると、大騒ぎに元気を取り戻した他の人間の助けを借りて、女王を立ち上がらせたわ。この不運な事故のために、行列は取りやめになったんだけど、ベスは大急ぎで三途の川まで戻り、顔も耳もすべてきれいに洗い流して、人々の前に出られるように身繕《みづくろ》いをしたの。ベスは気分が優れなかったんだけど、それはあちらの世界から持って来た大量のブランデーとマデイラ酒のせいで、万が一旅路の終わりまで来る途中で気を失ったら大変だと思って、気付け薬として持って来たものだったのね。この酒でベスは三途の川の渡し守であるカローンを酔わせたんだけど、カローンはかなりの大酒飲みだったにもかかわらず、ベスによってほとんど酔いつぶされてしまったの。そんなわけで、ベスをこちらまで渡してくるのに、カローンは普段より何時間も余計にかかってしまったわけ。

次の朝、ベスがかなりよくなったという知らせが届いた。わたしは地獄の王ルシファーから女王の女官の一人に任命されるという栄誉を受け、ベスのところへ新しい栄誉が与えられることを伝えに行った。ベスはわたしの顔を見ると、「あら、ベッツィー・ウィームズじゃないの。いったい、あたしはどこにいるんだろう？　ゆうべは飲み過ぎたわ。近頃は飲んでばかり！ここはどこなの？　あんたはここんところ、どこにいたの？」「どこですって！　ルシファーの国よ。ここであなたは女王になるのよ」「何ですって？　馬鹿言わないでよ」。それでわたしはルシファーからの命令を伝えて、行列の準備をするように言ったの。だって、その日はベスの婚礼と戴冠式の予定だったのよ。だから急いで準備をするように言ったの。そしたらベスは「夢じゃないんでしょうね。それならブランデーを大きな杯でやるのよ。こっちへ来る間やたら飲んでいたし、胃のあたりがうずうずするのよ。さあ、やりましょう」。こう言うと、二人でブランデーの大きな杯を飲み交わしたの。

悪魔のルシファーが貴族たちを引き連れて未来の花嫁のところへやってきてすぐのことだけ

ど、ベスは最初こんなのは大嘘だと思っていたの。それに地上にいたときにはみんなから馬鹿にされていたのだから、まさか地獄でこんな歓待と尊敬を受けるとは思いもしなかったのね。

すべてが本当だとわかると、ベスは突然の運命の変転にすっかり舞い上がってしまったわ。悪魔のルシファーを満足したような目でじっと見つめ、これに対してルシファーも同じように喜びの目で見返した。それから彼は優しくベスに、結婚の祝宴の準備をするように頼み、悪魔らしく恭《うやうや》しげに二つに割れた足をこすると、そこから姿を消したの。

ルシファーが部屋からいなくなると、ベスは喜びを隠しておくことができず、狂ったように部屋中を跳んだりはねたりし、立派な腰を振って叫んだ。「地獄の女王になるんだって！　地獄の女王よ！」。何だかベスの身体に悪魔がいるみたいだった。「ああ、でも、ジョージいさんがここへ来て、偉くなったあたしを見たら、何と言うだろうね。女王になったらすぐに、悪魔の王の船なんか壊さないとまたまた呪われるだろうね。ルシファーに思い知らせてやれるんなら、少しくらいお金をやってもいいんだけど」。黙ってなさい、馬鹿ね、とわたしは言ってやったわ。余計なことは言わないのよ。もしあの人にあんたを手なずけることができなければ、他の誰がやっても無理だね。そしてあんたがあいつを投げ飛ばせるなら、もうそれで十分。だからできるだけおとなしい顔をしていて、片がつくまで待つことよ。そしたら好きなだけやるがいいわ。もう一杯、大きいのでやりましょうよ、とベスが言った。そしてコニャックをたっぷり飲んで、疲れる儀式に備えようとしたの。

二時間ばかり大騒ぎがあって、ベスは地獄でもっとも華やかに着飾って現れたの。夫のルシファーも付き人たちを伴って、また戻ってきた。この地獄のカップルの間には、細々《こまごま》とした愛の交換があって、ベスは甘くけだるそうだった。その姿をルシファーは燃えるような目で見つめる。ベスの隣に座ると、首と顎を飾る優雅な脂肪のたるみを優しくもてあそんだ。するとベスの盛り上がった乳房が見事に立ってきて(スコットランドの嗅《か》ぎたばこを詰め込んだ大きな袋のように見えた)、ルシファーはときどきそれを押しては、うっとりとしたような表情を浮かべていたのよ。

王室専用の馬車がベスを待っていたが、さんざん飲んだにしては、ベスはいつになく軽い足取りで馬車に乗り込んだわ。女の人の場合、たいていは酒を飲み過ぎると体重が増したりするの。そして人間から悪魔に変わったりするものだけど、新しいベッドの相手が出てきたことで、いろいろな不都合もさっぱり忘れてしまったのね。変化というのが、女の心にはうれしいもので、そのためにいろいろと足りない点も埋め合わせられるわけ。ただし、もちろん大事なことが大丈夫ならよ。つまりあちらの能力があればの話。

さて、ぴったりと寄り添って座ると、二人の乗った馬車は歓声と喝采の嵐の中を進み、式のおこなわれる場所へ着いたの。そこは大きな建物で、ロンドンのセント・ポール大聖堂、あるいはローマのサン・ピエトロ大聖堂などと同じくらいの大きさ、おまけに同じくらい優雅な建物だった。ただしこちらは聖人の名前などついていなくて、ルシファーの寺院と呼ばれていたけど。

司祭は白や紫の服など着ていなくて、聖職者本来の印である黒の服を着ていた。彼は目下《めした》の人間を従えて祭壇から前に出てくると、馬車から降りたばかりの二人を迎えるためにポーチに立ったわ。それからさらに近づいて、両手を二人の頭に置くと、呪いの言葉を朗読したの。これは形だけのもので、人間世界と同じようにするだけのこと。二人が祭壇に来ると、司祭は慣例に従って二人の首をつなぎ合わせ、数百ポンドのくびきを一対、二人の肩に置いたのね。悲哀の重荷に耐えること、そして二人の結びつきが容易には崩れないことの象徴だったわけよ。本当にすばらしい結婚式だったわ。命に誓って言うけど、ルーシー、仮にイングランドで一番ハンサムな男がいたとしても、これなら縛り首になって地獄へ行きたいと思うはずよ。
王冠が女王ベスの頭に乗せられ、その間に司祭はこんな文章を読み上げたの。

　この婚儀により
無数の子孫に恵まれんことを。
かくのごとき子孫もまた
地獄の女王にふさわしきものとなれ！
あらゆる小悪魔、
美しき女王が汝より生まれんことを！
赤目のハルピュイア〔顔と身体が女で、鳥の翼と爪を持つ怪物。ギリシャ神話に出てくる〕も生まれよ
われらが王の名誉のために。
復讐の女神も一族を寿げ、
そしてあの女神は、ああ、ルシファーよ、汝のものなり！

ベスはこれには耐えきれなかったが、それでもこんなことを言ったの。「くたばっちまえ。

いったいどういう意味なの？　あたしが悪鬼を産むって！　小悪魔もだって！　ここには悪魔がたくさんいるじゃないか」。「いいから、口を慎め」とルシファーが慌てて言ったの。「決まり文句なんだ」——「決まり文句だって。好きじゃないね。あの薄ら馬鹿が黙らないなら、火あぶりにしてやるからね。あたしにマデイラの瓶をよこしてよ。全部飲み干して、空っぽになった瓶であいつの頭を殴ってやる」。——「頼むから、決まり文句など気にしないで」——「決まり文句なんてくそ食らえ。マデイラが欲しいと言ってるでしょう」。たっぷりと酒が渡されると、ベスはそれを一気に飲み干したの。するとルシファーは、ベスがグラスを口から離した途端、そのグラスで司祭を殴るのではと恐れて、グラスをしっかりとつかんだわ。これにはベスも怒って、かわいそうなルシファーを押し倒したので、ルシファーは建物を揺るがすほどの大声を上げたのよ。——「いいかい、こんなのはほんの序の口なんだからね」。これにはルシファーもあまりにひどいと言ったんだけど、そのあと六本ほどマデイラを飲んで、ベスはようやく落ち着いたの。

このあとのことは別に言うほどのものはないけど、これまでに比べればおとなしいものだったわ。何しろ王妃様のベスが浴びるほど飲んだせいで、戴冠式の椅子でぐっすり眠ってしまったの。

ベスは眠りこけてしまって、ルシファーが耳元で大声を上げて、それが建物の土台まで揺らすほどだったのに、ベスったら目を覚ます気配もなし。それでルシファーが怒鳴り、ベスがいびきをかき続ける始末だった。――この重大事にいったいどうしたら！　国王付きの侍医たちが呼ばれたのだけれど、ベスの眠りはとても深くて、どんなに手を尽くしてもムダだった。結局、医者の中でも一番賢くて学問もできる人が、ガレノスやパラケルススの書いたものを読んで、嗅《か》ぎたばこをひとつまみ使うという名案を思いついたの。これをうまく鼻に嗅がせれば嗅覚を刺激して、すぐにくしゃみが出るというわけ。

こうしてベスは目が覚め始め、それで椅子から聖堂の入り口まで連れてこられると、助けを借りて馬車の椅子にまた乗せられたの。そしてルシファーの宮殿まで進んでいった。その間、地獄の聖歌隊が楽隊の伴奏でこんな賛歌を歌っていたわ。作曲はシニョール・フィレブランディッシモ、作詞は六人の詩人で、何だか無茶苦茶な言葉で自分たちの仕事を歌い上げたものだったの。

賛　歌

I

コヴェント・ガーデンよ！　物語に名高く、

われらが栄光のために永久に燃えさかれ！
われらが玉座に、ついに、
高貴にして、豊かな食事は送られたり。

II

女衒や娼婦の巣窟なれど、
さらなる名声も誇れり、
そんな輩など、汝と比較すればさしたることなし、
かつて名を上げしベス・ウェザビーに比べれば？

III

誰が汝のごとく、杯を飲み干せるや、
あるいはまた酒に喜びを見いだせるや？
誰が汝の美点を半分なりとも誇れるや、
ルシファーの健康、あるいは乾杯を言祝げるや？

IV

誰が淫らな話を語れるや、
あるいは好色なる耳を満たせるや？
汝のごとく、誰が仲間をからかえるや、
あるいは奔放なる冗談に耽れるや？

V

かくのごとくして、汝のうちに、わが王は、
心豊かにするものすべてを見いだすだろう。
王は十倍も偉大となるだろう、
汝を賢くも選び取ったことで。

かわいそうにベスは、酒を飲んだことと疲れ果てていたことで、この賛歌を耳にすることはなかったの。顔を薄汚れた胸に埋め、愛する恋人を思いながら、ぐっすりと眠ったのよ。
その間にも馬車は進んで、宮殿の門で止まった。そして苦労して、ベスを馬車から降ろした

の。豪華な祝宴が大広間で開かれ、眠ったあとなので、ベスは再び星のように輝いて動き回っていた。でも、いつものように不節制のあとだとぶつぶつ文句を言って、食欲がないと言っていたけど。それでも食欲を出そうといろいろなことがされた結果、ディナーが出る頃には見違えるほどになって、ナイフもフォークも見事に使いこなしていた。ディナーのあとは例によって元気になり、場違いな冗談を二つ、三つ飛ばしたので、一座は大笑いになった。ルシファーはベスのユーモアに大いに喜んだようで、さらに愛情を募《つの》らせると、マデイラの大きなグラスを何杯も勧めたの。するとベスもルシファーにどんどん飲むように言ったんだけど、ルシファーはとてもこれにはついて行けなくて、時折、見つからないようにグラスの中身をテーブルの下に捨てていたわ。ところが気をつけてそっとやっていたのに、ベスにけしかけられたルシファーは、少しすると椅子から床に転げ落ちる始末。一座の連中も同じように酔っ払っていたので、ルシファーは酔いつぶれたままに放っておかれたわけよ。

国王のルシファーは二日酔いがひどい状態が数日続いていたため、いつものようにみんなの前には出てこなかったわ。婚礼の晩に飲み過ぎたのが結局悪かったのね。こんなふうに具合が悪かったため、本当なら必ずおこなわれるはずの婚礼のクライマックスに、大きな邪魔が入ったのは間違いなかったわ。ベスにしてみれば、一世一代のどんちゃん騒ぎをやらかすつもりだったので、がっかりのしようったらなかった。しばらくはぶつぶつ不平を言っていて、挙げ句の果てには大げんかになる始末。こんな大げんかなんて、あの昔からの友だちである＊＊博士でもしていたけど、ともかくすさまじいもので、修復しようがなかったの。そういえば、ルーシー、あの博士に言ってちょうだい。ルシファーが大好きだって。何しろ博士に乾杯なんてよく言っているし、明るくて議論が好きな性格がお気に入りだそうよ。だからわたしからだと言って、こっちへ来てもきっと目立ちますよとね。——脱線はこのくらいにして——結婚式のお祝いが終わって一週間も経たないうちに、ベスと新しい夫はベッドを別にしたの。しかもそうこうするうちに、あのヨゼフスがやってきてね。こうして昔の仲間が地獄に来たのを見て、ベスは大喜び、すぐにルシファーのところに行くと、ルシファーの耳元でこの件をささやいたの。するとルシファーはまもなく離婚を了承して、昔のように二人は暮らしているの。

そう言えば、ルーシー、ジョーから聞いた話だけど、ドルーリー・レインのわたしのディッキーがひどく落ちぶれているそうね。それからあのB＊＊＊＊は今じゃすっかり改心したとのこと。それからジョーの話では、あなたは一ヤードの亜麻布を滅茶苦茶にしたんですってね。それからB－ttm－k－rが大好きになっているそうね。

ジョー・ヒューズがいろいろな知らせを持ってゴールデン・キャットからやってきて、ちょうどこちらに着いたところなの。彼の話だと、ジョーの家ではいろいろと妙なことがあるみたい。ベン・ジョンソンのところは夜の暴動でほとんど壊されたそうだし、ボブ・デリーのところは、一番の美人をかき集めているらしいわ。――こちらは陽気にやっていて、ちょうど、前から置いてあった酒を一ダースばかり飲んだところ。最後に残ったやつは待ちかねているあんたのものだったんだけど(わたしらみたいな仕事をしていると、誰のものというのはないけどね)、そういうわけでもうないの。

親愛なるルーシー、
昔からの友だちにして仲間の、
エリザベス・ウィームズより。

取りもちばあさんを見てみれば

親愛なるジャック、

前の手紙で、ぼくがロンドンから急にいなくなった理由を、すぐにでも知らせると約束したよね。今は暇もできて、仕事もうまくいったので気分爽快だから、あの約束を果たそうと思う。

君の推測通り、こんな寒い季節に都会の楽しみを捨ててきたのは、尋常ではない恋愛のためだったのだ。そう、ジャック、それは恋だった。こちらへ来てからは魅力的な女性のことしか考えていないけれど、ぼくはこれまではずっと法律が大好きで、[*1] 言い争いばかりをしている連中の報告書や先例を書いた文書のような退屈なものが好きだった。ところが、理解できないような、あるいは謎が解けないようなことがあってね。それはウェストミンスター・ホールにいる黒いガウンを着た法律家連中が、束になっても困るようなことなんだ。つまり、彼女の心の底に隠れているもの、要するに彼女の気持ちなんだ。

この美しい謎のような女性に会ったのは田舎の教会だった。ちょうど、前の巡回裁判に来たときだ。とても魅力的で、若くて悩ましげに見えたんだが、退屈な説教の間、ずっと見とれていて心を奪われ、どうでもいいのに牧師が聖書を半分に折り曲げた音で正気に戻ったのだ。実際、すてきな女性だと思って惚れ惚れと見ていたんだが、牧師に文句を言われてはと思って、心の中でこの聖女に祈りを捧げたものだ。それにしてもこんなに愛情が募《つの》るなんて、今の今までないことだった。

ぼくの祈りは冷たくいい加減なものではなかった。聖書に出てくるラオデキア人とは違うんだ。強くて、心の底から溢れ出るものだった。聖霊に取り憑かれたようで、ぼくと同じ法律の仕事をしている人間でも、ぼくの心の法律に立ち向かうのは無理だと思ったよ。ぼくは使徒たちとはかなり違うところにいて、ぼくの霊魂も肉もどちらも心のものだった、気持ちが天上にまで昇っていってしまったとはいえ、ぼくは自分が人間であることを思い出させてくれるP――k〔prick つまりペニス〕の必要性も感じないままその場に立ち尽くしていたんだ。

礼拝が終わるまでの間、心を奪われたまま呆然としていて、ぼくを虜《とりこ》にしたこの女性の中に、ぼくと同じような愛の炎が燃えているのを発見できるとうぬぼれていた。というのも、ぼくの心の中ではこの女性を聖なる人のように扱っていたのだが、それでも彼女が肉体と血でできている存在として接近しようと決心していたからだ。だから、彼女の中に霊的なものを発見したのが、何とも煩《わずら》わしく思えていたのだ。だが、人間の喜びなどいかにはかないものか！　そして人間の幸福の影など何と素早く消えてしまうものか！　この女性が誰なのか探った途端、その性格が天使セラピムのごとく近寄りがたいことがわかり、凍った海を溶かそうとした期待も、その冷酷な心に温かさをもたらそうとしたことも、すべてははかないものとなったのだ。彼女はこれまで、その州の伊達男すべてを袖にして、大公がガレー船に抱えるよりも多い奴隷を、意のままに操ってきたのだ。友よ、一言で言えば、ぼくの思い人は単なる気取り屋でしかないのだ。男のものは何であれ嫌いというそぶりを見せ、生殖という話題に少しでも触れるようなことがあれば、すぐに気絶するような女性なのだ。人間とは関係ないものに喜びを覚え、心はすべて天国とあの世の知的喜びに向けられているふりをするのだ。

これでは普通に恋をする人間はたまったものではない。何しろ天使のような存在を考える習慣などなかったし、自分の愛する人をケルビムと考えたことはなかったからだ。だがそれでもぼくは、がっかりなどしなかった。ぼくの性格には、障害のあることに喜んで向かうところがあるからだ。それに心は彼女の完璧な肉体に魅了されていたし、あの人の心を変えてやろうと決心して、それがだめなら死んでもいいと思っていたのだ。

攻める決心はしたが、どう攻めるかが問題だった。門を攻め立て、はしごを登っていくか、それとも塹壕《ざんごう》を掘っていくか、わからなかった。だがこんなことを長々と語るのはやめて、手短に言うと、愛の戦争にもっとも長《た》けた人間が使う作戦は、すべて試してみたのだ。パリ仕込みのやり方でくどき、戯れては踊り、歌ってじっと見つめ、お世辞を言ったのだが、すべてだめ。依然として的はずれで、砦を奪うどころか、遠く離れたままなのだ。そこでやり方を変えて、愛の歌の代わりに、もっとまじめに賛歌や聖なる歌を歌ってみた。口説くにも『敬神の実践』にある言葉を使い、『人間の義務』の文体を借りて愛をささやき、性交とはかけ離れた言葉、いにしえの賢者の言葉で語ってみた。しかしこれもいっこうに効果がなく、要するに場所を変えては攻撃方法もできるだけ変更してみたのだが、ぼくのフィリスは依然として恥じらいを捨てず、馬鹿な男の哀れな様子を見て、自慢げなように見えたのだ。

こんな状態のとき、ロンドンに出てくることになったので、あとはある女性に任せてきたのだが、この女性は砦を攻めるには金で落とすのがいいと言って、外壁をせっせと手を尽くして崩すことにしたのだ。この女性、三ヶ月か四ヶ月ほどぼくの代わりに空《むな》しい努力をしてくれたのだが、そのあと、ぼくがロンドンを出る二日前に連絡をしてきて、あの淑女が父親の家から十二マイルほど離れた村に出かけたところで、おばさんの娘のお産に立ち会うことになったと教えてくれた。[*2] このおばさんはB――で「王冠と碇《いかり》」という宿を経営しており、そこに数週間滞在するらしいというのだ。さらに言うには、計画を実行するのにこんなうってつけの場所はないから、何とか偶然を装って、その宿で一晩か二晩すごしてはどうかと勧めてくれたのだ。

この報《しら》せを受け取って、妙な考えがひらめいたんだ。つまり、あの美しい敵を、計略と秘密の手段で襲うことなんだ。彼女の顔色などを見ていると、愛の喜びが体質的に嫌いではないと思ったし、掌《てのひら》も湿り気があり、かわいく突き出た鼻や横目で見る目つきなどには、信心深くきまじめな性格にもかかわらず、親しくなれそうな兆候が見て取れるんだ。確かに自尊心、宗教、そして教育と習慣から来るしつけなどは彼女の砦を守ってはいるが、砦の中まで入り込んで親しくなれば、何とかなると思ったのだ。そこでヨブのようにいつも目を光らせているドラゴンたちを眠らせるために、姿を変えることにした。牛や鳥ではなく、もっと相手をだませるもの、つまり女に変装しようとしたのだ。女になれば、女のもっとも大事にしているものでもだませると思ったわけだ。

知ってのように、ぼくはまあまあハンサムな顔をしているし、あごひげはほとんど生《は》えていない。それに小柄で締まった身体つきだから、ペチコートを身につけてもそこそこ似合う。服は妹のナンシーがよく着ていた青の乗馬服にしたが、これは身体にぴったりだった。これに帽子をかぶって、それに羽根飾りをつけ、その下には鬘をかぶった。それからリンネルの下着の替わりも身につけていた。こんなふうにして女に化けたんだが、男だと思えるものが残っていたとすれば、日頃からの態度がつい出てしまう点だけだった。

こうして一瞬のうちに、君の友人であるディックは見事に乙女に変じてしまったのだが、どうもペチコートが身体に合わず、我慢できなかった。生まれつき局部にある例のものを立たせないと、しっくりとペチコートが合わないんだ。要するに、ペチコートの内部はぼくのあれをまっすぐ上向きにしないとうまく収まらないんだ。すると(まるで女性器の中に入ったみたいに)勃起してしまうので、いささかの苦労の末、ともかく落ち着かせて寝ているように言い聞かせたのだ。

こうして身なりを整えると、ぼくと昔からの知り合いの女性、つまりぼくのメイドだった女だけど(ただし、かわいそうにこの女はメイドだったことはよく覚えていないようだった)、二人で乗合馬車に乗ってB――を目指したのだ。

この旅は実におもしろかったし、そのことを詳しく書けばきっと君も喜んでくれるだろう。馬車の連れは有名なメソディストの説教師、クエーカーの女、旅回りの役者、それと目的地の宿で取りもちをしてくれる予定の例の産婆役の女だった。しかし旅のことを詳しく知らせるには、今は時間がない。ただ、この産婆役と近づきになれて、それがこのあとのことを成功に導いたことだけは言っておく。ただし、この老女の名誉のために付け加えておくと、このときの話ではそんな手助けをしてくれるとは言っていなかった。

宿屋に着いたのは翌日の夕刻六時頃で、聞いていたとおり、そこにあの女性がいた。何だか女主人のような様子で、あの産婆役に紹介されて挨拶をしたわけだ。産婆役のばあさんは自分の勧めでぼくがここに泊まることになったと説明したんだが、それまではポスト・オフィスというところに数日間泊まることになっていて、そこで北のほうからやってくる友だちを待つという話になっていた。するとぼくの美しい女性はとても丁寧にぼくを迎え入れてくれて、おまけにぼくがちょっと目立っていたので、その日の夕方はほとんどずっとそばにいて、夕食も一緒に食べたんだ。それからぼくの部屋へ案内してくれ、そのあと一緒に小さな家へ行くと、ベッドに入るときのことで実に妙な質問をしてきたんだが、どうもこれは女性がよく聞くことらしい。

このときのことだが、ぼくは喜びと苦しみの入り交じった状態になり、彼女がいなくなってぼくとメイドのポリーはほっとしたんだが、詳しいことは想像に任せるよ。いずれにしてもうまい具合に燃え上がった炎を鎮める道具があったので、これは幸いだった。何しろ話が初めて聞くようなものだし、数え切れないほどいろいろとあって興奮してね。もしそれを鎮めるものがなかったら、変装などかなぐり捨てていただろうし、あるいは興奮を鎮めるのに、女の手管に頼っていたかも知れない。

翌朝、ぼくが起きる前に彼女がやってきたんだが、着替える姿を隠すのにいささか苦労した。だって、裸を見せるわけにはいかないじゃないか。洋服を着て、一家と一緒に朝食を食べたんだが、産婆役のおかげで会話はなかなか意味深なものになったよ。それがびっくりしたんだが、あのきまじめな女性が全然不愉快な顔をしないのだ。どうも男が同席していないからというので、ちょっと卑猥な話になっても、みんなと同じようにゲラゲラ笑うんだ。そしてときには、自分はまだ娘だけど、母親と同じくらい知っているという顔をするのだ。

これには期待できると確信して、あとの問題はこの女性の自尊心と注意深さだけを気をつければいいのだと思った。しかも女の姿をしたぼくのことを、彼女が高く買ってくれていることもわかった。

その日はほとんどずっと一緒に過ごし、彼女の信頼をさらに得るために、作り話を聞かせてやった。それは北のほうから来る予定の友だちとの恋愛話で、これをできる限り悲しげに、しかも相手の心を揺さぶるように話してやったのだ。これは見事に針にかかって、話の中でも悲しい部分になると、決まって彼女はこちらに同情してくれたんだ。しかも話の中で何とか幸せな結婚にこぎ着けたいとほのめかすと、こちらの計画に大賛成して、手伝ってくれると約束までしてくれた。その代わり、自分の恋愛すべてのことを相談に乗ってくれること、そして恋人たちの性格や、愛されていると思うとのぼせ上がる彼らの性格などについてもきちんと話してくれると言ったのだ。ほかにはぼくのことを名前で呼んだが、それは初めて強い興味を抱いたからだった。しかし続けて言うには、ぼくのことは(つまり、男としてのぼくのことなんだが)若くて血気盛んな人だと思うし、恋愛のことしか考えていないとも思っていたので、自分の評判をそんな向こう見ずな人の手に託そうとは思っていないとのことだった。そして言うには、「ねえ、あなた、わたしたちは肉体と血液だけでできてはいても、これまでの習慣によって女性には謹厳に慎み深く生きることが求められているから、自分たちの性格には特に念入りに気を遣わなくてはだめだし、人に後ろ指をさされないような言葉だけを使うようにしなければいけないの。つまり、少なくともできる限り自分の本音を隠せるようでなければいけないわ。男性の中では、安心して信頼できるのは聖職者か、あるいは結婚している人だけ。でも、世の中が今のようになっているので、聖職に就いているからといって誰にでも信頼を寄せて秘密をもらしてはいけないの。だって、そういう人だって恋愛に走っても恥ずかしいと思わなくなっているし、俗人の悪党と同じくらいべらべらしゃべる人もいるんですからね」。

これには少し苛立った。だって彼女が自分に仕える召使いのひとりとして前に挙げた教区牧師なんて、確か昔はぼくの仲間だったしね。いや、少なくとも彼女がここに戻ってくる前などは、女の獲物を追いかけるのに熱心だったからだ。それに比べれば、ぼくなんかはそんなことはとっくにやめていたけどね。

夕方が近づいてくると、女主人の分娩が近づいている兆候が現れたので、ぼくは喜んでそばにいると遠回しに伝えた。彼女もそうしてくれるようにと言い、みんなもそれは大変に名誉なことだと言ってくれた。ぼくはかなり遅くまで起きていて、どぎまぎしないようにしていたのだが、十二時頃になって、産婆役の女性に付き添うようにと頼まれた。

最初に部屋に入ったとき、厚かましさでは負けないぼくもいささか当惑した。ところが産婆役は臆することなくしゃべってぼくの気持ちをほぐしてくれたし、そのきわどい冗談で集まった女性たちの笑いを誘っていた。実は彼女たちはぼくが最初に入っていったとき、黙り込んでしまっていたのだ。部屋には五人の女性がいて、それにぼくと産婆役の女がいたわけだが、女性のうち三人は結婚していて、年齢もかなりいっていた。あとの二人の女性とはぼくが恋しているいる人と十六歳か十七歳くらいの娘だった。

女主人は二十五歳くらいのつやつやした肌の女性で、ひょうきんでとても感じよく見えた。これが最初のお産だったが、元気いっぱいで、この幸せな、しかし苦しい瞬間を持ち前の大きな勇気と決意で待ち望んでいた。というのも、(よく言うように)これまでは考えられないほど楽しく過ごしてきたのに、産婆役の老婆が手荒くするのがつらいようで、それを思うとしばらくは恋愛のことなど頭から消えてしまい、目の前の光景に女たちよりも深く心を動かされたのだ。女たちは心の中に秘密を抱えているものの、その秘密はそれほど多くなく、夫にもそのように信じさせているのか、それとも彼女たちが何も考えていないのか、この点は何ともわからない。だが驚いたのは、目の前でおこなわれている危険なことにほとんど注意を払っていない点で、妊婦が激しく苦しんでいても笑顔を絶やさなかったのだ。これを見てぼくは心の中で、何と鈍感な野蛮人だと思ったのである。ぼくは根気よく妊婦を助けようとした。いいかい、ジャック、そのときは自分が男であることも忘れ、好奇心よりも、同情の気持ちが強まって手助けをしようと思っていたのだ。しかもいたずら心を抑えて、女性の秘密の部分をのぞき込もうとする気持ちを捨てていたのだ。

お産は四時を回った頃に終わり、妊婦は元気で丈夫な男の子を無事に産んだ。妊婦はすぐにベッドに寝かされ、赤ん坊は洋服を着せられたが、その前には経験のある女たちによって身体中を隅々まで調べられた。その結果、鼻は父親に似ている、顎は母親似だ、目は叔父に似ている、えくぼは叔母にそっくりというわけで、要するに家族全体の特徴を併せ持っているとなったのだが、ぼくにはそれまで目にした家族の誰とも似ているようには見えなかったのだ。そして実は、まもなく親しくなったその家のメイドから、この希望に満ちた赤ん坊が、その家のお雇い牧師と少し似ているだけだとわかったのだ。しかしそれは、妊婦と教区牧師がそこそこ親しくしていたためかも知れない。その牧師は聖書のあちこちを読み上げるよりも、この女性といることが多かったのだ。だがその一方で、うちの地主の情報網には、子どもの父親だと自慢している男がお祝いに新しい上着を着ているとの知らせが引っかかったのだが。

女性たちの間では、妊婦はベッドに入れられたあと数時間は眠ってはならないのが慣わしらしい。そこでぼくたちは何だか物足りないので、コードルという滋養飲料や冷えた酒をたらふく飲んで、夜の疲れを取るために元気付けをして、みんなで暖炉の周りに座ると、藁に寝ている妊婦はそのままに、楽しい会話に耽《ふけ》ったのだ。考えてみると馬鹿な話だが、そうするのを妊婦が何よりも望んでいると思ったのだ。だが、妊婦を喜ばせるのはほかでもない、産婆役の女の楽しい話だったので、一同はその話を聞くことにしたのだ。そこでジャック、彼女が何を言い、ぼくが何を言ったのかなど、退屈な繰り返しは止めて、手紙の形式ではなく、この会話を一種の対話のように書こうと思う。なお、この劇の中では話す人間の名前を記すことにするが、その際には省略したものを使うこともあらかじめ知らせておく。

集まったのはまず産婆役の女性。この劇のいわば主演女優である。スピンテクスト夫人。牧師の妻である。ティトル＝タトル夫人。村の雑貨屋の妻。ノータブル夫人。荘園領主の家の家政婦で、執事の妻。マライア嬢。ぼくの思い人。スーキー嬢。農夫グッドチャイルドの娘。そしてぼくだが、これはポリーの名前にしてある。

産婆　スーキーさん、今夜は全然しゃべっていないわね。洗礼を受ける娼婦みたいにまじめな顔をして、ダンスの学校に連れてこられた犬みたいにぼんやりしてるわ。具合でも悪いの？今晩のことで自分のことは考えなかったの？　それともお母さんがあなたを産んだとき、どんなに慌てていたかでも考えているの？　わたしは覚えているわ。あなたが産まれて顔を出してくるまで、ずいぶん手間取ったんだから。あなた、まじめくさった顔をしているけど、そのうちに何とかあなたも母親にしてあげるわ。いいこと、スーキーさん、その証拠にあなたの顔には子どもを産まずに死にたくないと書いてあるわ。さあ、さあ、元気を出しなさい。この子みたいなすてきな男の子を授かることをどう思っているのか、話してご覧なさい。

スーキー　頼むからそんなことを言わないで。だって違うことを考えていたのですもの。従姉《いとこ》が死んでしまうのではとはらはらしていたんです。大声を上げるし、顔をくしゃくしゃにしたりして。女の人ってどうしてこんな危ないことができるのかと思っているの。今晩みたいにあんなに苦しいのなら、地主さんが相手でも結婚なんかしないわ。とても忘れられないんですもの。

ティトル＝タトル　地主さんでもいやだなんてとんでもない話よ。恥ずかしがらなくてもいいの。リチャードさんがあなたのことを思っているのは、みんなとうにお見通しなんだから。リチャードさんなら、このあたりでも一番の旦那さんになるだろうし、とてもかわいがってくれるだろうから、さっきお産をした人よりももっと苦しくても、それだけの甲斐があると思うはず。

スピンテクスト　確かに、ティトル＝タトルさん、リチャードさんは稀に見るほど立派だし、丈夫でがっしりしてるわ。あそこには二十人くらいの子種が入っているはず。脚だって細くないし。丈夫そうな肌つやだわ。目は色っぽいし、鼻だって！　そう、鼻よ、スーキー、あんな鼻！　まったく、あんたって人は。あの鼻は間違いないわ。あれなら女の心をとろけさせてくれること間違いなし。あの人にしなさい。ぐずぐずしてたらだめ。どっかの手慣れた未亡人に取られてしまうわよ。

ポリー　まあまあ、皆さん。スーキーさんばかりじゃ不公平だわ。そんなにけしかけたり、リチャードさんのことを褒めたりして。夫を亡くした女性たちと同じように、誰かこれだっていう人がいるかも知れないし。

ノータブル　確かにポリーさんの言うとおりだわ。だって皆さんが言っていることがよくわからない若い方に、これでは酷でしょう?　かわいそうだわ。ため息をついたり、願い事をしているかも知れないけれど、よくわかっていないのよ。もう少しわかってくれれば、自分は幸せだと思うかも知れないけれど。

産婆　そうね、しばらくはそんなものでしょう。ただこれは命を賭けてもいいけど、いずれはわかるものよ。何インチで一ヤードになるか、そんなことはわたしたちのようにすぐわかるはず。だって、近頃の若い人は、おばあさんの世代、自分よりも二倍の年齢の人よりもよく知っているんだから。どうしてそんなに知識があるのか、きっと悪魔が教えたに違いないわ。

ティトル=タトル　悪魔!　いいえ、悪魔はそんなことに頭を使わないわ。教えたのは男たちよ。男たちにはわかっているの。もしいったん女性が男たちの頭の中に何か、特にいいことをほのめかしてやると、悪魔だってそれを二度と取り消せないのよ、結局、最後には男はそういうほのめかしを自分のあそこに詰めこむことになるわけ。男というのは苦労してときどき、そういうヒントを会話に入れて、若い女性の好奇心を刺激するの。それでいったん興味をかき立てれば、あとは女性たちをじらして、自分たちで秘密の底まで降りていくようにしてしまう。だから、もしすぐに男が女性たちの奥底まで探らないといとしたら、それは男の間違いなのよ。

ポリー うん、そこまで行くには長い時間をかけて探らないと。たぶん男たちって、こう言うと思うわ。女の秘密の底は、実は女の頭のてっぺんにあって、そこを探ってやらないと、その気にならないんだってね。

ノータブル あなたは自分の井戸の底を探ってもらうなら、長い紐が好みなようね。でもそれって初心者のやり方よ。お産婆さんがもっといいことを教えてくれると思うわ。そしてわたしの経験からすれば、六インチか七インチでも十分だと思うの。それだけあれば、ここからラムベスまで行けるのと同じ。

ベッドに寝ている女主人 皆さん、お願いだから議論を止《や》めて、少し休ませてよ。みんなもわたしみたいに休みが必要なら、おしゃべりがそんなに一気に進まないはずよ。

産婆 だんだんに休めるから、今はもう少し休まないで。さあ、スーキーさん、瓶を渡してよ。

あの女《ひと》に少し気付けをあげるの。さあ、飲み干しなさい。これで気分がよくなるからね。さあ、スピンテクストさん、これはあなたにね。牧師さんの健康のために、乾杯！　とってもいい人だし、年に負けずに頑張っているわ。さあ、みんなで赤ちゃんのために乾杯しましょう。今晩はよく頑張ったし、神様に感謝して、男の子が産まれたことを喜びましょう。

スピンテクスト　ええ、乾杯しましょう。喜んでね。今夜は恐ろしく寒いから、ブランデーはいい気付け薬になるわ。でも、ノータブルさん、さっきおっしゃっていたけど。ここからランベスまで杖一本で十分なのと同じように、五インチか七インチで十分だってね。でもわたしは違うと思うわ。わたしはこう思うのよ。十インチ以下では水嵩《みずかさ》の増した川なんかは男の人を渡らせることはできないはず。小川程度を渡るのなら、あなたが言うくらいの長さでも大丈夫でしょうけど、あんまり気持ちはよくないんじゃないかしら。わたしの言っていることが嘘だと言うのなら、お産婆さんに文句をつけてやるわ。

ノータブル　でもね、スピンテクストさん。あなたは自分の基準で他人を判断しているわ。だから公平じゃないの。あなたの入れ物が壊れていたり、底に穴が空いたりしていたら、わたしのものが短すぎると考えても不思議じゃないわ。でもね、まともであれば、五対一で賭けてもいいけど、あなたのものも長すぎないし、わたしのものも短すぎないわ。よく知っている女性に聞いてみれば、きっと公平に判断してくれるはずですよ。

ティトル＝タトル　そうよ、大事な問題だからみんなで結論を出しましょうよ。違った意見が出ているのに、最後まで決まらないことってよくあるでしょう。はっきり決まれば、未来のある若い人たちにも役に立つはずよ。

ポリー　そうですわ、奥様。でも、まったくの偶然でなければ、買うときにはまず見本を見なければと思います。だって、売りに出たときには、隅々まで見えないと思うのです。

産婆　もういいわ。品物がどんなかは、ある程度はっきり確かめる方法があるのですよ。それとこれは言えると思うけど、近頃は特にロンドンあたりの上の階級では、あらかじめ見本を手に入れて、気に入ったものを買うのがはやっているそうよ。でも時間があるときに、確かなことを教えてあげるわ。つまり、あなたがたが買おうと思っているサトウキビの良し悪しがわかる特徴をね。というわけで、いずれはスピンテクストさんの疑問について、話をするけど、今は慌てないで、まず飲むことにしましょう。さあ、あなたの健康を祝って、ポリーさん。いい旦那様がすぐに見つかるように。あなたのように若くてふくよかな女性が、一人で寝ているなんて残念なことよ。お嬢ちゃん！　きっと最初の夜に旦那様の鋼《はがね》のようなものを試せるわ。そして瞬《またた》く間にあなたの足下に彼が大の字になっているでしょうよ。あなたのようにいたずらっぽい目を見ていると、わたしにはわかるの。きっと二人で燃え上がるってね。燃えなければ、悪魔がいる証拠よ。ともかく相手とタイミングを合わせるのよ。さもないと子どもができないからね。

ノータブル　ええ、この人はきちんとするわ。それと朝になったら、夜にしたことを台無しにしないように気をつけてね。さて、さっきの話に戻りましょうよ。

産婆　喜んで。知っていることをすべてお話しするわ。でもなかなか難しい話ね。どちらの意見についてもいろいろと言うことがあるし、たぶんどちらも正しいのでしょう。でもわたしの考えを言えば、七インチのほうね。おそらくこの国の男性の多くは賛成だと思う。というのも全体を見てみると、そのサイズのサトウキビのほうが多いし、それより短いものは、それより長いものよりも多いと思うわ。これはきっと当たり前のことで、その長さなら、五月柱《メイポール》と同じくいろいろな目的を果たせるからだと思うの。いい、スピンテクストの奥様、巨大な柱って持ち上げるのに力がいるし、ちゃんと位置を決めるのにも、そしてきちんと動かすにも力がいるでしょう。それで思うに、ものの美しさや、使うのが楽しいかもそれで決まる訳ね。大きくて扱いにくい器械と同じで、動きもゆっくりだし、古い家みたいに支えが必要だし、骨を折った脚で走るのと同じで、倒れないようにしなければいけないでしょう。馬車の馬に乗って旅をする男の人や、荷馬車の馬に乗ってレースをする人なんて見たことないでしょう？　だって、男の人が狩猟に行くとすれば、自分にぴったりで動くのにもちょうどよく、上り下りも、前後に進むのにも自由自在、すぐに疲れたりしないような馬を選ぶでしょう。大きくても動きの悪い怪物が旅の半分も行かないうちに疲れてしまうのに対して、本物のハンター〔猟馬のこと〕は疲れなど知らないのです。確か、ほとんどの女性たちは皆さん棒を持っていらっしゃるけど、三つ角のあるアイルランド人の杖がお好きでしょう。でもわたしの言うことを信じてもらえるなら、もののわかっている人は中くらいの大きさのヨークシャーのハンターのほうが喜ぶはず。長さは七インチか、大きくても八インチ、八インチだと、七インチまでは入るけど、一インチは外に出る訳ね。立派な木の一部なら、うまくはまってとても気持ちがいいのよ。でもこんなことよりも、もっとちゃんとした理由を教えてあげましょう。そうしたものが入る入れ物がどんなものか考えてみると、その大きさは三インチか、せいぜい四インチ。もちろん確かに、ときには十インチか十二インチに広がるときもあるけれど、それでは広がりすぎで、中で動いても気持ちはあまりよくないの。だから、立派なサトウキビで七インチか八インチのものがちょうどよく膨張させてくれるし、すべて自然な感じになるわけね。というわけで、ノータブルさんがおっしゃったことは正しくて、十インチが長すぎないことだってあるし、七インチが短すぎないこともあるんだけど、わたしの考えでは、どんな場合でも真ん中くらいが一番なのよ。

スピンテクスト　確かにその通りかも知れないわ。ただ一インチ大きいほうがいいかと思うのよ。だって男性の鼻が一インチ高いってかなりのことでしょう。立派な杖でも一インチ短いのはいやなのよ。特にわたしたちは一インチか二インチって、どうしても気になるし。

マライア　確かに奥様、お好きなものにこだわるのは当然で、それをどうこう言うつもりはありません。ただ、長さや太さのことはこれで終わりにして、従姉《いとこ》をそろそろ眠らせてあげてはと思うんですけど。

産婆　そうね。太さとおっしゃったけど、そう言えばその話をしていなかったわね。それもとても大事よ。でも、確かに休む時間ね。その話はまた機会を改めてということにしましょう。

ここまで来ると、ジャック、おばさん連中もその話にもうんざりだろう。これでもかなり話を削ったんだけどね。まあ、ともかくこの場面を締めくくって、手紙も終わりにしよう。

そこでだが、ぼくの恋する女性がその夜は、というか、もう六時頃だったので、朝になるわけだが、一緒にベッドにいてくれと言うんだ。これには心臓がどきどきしたんだが、動揺をきちんと抑えて、運を頼りに成り行きに任せることにした。

われわれは一つの部屋に案内されていて、メイドはそこから下がらせていた。そして鍵をかけて邪魔が入らないようにしたんだ。マライアは服を脱ぎ始めていて、なまめかしい姿を見せていたんだが、これを見たら、隠者でもくらくらして、独身の誓いを破っていたと思う。ぼくだって激しく興奮して、何も言えなかった。するとマライアが話し始めた。ねえ、変なおばさんたちよね。あんなおしゃべりなんて何の意味があるのかしら。悪魔が取り憑いてしゃべっているのよ。おかげでわたしなんか落ち着かなくなって、もしF——さん(あなたの召使いのことよ)がここにいたら、絶好のチャンスだと思ったかも知れないわ。そこでぼくはちょっと口ごもりながら答えたんだ。もしあの男がいれば、あなたの気持ちは変わって、またいつものようにまじめになるんじゃない。いいえ、そんなことはないわ。まあ、それはともかく悪魔のことなんかどうでもいいから、ほかの話にしましょう。彼女はこう言うと、服を入れた箱に手を入れて、寝間着を探していたので、ぼくはそこに置かれていた男性像、象牙で男根を模した像を目にして、びっくりしてしまった。そういうものがあることはよく耳にしていたけれど、こんな若い女性の手に、しかも淑女ぶった田舎娘のところにそんなものがあるとは予想もしていなかったのだ。それを見ていると、すぐに胸の中に奇妙な感情が次々と湧いてきた。しかし彼女はそれに気がつかなかったので、すぐに驚きの気持ちが甦り、はっと思いついたのだ。これでぼくの計画が少なからずうまくいくかも知れない。その心をそそるような彫像を手に取ると、笑いながらこう言った。大胆なマライア、これで少なくともほっとしたわ。さあ、すぐにベッドに入ったら、これをうまく使ってあげるわ。そうすれば、わたしと——さん(ぼくのこと)との違いなんかわからないわ。確かにあのお産婆さんは男性のことをよく知っているけど、あの女の人でもこれならうまくだませるはずだわ。マライアは最初は、ぼくが彼女の道具を見つけたことで少し悔しそうだったけど、ぼくが落ち着いていたので、彼女も笑い出したんだ。そしてすぐにその使い方について、二人ともよくわかったので、ぼくがそれでたっぷり満足させてやると約束したら、彼女は大喜び。そしてぼくに向かって、——さんと呼んだほうが、本当に男の人としているように思えると言ったんだ。それじゃあ、すぐにベッドに入りなさい。気の変わらない間にね。わたしがあなたの恋人役をやるんだから、心変わりをされると困るのよ。すると彼女は、いいえ、そんなことはないわと答え、決して裏切ったりしない、F――さんの代わりとして、すぐにあなたに尊敬の気持ちを伝えるわと言うと、慌ててベッドに入ったんだ。ぼくはろうそくを消して、すぐに後に続き、彼女をしっかりと抱きしめて息もできないようにしたので、彼女はF――氏と味気ない道具との区別ができないほどだった。「ねえ！　何なの！」と声には出すが、質問をするだけの力もなく、結局すぐにベッドの相手がどういうものか納得したんだ。彼女の困惑は大きなものだったが、二人の遊びを台無しにするほどのものではなかった。とても後戻りできるような状態じゃなかったのさ。ただしやがて、この秘密を解き明かす時間がまもなくやってきた。欺《だま》したことでぼくに怒りかかることもできただろうけど、文句を言う理由もないことがわかっていたから、うまく黙らせてやったのさ。だって、彼女だって隠せないような欲望があって、それを満足させる手段を与えてやったんだし、考えるにそれは、今までのものよりずっと罪が軽くて、間違いなく自然なやり方だったんだからね。要するに、いろいろと考え合わせると、彼女の許しを得るのは決して難しくなかったんだ。自分の気持ちをずっと裏切ってきたという思いと、ぼくが与えてあげた大きな喜びは、今まで彼女が象牙の道具で得てきたものと比べれば遙かに上回っているので、結局正直に、ぼくのほうがベッドの相手としてはF――氏と同じくらい好ましく、ポリーなんかより上だと認めたわけだ。

さて、まだ付け加えることもあるけれど、ずいぶん長い手紙になったし、この最後の場面まで紹介して、想像を刺激したから、この恋愛の細々《こまごま》したことはまたの機会に譲ることにするよ。ただしこれだけは言っておくけど、ぼくはまだペチコートを身につけていて、こちらの女性とはほかにも関係を持ってきたんだ。というわけで、男性としてはなかなかの成果を上げてきたと言えるかも知れない。

それでは

B——、五月二十五日、一七四七年。

人類繁殖法についての奇っ怪なる講義

編者による宣伝

この奇っ怪なる講義は、人類繁殖法についてかの有名なるグレアム博士がおこなったもので、その文体、語り口に関して多大なる利点のある講義としてよく知られている。この首都においては、博士直筆の講義録を所有する淑女はきわめて少ないが、それでもこれをあがなうために一ギニーを払った数少ない女性たちがこぞってこの講義の優れた点を証言しているのである。初版は大変な評判となり(数週間で二万部の売れ行きを示した)、編者のもとには再版を要望する声が相次いだので、博士自身が初版の誤りを訂正することに同意され、さらに増補を大幅に施し、初版の四折版よりも手頃で便利な八折版での出版を編者に勧めてくれたのである。その際に博士は次のような言葉で手紙を締めくくられている。「今、イングランドをあとにしようとするところですが、おそらく二度と戻ってくることはあるまいと存じます。しかしながら、これまでの間何とか努力をしたことで名声を得たのはありがたいのですが、この国を去るに当たって、このもっとも貴重な仕事を世に出さずにおくわけにはいきません。というのも、この長い年月、世に出してきたどの仕事よりも、これはこの国の役に立つものと考えているからです。もしすべての人々が好み、熱心に求めていること、すなわち自然の偉大なる法則である人類の増加を願い、あるいは喜びとしているのなら、どうかこの作品を読み、熟読玩味して、記憶にとどめておくように神に願うからであります」。著者はこうした言葉を驚くほど強調して語り、まさにその心を開陳《かいちん》したとわたしには確信が持てるのだ。なお、四折版の初版は半クラウンであったが、今回の再版は八折版として、一シリングという安価でお分けすることにする。

ロンドンにて、一七八三年六月、

人類繁殖法、そして健康なる子孫を数多生み出すことについての奇っ怪なる講義

紳士諸君

皆様方のお時間を無駄に費やすことなく、この重要な問題をできる限り必要最小限の言葉で語ることにしたい。そしてこの講義が、このおもしろき主題と同様にせいぜい役立つものであることをめざしたい。必要なことは簡潔に、しかし明確かつ正確に示すが、専門用語や難解な

論理などはすべて抜きにして語ることにする。

紳士諸君、およそ動物として生まれたからには、何よりももっとも大事な仕事は、同じ種類の存在を増やすことである。これこそはもっとも大きな結果をもたらすものであり、それ故に哲学者や科学者の関心は、増加の原因を注意深く考察して、正しい原因を探求することに向けられてきた。また王侯貴族はこれを重要な目的と考え、自らの王位を確実にするもの、自らの支配圏に富をもたらし、これを繁栄に導くものは、臣民の数によると考えてきた。ただし今回の講義では、わが人類の増大という点に焦点を絞りたいと思う。

人間の増加という大原則は、すべての人間の情熱の中でももっとも強いものだというのは、よく知られている。人間にあってはこうした傾向が強すぎるために、それが人間の理性を上回ることがしばしばあり、破滅や滅亡への道を急がせることになる。したがって、われわれ男性は男らしい力を取り戻すことが急務なのだが、人間性の堕落以来、奢侈《しやし》と遊蕩《ゆうとう》とによって、一世紀以上この方、こうした力が失われてきたのである。その結果、病が猖獗《しようけつ》を極め、人類を弱体化させ衰弱に追い込んできた。われわれ人類の偉大なる主である神は、人間を節制と強く結びつけてきたのだが、われわれはそうした神の教え、あるいはわれわれの平安と至福を顧みることなく、病を生み出すに任せ、その病が人間の身体と強く結びついているが故に、力強く健康な子孫を生み出すという高貴な仕事に、まったく向かなくなっているのである。こうした衰退の原因を探るべく、医学的知識や道徳的考察などの影響を探り、原因を指摘して、こうした悪を効果的に除去する方法を考えてきた。けれども国民の偏見は根強く、そのためにこうした悪に対抗するには、自然の単純明快な法則に委《ゆだ》ねるのが適切なのである。法律家や宗教者は長い間、こうした偏見にとらわれていて、自然に従うことを忘れ去り、公然と自然に反抗して、奇妙きてれつな習慣に支配されているのだ。

政治学者によれば、この島国の住民は驚くほど減っており、世代が変わるごとにますます弱くなっているという。これに警鐘を鳴らす声もあって、声高に改善を求めているが、それでもまったく無視されている。そこで紳士諸君、肉体と精神の退化、虚弱化はこの国では顕著となっており、これが国家を破壊するのみか、個人の平和安寧をも阻害するのである。というのも、妻が不妊であれば結婚しても、男性は至福を得ることができないからである。実際、健康と子どもは人類の繁栄にとって不可欠なもので、太陽の温かい光が香りよき植物を生き生きと育てるのと同じなのだ。思うに子どもは健康とともに、幸福には欠かすことのできないものなのだ。古代において不妊が女性たちが恐れたものであったのは、そうした女性が惨めであり、非難軽蔑の対象となったからである。「どうかわたしにも子どもをください、(愛らしいラケルは言う)さもなければわたしは死にます*1」。

不妊は常に自然の原因がもたらすものである。こうした考え方が正しいことは、喜んで断言したい。しかしながらその点を述べる前に、人類のこうした退化を引き起こす政治的理由を皆さんとともに検討してみよう。紳士諸君、次の点は明々白々の真実なのである。すなわち、男性は結婚が奨励されればされるほど、子どもの数を増していくのだ。なるほど、男性はその欲望を満足させるために、ほかの方法に飛びつくことがあるかも知れない。だが、結婚以外の方法で得られる子どもの数はきわめて少ないことは周知の事実だし、そうした少数の子どもは親の愛情や気遣いに欠けるため、弱々しいのである。

結婚を奨励するための第一歩は、公然たる売春をすべて廃止することであろう。かつては純粋無垢で美しく、愛らしい女性だったものが、今は放埒《ほうらつ》なあばずれ女になっている姿を見て、心が恐怖で縮み上がる思いをするのは、ここでわたしの話をお聞きになっている方々は誰しも同じなのは間違いあるまい。そうした女性は、放蕩無頼《ぶらい》で病気持ちの老人に無理矢理抱かれたに違いなく、その結果、繊細な心や気高い情熱を捨てたのである。しかもその理由たるや、自分が快楽を味わうためではなく、わずかな金を得るためなのだ。こうした状況はどこにでも見られるものだが、堕落以外の何ものでもない。自らの幸福を損なうだけでなく、活力に満ちた生殖機能を台無しにするものなのである。というのも、やむにやまれず繰り返し性交に耽《ふけ》ることになるからだ。これは快楽などと呼べるものではない。つやつやとして敏感な生殖器が、硬く無感覚になってしまうからだ。愛と幸福の泉をすっかり枯らしてしまい、まるで虫のごとく、美しく咲く花の根本で、その美をすべて失ってしまう。もし賢人によって人類破滅の計画が立てられるとすれば、公然たる売春ほど効果的なものはあり得ないのである。

結婚奨励のための次のステップは、下層階級及び中産階級に何らかの報酬を与えることであろう。これに加えて、ある一定の年齢に達しても結婚していない人間に、収入に応じた税金を課すことである。ご存じのように、この方法はかの賢明なローマ人が取り入れたものだった。ところがわが国では、裕福な人々がこの人道的かつ公正な計画を採用していないので、貧しい召使いが結婚という罪を犯そうものなら、屋敷から追放になるのだ。

これほど大きな悪徳を正すことは、イギリスにとっては間違いなく利益となるものだろう。何しろこの国の大胆きわまりない若者たちは、男も女もこぞって世界各地で危険な行為をおこなっているのである。アームストロング博士[*2]に言わせれば、

仮に汝の高価なる秘密のベッドより
招かれざる子孫が起き上がるとしても、
彼らを優しく迎え入れるがよい。
それこそ自然の願いなのだ。自然の聖なる声に
耳を傾けるのだ。そして怪獣を繁殖せし深み、

荒廃した空気と獣の吠える寂しき荒野より、
親の美徳を学ぶのだ。ごろごろと鳴る音も
汝を上回る炎を出すのか?――赤子はもともと、
助けもなく弱いものだが、親の慈《いつく》しみがなければ、
汝は生きながらえて種を増やすこともできず
惨めなままに、継母《ままはは》の運命に委《ゆだ》ね
おそらくは汝の炎より価値ある子孫は
優しく育てられていくのだ。[*3]

そこで、もし結婚が適切な制限のもとで奨励されれば、すぐにでも子孫が生まれて、わが国の海軍を十分に満たすことも、陸軍を増加させることも可能となり、しつこい宿敵に対抗することもできるようになるだろう。ところが、時代が堕落しているために、もっとも元気で働き者の夫が静かで平和な住まいから徴用され、おまけに愛情に溢れた妻の優しい愛撫から引き離されて、恐ろしく野蛮なことに、同胞を破滅させるおこないに走らなければならないのだ。いやそれどころか、冷たく血にまみれた鋼鉄を、わがアメリカの同胞の胸に突き立てることまでしなければならない。しかし、こうした恐ろしい話題に触れることはやめておこう。この残虐

な戦いで流されてきた罪なき血を思い起こすと、わたしの心は恐怖と怒りに溢れるのだ。ああ、神よ！　もし戦いの悪霊が依然として人類の間に解き放たれてさまよっているのなら、もし人間が野蛮な怒り以上のものを持って、今も人間の血を求めているのなら、もし数多《あまた》の人間が住む島が無人の荒野となり、富み栄える都市が灰燼《かいじん》に帰さなければならないとすれば、もし老人と弱者、寄る辺なき赤子がこうして地上から引き離されるとなれば、どうか天上の年代記には記録が残らぬようにして欲しいのだ。すなわちそうした人間たちがイギリス人であって、この美しい島の息子たちであったこと、それがかくも悪魔のごとき残虐な所業をおこなったのだなどと記録に残さないでいただきたいのだ。

紳士諸君、このように国家の問題で脱線するのは当然であって、人類の増加が当面の問題であることを思い起こせば、無駄な話ではないのである。わが国の住民数が現状のままであるとして、その数がどうであれ、きちんと注意を払って適切な措置を施せば、これは間違いなく二倍に増えるであろう。両親が健康であって、元気はつらつとしていれば、子どもが生まれるたびに多少の奨励金でも出るとなると、さらに子どもを増やそうと強く思うだろうし、貧しい人間でも老後の暮らしに安心感が持てるかも知れない。また彼らの子どもも元気になって、自分は恵まれていると思うだろう。ではわが国の人口がどこまで増える可能性があるのかと言われれば、これについては確たる考えはない。しかしながら、現下の戦争を継続するという建設的ならざる目的のために、途方もない数の人間たちをアメリカに送っていることを考えるとき、今述べた方法を採用するならば、すでに莫大な金額にのぼっている税金も減らすことができるだろうし、人々も現状よりずっと幸福になるのである。野心、贅沢、そして放蕩三昧《ほうとうざんまい》故に、この地上の権力者たちは、貧しい人間をさらに貧しくすることが必要だと考えている。自分たちの贅沢を守り続けるために、彼らは人口の半分を極貧に追い込み、自らの誇りを満足させるために、人口の半数を隷属状態にするのだ。無辜《むこ》の民の血が何百ガロンも無駄に流され、アメリカの美しい大地を流れ落ちていることを思うと、わたしの心は怒りで煮えたぎるのである。

しかしここで再び本題に戻るとしよう。結婚を奨励することを法律で定めるべきだと言ったが、先祖から受け継いだ病を持ってこのように生を受けた人間が、必ず結婚すべきだというわけではない。つまりこうした人間は、男にしても女にしても、もし結婚すれば、弱くて病的で哀れきわまりない人間を生み出すからである。男にしても女にしても、金持ちであろうと貧しかろうと、水以外の飲み物は飲んではならず、ただしワインは構わないのだが、これはこの国では手に入らないのだ。*4

紳士諸君、先ほどわたしは、先祖から受け継いだ病を持つ人間は結婚すべきではないと申し上げた。ではそうした人間はどうしたらいいのか、そうお尋ねになるかも知れない。それに対しては、男性は年老いた女性、つまり母と暮らすべきで、あるいはもしすでに母と暮らしているのなら、子どもが産めなくなった女性と結婚してもいいのではないか。というのも、もし若い女性と結婚すると、未熟な子孫を残すことで自分だけでなく、共同体に害をもたらすことになるからで、これは社会にとっては困ったことになるのである。けれどもこうした制限が難しいというのなら、結婚を望んでいる方はくれぐれも相手の選択に注意するように申し上げたい。元気はつらつ、健康的で若々しい女性と結婚すれば、子種《こだね》はさらに立派なものとなるだろう。紳士方は馬と同じく優れた血統を持つことに注意を払っておられるが、それをないがしろにすると、子どもに優れた血統が受け継がれることがきわめて怪しくなるのだ。男女の体質が似通っており、健康状態に問題があれば、二人の間にできる子どもがそれを受け継ぐのは必然のことなのである。

女性を選ぶに当たっては、感情への配慮も怠ってはならない。ヒステリー、そして憂鬱な気質がしばしば爆発するような女性は、慎重に見極めて避けるべきである。昔の格言にも曰く、「瓜《うり》のつるになすびはならぬ」とあるが、くれぐれもこれは忘れるべきではない。愛情とかある種の好意を抱いて突っ走り、結婚の幸せという大きな目的を忘れることは、決してあってはならないのだ。また勝手気ままな自尊心に負けて、理性を忘れるのもよくないことである。理性と良識が冷静に示す道を注意深く進むのだ。

紳士諸君、次に生殖の原因を探ることにしよう。また同時に、不妊の原因を探り、その改善の方法としてもっとも効果的なものを指摘することにしたい。わたしの考えはよく理解されているので、この問題に関してこれまで出されてきたさまざまな仮説を取り上げて、古代人の原理よりもさらに理にかなった生殖の理論をここで示しても、決して不適切ではあるまいと思うのだ。

男性は、好奇心からか、それとも詮索好きなのか、自分の存在がどのような原因で生まれるのかを探求したがるものだ。自然の根源を追いかけて、依然として哲学者は闇の中にとどまっている。しかし自然の神秘の過程は解明できず、明快にそれを示すことはできなくとも、想像力が事実の不足を補うのである。その結果、誤った概念が生まれ、これがしばらくの間、一般に受け入れられてきたのである。そしてさらにまともな推論が出ると、今度はこちらがまたしても一般に受け入れられることになる。そのため、男性の種は、女性の卵子の助けを借りなくても、それだけで十分だと考えられてきた。つまり、男性の精子には胎児が含まれていて、それが女性の子宮に宿るのは栄養を取るためだけだと考えられたのだ。だとすれば、子どもは母親に依存していないわけで、これは植物がその成長に当たって大地に依存していないのと同じだというのだ。ところが子どもは両親に似ているものだ。この事実からさらに第二の仮説が出されることになり、子どもは両親の精液が混合して創り出されると考えられた。これが偉大なるアリストテレスの考えである。しかしこれも長くは支持されず、解剖学が発展すると、まもなく否定された。女性の多くは性交の際には液が出ることがないので、先ほどの仮説と明らかに相容れないとなったのだ。

十六世紀においては、卵子は卵巣、あるいはときとして卵管の中に発見された。この発見の結果、こうした卵子から子どもが誕生すると考えられた。この理論を支持する人により、卵巣とは葡萄の房のようなものと考えられ、そこには液状の小球が重なり合っていて、それぞれが種を持っていたり、小さな動物を持っていて、全体が完璧になっていた。そして男性の種が性交の際に排出されると、一種の発酵をもたらし、この隠れた動物に生命力を与え、こうして循環がこのシステム全体に起きる。これが生殖のもっとも理にかなった説明と考えられ、事実この説明は真実からそれほど遠いものではなく、十七世紀の終わりまで受け入れられてきた。ところがその時期になると、レーウェンフック[*5]が顕微鏡を使って、男性の精子に極微小物を発見し、この発見によって、精子中にある極微小物が卵巣を通って女性の精液に受精され、さらに表現しようのない喜びとともに女性に受け止められて子宮へと突進し、そこにとどまって胎児が成長すると、この世に生まれ出るにふさわしいものとなる、そんなふうに考えられたのだ。この生殖のシステムには優れた点が多くあるものの、しかしながら反対意見もかなりある。

自然の偉大なる創造者の手になるものはすべて完璧なのだから、この創造者が多数の動物を生み出すにあたり、何の目的もなかったとすれば、理性にかなうものとは言えまい。そうした動物、つまり赤ん坊とは、いわば大人の男女のミニチュアなのだが、それらがじゃれあったり、互いにけんかをしている姿を見て、そのすべてがそもそも女性の子宮から誕生したなどと考えられるだろうか。そしてある日、こうした小さな紳士淑女が総理大臣や偉大な将軍、優れた法律家、資本家、あるいはひょっとすると偽医者になるのだ！　何ともひどく不条理な話ではないか。ところが、この子種が男女双方の種の中にあると言われてきたのだ。男性の種が卵巣で受胎することが人間をはじめとする動物の生殖、出産にとって不可欠なのはよく知られている事実なのである。

さて、ここでさまざまな見解を紹介して、その馬鹿馬鹿しさを指摘するつもりはない。この問題については多くの議論があったが、結局、未来の子どもは、もともとは卵と呼ばれていたのだが、これが母親の卵巣で生き延びること、そして小球のそれぞれにこれまで述べてきたような子どもが含まれていること、これらの点は明らかだと述べておくにとどめよう。生殖と呼ばれるものは、これまで述べてきたような存在に生命を与えるだけのことなのである。そしてこうした考え方に立てば、女性のヴァギナには神経組織が数多く備わっていて、これはきわめて敏感なものと言わなければならない。性交の際に、男性の精液は卵巣に迎え入れられるわけだが、そのとき卵は生殖行為の結果、そこから逃げ出していき、子宮にとどまって九ヶ月間の間に栄養を与えられると、女の赤ん坊にしろ、男の赤ん坊にしろ、子宮はもはやふさわしい住まいではなくなる。そして自然の助けを借りて、彼らはこの世に生まれ出て、目に見える存在となるのだ。というのも、子宮は自らの力によって栄養を得て、胎児を育てることができるのだが、その胎児を成長させて大人にするだけの能力はないからである。

男性の精子は子宮に吸収されるに過ぎないというのが、わたしの考える生殖システムなのだが、これには反論があるかも知れない。しかしそうした反論も、よく考えてみると説得力がないのである。なぜなら、栄養自体はきわめて小さな管によって胎児に運ばれるからだ。

紳士諸君、わたしはこれまで、生殖の原因について明快かつ確固たる見解を、皆様方に披瀝《ひれき》する栄誉を得てきたが、これを一言で言えば、未来の子どもは性交に先立って、母親の卵巣の寝床に存在しており、生殖行為とは卵巣にある種の生命と力を与えるに過ぎないのである。[*6] しかしながら、紳士諸君、このような奇妙なテーマについて、その本質や研究の進歩を確信を持って説明できる人間などいるのか疑問である。自然は常に働き続けているものだ。右に行ったり、左に行ったり、その動き方はわれわれ人間が目にすることができるものである。けれども、生殖の原因はさながら雲に覆われているようなもので、したがってわれわれは依然として手探りをしているのである。自然の進み具合を目にし、自然が作り上げたものに驚嘆することはあっても、第一原因についてはわれわれは無知である。しかしわたしは信じているのだが、そうした第一原因の発見は、いずれ誰かの手によっておこなわれるであろう。この重要な発見の栄誉に与《あずか》る人間が誰であるにしても、もしそれができれば、その人物の頭には不滅の栄冠が被《かぶ》されることになるはずである。というわけで、この興味深い主題に関して、その原理的な部分についてはこれで説明を終わることにし、この講義の結論として、もっとも豊穣にして、もっとも役立つ、そしてもっともおもしろい問題を取り上げることにしたい。

紳士諸君、すでにどなたもご存じのことだが、婚姻関係の源、基礎となるのは愛と尊敬である。これが純粋な動機から生じるのであれば、適切な結果をまず間違いなく生み出すことができる。しかしこれがなければ機嫌が悪くなり、嫌悪感が強まって、互いにしかるべき喜びを味わうことができなくなる。だがこう言ったからといって、愛情とある種の好意に引きずられて、不健康な女性、つまり体内の奥深くに病を宿している女性と闇雲に関係を持つようなことがあってはならない。そうした女性と性交をすれば、子どもができても、発育の悪い病気がちの子が生まれることになる。そして子どもが虚弱で病気がちなのは、子どもが生まれないのよりも悪いのである。社会の害毒となるし、本人も重荷を背負って生きていくことになるし、両親に喜びや満足感を与えてもくれないのだ。不健康な人間は愛情や尊敬の対象と見なされても、それは長続きはしないし、これに対して健康そのものの女性で陽気な性格であれば、欲望も増して愛情も募り、美しく健康的な子どもを生むことになるのだ。

婚姻生活の大きな目的とは、まさに健康にして活力ある女性を選ぶことに尽きる。これが可能となれば、美しさや富よりも、ずっと大きな喜び、幸福が得られるのだ。子どもに関して言えば、すべては両親の健康に負うところが大きいのである。植物が活力や強さを得るのは豊かな土壌に負うところが大きいのは確かだが、これに比べても、子どもが健康そのものの両親に負うところはさらに大きいのだ。虚弱な女性で性格も悪く、夜遅くまでトランプで遊んだり、お茶を飲んでいて肉体もたるんだりしていると、まず子どもができることはないのである。仮にできても、子どもは弱く不健康で、母親が母乳を与えることもできない。自然が与えてくれる栄養も失われてしまい、乳母に預けるより仕方がなくなり、さらに悪い場合には、他人の赤ん坊を奪うようなことになる。こうした放埒《ほうらつ》きわまりない悪魔のごとき行為をすれば、人類は破滅してしまう。

しかしながら、紳士諸君、若いうちから放蕩に明け暮れ、肉体がしっかりと力強くなる前に子種をまき散らすようなことは、心して避けなければならないのだ。なぜなら、それは美しさを台無しにするし、健康を損なって、生殖機能が衰えてしまい、輝くばかりの活力で自らの機能を発揮することもできなくなるからで、この活力こそが女性の心に強く訴えかけるものなのである。したがって、個人にとってと同様に、社会にとっても、親や保護者、そして子どもの面倒を見る人間は、できれば昼も夜も子どもたちをしっかりと見張り、性的行為に耽《ふけ》らないようにすることが大事なのである。あるいはもっとはっきり言えば、彼らが自慰、手淫といった罪深い行為に走ることを禁じなければならない。多産に結びつく愛情という高貴な目的のために、自然が大きな苦労をして精液を用意していることを考えれば、その精液をまだ子どもの間に浪費して使い尽くしてしまうのは、肉体も精神も衰弱させることであり、こうしたことが巷《ちまた》に蔓延しているのだ。これによってさまざまな病が生まれることになり、それどころか早い時期に精液を浪費すると、死んでしまうことさえあるのだ。今ここでわたしの話をお聞きになっている方々の中に、そのような人間がいるのなら、健康の名前によって、神の名前によって、この恐ろしい習慣をやめるように忠告しておきたい。自然の道をはずれて精液を放出する行為、(はっきり言えば)自慰は地震であり、美を損なう行為であり、男性の機能を萎縮させることであり、全身を虚弱にするものなのである。この忌むべきおこないという罪を犯すのなら、むしろ売春宿に駆けつけるか、あるいは病に身体を委ねることをお勧めしたい。この恐ろしき習慣、闇の中でおこなわれる行為は、いつにあっても忌むべき罪なのである。この島国にはこれに慣れ親しんでいる人間が数多くおり、これで体力を奪われているのだが、どうか全財産を投げ出し、あるいは全世界をなげうってでも、この恐ろしい悪徳を捨てて、失った若さと強さを取り戻していただきたい。そうすれば、今よりも生き生きと元気に暮らせると思うのだ。

しかしながら紳士諸君、こうしてこの不愉快極まる悪徳が、女性に喜びを与えるべき男性の役割にふさわしくなくなるものだとして激しく罵倒しているわけだが、ここで同じく摩訶《まか》不思議なのは、男性があたかもヘラクレスのごとく女性を征服できるなどと手柄話をすることである。つまり、一晩に九回も十回もできるなどと言うのだ。実は、男というもの、いわば義務として夜と朝にするのがせいぜいであって、それ以上に性行為ができる男などほとんどいないのである。

ともに暮らし始めた場合、男と女のどちらが情熱的になるかについては、これまで論争が繰り返されてきた。その結果、女性のほうが強いとの意見に軍配が上がっている。情熱的だし、それほど気乗りがしなくても高まっていくし、快楽が続くことを求める点でも上だというのである。

これまでは多産に結びつく愛情を阻害し、台無しにするものは何かについて考察してきた。そこでこれからは、結婚生活のベッドでの喜びを高め、長続きさせるものは何かについて考えることにしたい。まず第一に、多産に結びつく愛情を求めて身体と心のバランスを取るには、やや控えめな気遣いをして、肌着類は清潔を保ち、何よりも同室に二つのベッドを並べることをお勧めしたい。一年三百六十五日、一つのベッドに夫婦が寝るのは、とんでもないことと言わなければならない。これを称して「夫婦漬け」[*7]という。この奇妙な習慣はわが国では長年にわたって続いてきたのだが、いくつかの家庭で偏見を克服し、行為をするとき以外は別のベッドに寝ることにしたため、先ほど述べた悪習もやめる動きが見られることは欣快《きんかい》に堪えないものである。少々プライヴァシーを守れることほどいいものはないのだ。これはよく知られていることだが、船乗りというのはその生活ぶりからして決して神経の細かい人間ではないのだが、航海から帰ってくると、実にいい夫となって、ご婦人方に大いに喜ばれるというのだ。

次に、陽気に楽しむことを勧めたい。愛の行為では相手を大事にして心を開き、楽器を演奏するもよし、一緒に愛の歌を歌ってもいいし、恋愛物語を読むのもよかろう。これによって情熱的になり、興奮した女性がカウチに横になれば、二人の心も肉体も一気に盛り上がり、くんずほぐれつの果てに妙なる液、生殖の種をふりまいて、ともに喜びと歓喜に襲われる。男性諸氏はすべからく愛情を育《はぐく》み、人類皆兄弟の気持ちで心を盛り上げ、生まれつきの魅力よりも、陽気な心と好ましい性格こそが大事だと思っていただきたい。

第三に、活動的かつ有意義な生活を送るようにお勧めしなければならないが、とりわけ大事なのは節制である。生殖能力を高めるのは、何よりも活動的生活と節制なのである。貧しい人間には実に健康的な子どもが生まれるし、金持ちよりも多産である。金持ちは舞踏会やパーティ、仮面舞踏会などで大騒ぎをして、健康な子どもに恵まれることが少ない。何事も過ぎては多産に害をなす。強い酒を飲むとベッドでの喜びが増すと考える人間がいるが、これは間違いである。まやかしの興奮でしかないのだ。ワインを非難しても、いいワインを馬鹿にしているわけではない。よく知られているように、どんな酒でも飲み過ぎれば身体が燃えてくるだけで、適度に飲めばこそ、快楽が高まるのである。

入浴に関しては、全身浴ではなく、大事な場所を頻繁に洗うべきなのである。冷たい水やお湯で洗うことほど、強く活力に満ちるものはないのだ。同じように、女性にも大事な場所は夜も朝も洗うことをお勧めする。男性諸氏は生涯を通じて、夜と朝に性器を洗うようにしていただきたい。そうすれば女性に好まれるだけでなく、女性に喜びを与えられるし、満足感を与えることもできる。何もしない男の三倍はできるのである。これによって性器は張りを増し、強さも増して、硬く元気なものとなる。

これによって肉体にもいい効果が出てくることは、信じられないほどである。これは社会にとってもきわめて大きな意味があると言われているが、なるほどその通りである。だからどれだけ熱を込めて勧めても十分というわけではない。それだけ重要だから、もし仮に神様から伝言をいただいて、明日にでもこの世から旅立つとなれば、あの世でのわたしの幸福は、短い一生の間に人類のためにどれだけの善行を施すかにかかってくるので、男性も女性も、これまで述べたように、是非冷たい水を有効活用するように強く訴えることがもっとも大事であり、自らの人生をこれほど有効に使ったと思えることはほかにないと考えるのである。女性の方々はあの行為のあとでは、すぐにでも水で洗うことをお勧めする。清潔のためだけではなく、これによって緩《ゆる》んだ部分がしっかりとした張りを取り戻し、くっきりとした溝となってみずみずしくなるからだ。フランスの女性はイギリス人女性に比べると端整な顔立ちではないが、ベッドでは比べものにならないほど見事である。生き生きとして元気なのだ。これは間違いなく、頻繁に入浴をするためである。

というのも、相も変わらぬ抱擁から逃れ出て
かすかな気晴らしに従うのだ、衰えた力、
嫌悪、そして互いの無感動などは、愛を葬るもの。
確かに、自らの力が甦ると豪語するものあり、
そして激しい欲望は、元気の源たる食事や、
有害な薬で甦るかも知れぬ。かくして蘭や
淫《みだ》らな球根、スティリオンの名前で知られたるもの。
そしてあの海辺では、海から生まれた女王が
泡とともに穏やかなセリを食せり。
キノコの中でも有名なるヤマドリタケ、
そしてカンタリスを売り、さまざまな形で
使われる。だが結果はいかに？　さらなる病が生じ

荷を負うた南風の神アウステルが落とす羽根よりも多い。
悪寒《おかん》、痙攣《けいれん》、不吉なる激しい頭痛に見舞われる。*8

アームストロング

食事はかなりの効果を上げる。たとえば血液の流れを損なわず、栄養価の高いものがいい。青野菜はどれも欲望を高め、肉体を強健にする。同じく魚も大いに役立つが、とりわけ生牡蠣がよい。卵も丈夫で十分な運動をした鶏が産んだものであれば、まず間違いなく健康で元気な子どもを授かるのに役立つ。

さてこの話題を締めくくるに当たって、どうしても付け加えておかなければならない点がある。それは特に切迫した状況で、男として立派に役目を果たそうとする方への忠告である。たとえばその状況とは、処女と同棲するとか、年齢を経てはいるが、未だに未通の女性と暮らす場合、あるいはまた初夜においてさらに困難な状況、つまり若くて浮気心のある未亡人をどう扱うかである。まず、面目を失わず、女性の願望を満足させてやりたいと思うのなら、どんな種類であれ、強い酒は注意深く避けることだ。生殖機能を強め、元気で活発にするには、卵飲料をたっぷり飲むのが一番であろう。わたしなど、何ヶ月にもわたって十杯以上は飲んできたのである。たとえば卵が十二個あるとして、その中から六個を選び、その白身を溶かすのである。続いて徐々に冷たい水か、良質のミルクを一クウォート(一リットル弱)、ないしは三パイント(一リットル半)加え、これを大量に飲むのである。こうすると女性は喜ぶし、男性諸氏も快感が増すものだ。よく知られているように、主に野菜を食べている男女は、怠惰で浪費三昧をしている人間よりも、ベッドで大きな快感を味わえるのである。アイルランドの女性と同棲すると、彼女たちがベッドで実に具合がいいのは、外気を吸って走り回っており、粉を吹いた良質のジャガイモをミルクですりつぶしたものを食べているからである。

紳士諸君、これまでの間、道徳学、哲学、そして宗教さえも、婚姻のベッドでの楽しみを味わう方法を教えていることを示せたので、実に欣快に堪えない気持ちである。そこでこれからは、薬もまた大いに手助けとなる点をご披露したいと思う。いつの時代にあっても、薬は強力な刺激となると考えられてきたし、適切に使えば、実に役立つものなのである。しかしきわめて有害なものもあるのは事実である。たとえばカンタリスをはじめとして、効能が激烈で強力なものがあるが、そうしたものを服用すると、やがて生殖機能が弱まっていく。むしろ身体を強壮にするものであれば、大いに価値があるのだ。もし男性が無闇に大き過ぎる場合は、その身体をスリムにすべきである。あまりに太り過ぎていて、女性に喜びを与えられないでいる男性がいるが、こうした人間はわが国では稀である。もしそういう男性がいれば、大量に瀉血《しゃけつ》をすべきであろう。これは本当の話だが、ドイツのある王が、男性としての役割を果たせなかった。ところが寝ている間に、医者たちが身体を痩せさせるのがいいと考えて瀉血をしたところ、王妃にも喜ばれるようになり、子どもにも恵まれたという。

身体全体を強壮にするには、冷水浴をお勧めすると述べたが、この場合にもっともいい水は海水である。それに次いでいいのがドイツの温泉、その次は清浄なわき水である。一七二二年のことだが、さる上流階級の淑女が不妊で悩み、わたしのもとに相談に来られた。そこでわたしは温泉水をカップに入れ、それを夜と朝に愛の泉に注ぎ込むように勧めた。彼女はそれを二ヶ月間続け、うれしいことには、望む結果を得たのである。今は二人の子どもを得ているから、もし知り合いの女性にそういう方がいれば、同じ方法を試してみるようにお勧めしたいし、愛の泉の出る穴に冷たい水を注いでいただければいいと思う。ぬるま湯でも冷水でも、適切な摂取をすれば、きわめていい効果が出る。節制、運動、冷水浴は魅力、健康、美を保つものであり、夫婦生活の喜びを豊かに増すものであって、美しい桃のなめらかな産毛《うぶげ》のようなものを保持できるのである。古代ローマ人がこの習慣を大いに好み、家には冷水浴の設備を持っていたことを思い出していただきたい。これと清浄な空気があれば、彼らのごとく強健となり、その肉体は強靱なものとなって、戦闘でも引けを取るようなことにはならないし、事実ローマ人はこの点で名を馳せているのだ。アームストロング博士は健康保持の方法について、次のように述べている。

冷たく湿った天空の厳しさに対して、
彼らの肉体を強靭にすることで、凍るような
水の中へたびたび出かける人間もいる。無駄も許されない場での、
彼らの不屈の魂を賞賛する。鋼《はがね》のごとく強靭な肉体は
咳など恐れず、三日間も吹き渡る
不快な風も恐れず、あるいは残虐なるリューマチも何のその。
強く鍛え上げた神経はしなやかさを失わず、
しばしば起こる筋肉の弛緩《しかん》も強靭なる胸には起きることなし。[*9]

さらに、博士は次のようにも言っている。

凍てつく北極から干からびたモーリタニアへ、
あるいは蒸し暑き西の地へ達するものたちを、
あるいはまた大河が豊かなインド亜大陸を流れる地のものたちを、
日に三度投げ込んで、生ぬるき波の中で
その頑固な孔を解き放つのだ。その豊かにして自由な

蒸気を柔らかになりし肌に通せば、
増大せる血液と釣り合いがとれるだろう。
こうしてそのものたちは熱を持つ激しい炎を避けるだろう。
かくして地獄の暑い息にも痛みを感じることがない。
われらとともに、不満なきその男は
温かき沐浴《もくよく》を求めず、ただ
肌につきしものを洗えれば満足、
肉体が見苦しき土に汚れることなければ十分。[*10]

局所に水をかければ強く元気はつらつとなる効果が大きいが、年を取った人間には強壮剤としての働きが強過ぎて害をもたらすこともある。そこでそうした方々も、恋愛物語などで元気を取り戻したほうがいいかも知れない。実はこうした例はいくつも知っている。エディンバラの理髪師は健康な女性と結婚して何年も経つのだが、子どもに恵まれなかった。この男が若く美しい女性の服を作るように頼まれたことがあった。すると服を作ってもらっている間に、彼は店の娘の美しさの虜《とりこ》になって、やる気満々、我慢できなくなり、ちょっとしたいいわけをして家まで一目散に戻り、あっという間に三人の子どもをもうけたのだ。その一人は現在ロンドンに住んでいる。これによって、きちんとした方法で情熱を盛り上げるのが有効なことがわかるだろう。

情熱が高まった結果、ほとんど信じられないことが起きたものとして、二十三もの例を指摘できる。まずノリッジ在住の老女の場合だが、彼女は歯もなく、市場《いちば》に座って野菜を売っていたのだが、うっとりとした目の雄馬が牝馬と交尾をする姿を見たのである。そして馬を最初に見たときに、老女はたまたま一シリングを歯茎でくわえていたのだが、交尾の光景に惹きつけられて、そのシリング硬貨を二つにかみ切ったという。

もっと直接的なやり方で子どもを授かった女性もいた。わが国のさる上流の淑女は人前もはばからず、聖ジョージみたいに上から乗らないと子どもはできないと公言していた。*11 しっかりと子どもが授かるように思い描くことが大事なのである。フィラデルフィアでは、普通のベッドをガラスの支えの上に載せたものを見たことがあるが、これは電気の効果を行為の最中に試そうというもので、こちらの期待に十分に応えてくれた。若い友人の多くにこれを試すように勧めたところ、誰もが言うには、これほど大きな快楽を得たものはほかにないどころか、快感が長続きしたという。絶えざる喜びと快楽は一瞬どころではなく、一時間に及んだというのだ。ランカスター在住の若い女性は、中風治療のためにフィラデルフィアへ行けるように取りはからってくれないかと頼んできた。この病にしばらく苦しんでいたのである。とても魅力的な男と結婚して数年になるのに、子どもができなかったのだが、中風の治療が終わってから、夫が会いに来て、家まで彼女を連れて帰った。そこで二人に電気ベッドに寝るように勧めたところ、妻はすっかりよくなり、子どもができたのである。そこで彼女にいろいろと尋ねたのだが、ただしそのあとさらに子どもができたかどうかは不明である。

このように性愛の戦いでは、心をしっかりと保つと、想像力が強い働きをするのだが、これは女性だけに限らず、男性にも同じように当てはまるのである。しかしながら、紳士諸君、もしこの想像力がある状況だけに強く集中する場合には、理性によってその方向を調整するのである。こう申し上げるのは、情熱を燃やすためではなく、すべからく性愛の探求に当たっては、慎重に抜け目なくすることをお勧めしたいからだ。というのも、すべての男性が考えるべきなのは、結婚の床では、忠実に行動することを義務づけられているからである。皆さんもご存じの旧約聖書の話だが、ワインを飲み過ぎて心が高まったヤコブは優しい目をしたレアと床に入ったが、相手が美しく容姿も優れたラケルだと信じて疑わなかったのだ。[*12]

さて続いて、懐妊するに当たっては、実に神々《こうごう》しく、聖なる電気の炎が効果をもたらすことを考えてみよう。この炎が恵みに満ちた効果を与えてくれる点は、理論的に考えても十分に納得できるだけでなく、事実、その効力を証明する紛《まぎ》れもない事実がいくつかあるのだ。この電気を適切に使えば、多産を阻害するものすべてを排除できることはどなたもご存じである。月経さえも、ほかの何を持ってしても取り除けないのに、電気には力が及ばない。患者には生ぬるい湯につかるように強く勧め、それから電気ベッドに寝て強力な炎を受けると、あらゆる邪魔なものが見事に取り除かれるのである。電気の力はきわめて強く、愛の泉にある有害物質をすべて破壊してしまうのだ。しかし電気の炎の力は子宮だけにとどまるのではなく、肉体、心のすべてに行き渡って、情熱を高め、心を生き生きとさせ、精神を高めるのである。柔らかく、すべてに行き渡る炎、その力は知られていないのだ。生殖の際にこれを使えば、元気で健康な子どもは間違いなく生まれる。

だが、このようなことを述べた上で、医療用の磁気を利用した音楽電気ベッドをお勧めすることをお許しいただきたい。これは初めての作品で、完成すれば、世界でももっとも偉大なるすばらしいものとなるだろう。しかし手元不如意のために、まだ完成に至っていないのである。おそらく二万ポンドはかかるのではないか。

次に、ベッドには羽毛を使わず、毛の入ったマットレスを使うべきである。この場合、もっともいい毛は種馬の尻尾の毛である。きわめて強いし、弾力も優れているから、ベッドに横になったときには女性にとって好ましい角度を取るのに便利である。つまり、生殖にとって実にふさわしい体位がとれるのだ。弾力に富んだマットレス、高まっていく音、甘く哀愁に満ちた音楽、あるいは甘く調和のとれた笛の音《ね》などは快楽を高めるだけでなく、いつまでも味わわせてくれるもので、やがて最後にはそうした心地よい感覚が強く満足した自然の音に変わり、魂を隅々まで高潮させて、快楽の頂点に達するのである。電気の炎による無敵の力を受けておこなう性交がもたらす喜びとは、このようなものなのである。そして最後の最後には天国に昇るような気持ちになることは間違いない。こうしてこの神々《こうごう》しきベッドには、さまざまな楽の音《ね》を出す装置がしつらえられ、同時に、自然及び人工の磁石が大量に使われていて、心の機能と肉体の機能とが調和を保ち、強い弾力を背中に与えることで、強く、美しく、そして健康な、いや二倍の強さに蒸留した子どもたちが生まれることは間違いないのである。魂と肉体、精神、そして物質などが最高度に高められなければならないのだ。すべてが、目に精妙にして美しく、すべてが味わって美味で、すべてが、触れて心地よく、すべてが、かぐわしき香りを放ち、感覚器官全部が妙なる喜びを感じ、こうして最後には、自分がもはやこの世の住人ではなく、天上人のように感じることになるのだ。

だがこの天のベッドがもたらす精妙なる喜びをこうして語ってきたのも、淫《みだ》らな心を満足させるためではなく、あるいは愛の行為においてただ性的な満足を求める人間に向けてのものでもなく、さらにその満足を過剰なまでに満たすためでもない。というのも、頻繁に過剰なまでに性交を求めると、あっという間に命のランプが消えてしまうからだ。だから分別を持っておこなうべきで、ほどほどにすることを常にわきまえていただきたい。愛の戦いにおいては、自然の促しに必ず従うべきなのだ。紳士諸君、特に若い頃には、生命の心地よきエッセンスはできる限り節約すべきなのである。鞭を当てて勢いづくことは避けるべきで、しゃにむに進むのではなく、慎重に進むのだ。自然が与えてくれた妙なる液体は、多産をもたらす以外の目的も有している。それは生命の源であって、全身を活性化させ、健康と美を与えるものなのだ。無闇に浪費すれば、顔は青ざめ、記憶力は減退し、次々と不満が出てくるもの。要するに、精神と肉体の機能が弱くなって衰えていくのだ。

さて、紳士諸君。

このように天のベッドについて語り、これがもたらす喜びを述べてきたのは、この重要な発見に何らかの正当性をもたらしたいためである。すでに述べたように、手元不如意のために、これまではこの器具を完成させることができなかった。この数年間で手にした金銭を使って、ベッドの輪郭の設計はできたが、もっとも重要な部分は手をつけずにきた。だが、三回目のグランド・ツアーでヨーロッパ大陸を旅したので、こうして祖国に帰った今、この偉大にして重要な企てを完成させることができるものと思っている。さらに、この重要な発見を簡明な原理にまとめ、それを世界に向かって発表すれば、そこそこの財力を持っている人はすべて、自宅に備えてくれると考えている。

紳士諸君、電気が水の中で使えることを発見したので、これは確信を持って言えるのだが、この聖なる魅力的喜び、つまり性交とは電気の衝撃以外の何ものでもない。そして生殖行為とは電気の運動なのである。第一に、管やシリンダーの摩擦があり、これは主導体において炎が集められることを意味する。そしてプラスの炎とマイナスの炎を同時に持ち、能動原理と受動原理を持つことになる。要するに、きわめて厳密にして、友好的な調和が存在するわけで、これはあらゆる点できわめて明快かつ完璧な調和なのである。そしてこの原理を否定するような医学的そして思弁的世界は、断固として排除する。

しかし、紳士諸君、多くの女性たちが知りたがってきたのは、この天のベッドに少年や少女を導くことができるか、それも無理にではなく、彼らが喜んでこのベッドに寝るかという点である。これに関してははっきりしたことは言えないし、絶対確実だと胸を張るつもりもない。けれども、性交の喜びを強く感じている男女は、性交の際にきわめて強く興奮すれば、子どもを得ることができるのである。男であれ、女であれ、こうした強い快楽を得れば、胎児を持てるのである。

というわけで、紳士諸君、生殖の新しい理論をご披露できることは、この上のない名誉である。また、結婚の床での喜びを高め、それを永続させる方法があること、そして女性を夫にとってさらに美しく、さらに愛らしく、さらにふさわしい存在とする方法があることなどをご披露できるのも、これまたこの上なき名誉である。
どうか結婚なさっている方々は、帰宅して妻のもとに戻り、豊かで幸せになっていただきたい。優しく、愛情に満ちた最初の頃を思い出してまねるのである。そして若い男性方は、健康の名前において、自然の名前において、神の名前において、放蕩三昧を避けることである。「妻のもとに行き、産めよ、増やせよ、地に満ちよ」。

終わり

売春宿の世界

わたしこと、リチャード・ブラウンは、エイブラハム・ブラウンとセアラ・ブラウンの息子で、ノーフォーク州、ヤーマスの町で生まれたが、親の意向でケンブリッジ大学、トリニティ・カレッジに行くことになった。親の仕送りはたっぷりで、五十ポンドや六十ポンドの金は切らしたことがなく、人付き合いも欠かすことがなかった。しかも優しい親は、金を無心すれば、たっぷり送ってくれたのだ。

ところがとうとう、どんな生活を送っているかが学長に知られ、学問に励む連中を堕落させると恐れたために、わたしは大学を退学になった。母はこのことにひどく心を痛めて、まもなく亡くなった。しかし父はこんな息子に対しても親切で、二百ポンドをくれて農場で仕事をするように言ってくれた。今までの暮らしをやめていれば、これだけの金で十分に暮らしていけたかも知れない。ところがそれをすぐに使ってしまったので、父もさすがに怒り狂って、わたしを追い出してしまった。それでもときどきは一ギニーか二ギニーを送ってきたが、これはわたしが飢え死にしないためのものだった。ところが天罰なのか、父も病気になり、いよいよ危なくなったのだが、ほかに子どももいなかったので、わたしを呼び寄せたのである。

わたしが枕元に行くと、父はわたしの手を取ったのだが、その間にも涙は老いた頬を滝のように流れ落ちていた。そしてこう言ったのだ。リチャードよ、おまえはずいぶん乱れた金遣いの荒い生活を送ってきたが、それでも一シリングをやっておまえとの縁を切るつもりはない。わたしは土地と一万五千ポンドの現金を持っているが、この現金は一年で五百ポンドほどを生み出すものだ[*1]。

そこでおまえも考えて欲しいのだ。わたしが死んでしまえば、おまえのところに友だちが訪ねてくることもあるまい。だから今までやってきたように、この財産を殖やして欲しいのだ。これを聞いたわたしは美辞麗句を並べ、約束もしてその通りにすると答えた。

ところが父が死んだ途端、わたしは約束をすべて忘れてしまった。もちろん父の遺言に従って、遺体は丁寧に埋葬した。だが、喪に服するどころか、すてきな去勢馬を二十ギニーで買い、明るい色の服、軍人がかぶるような鬘[*2]、指輪、懐中時計などを買い、腰には剣をつけたのだ。

こうして紳士として非の打ち所のない格好になると、以前の生活に逆戻りし、仲間たちと一緒に乗馬や遊びをしてあちこちを回り、挙げ句の果てには、コルストンの町を馬で走り回っているときに、青の碇《いかり》の印がついた家に出くわしたのだ。ここは売春宿で、その女将《おかみ》はドゥーベンと言い、若い売春婦が娘だった。娘は若くて愛嬌があり、透き通るような肌は白く、すてきな胸とお茶目な目をしているので、すぐにこの娘が気に入ってしまった。そして仲間に向かって、そこの扉のところにかわいい娘がいるから、ご一緒したいと言ってみようと誘ったのだ。こうしてわれわれは馬から下りると、ワインを注文した。すると娘は階段を走って昇っていき、ペチコートを半分ほどまくり上げたので、これにはわたしの欲望に火がついた。まもなく女将がワインを持ってきたので、戸口のところに一緒に立っていた娘は誰だと尋ねた。すると女将は、あれはわたしの娘ですと答える。奥さん、それならあの娘さんとワインをご一緒できればうれしいのだが、と言った。すると女将はこう答える。娘は十七歳で、こんなところに住んでいるから、紳士方のお仲間になるのは構わないが、一緒に飲んでいるところをご近所に見られると、じきに悪口を言われて、いつまで経っても悪い評判が消えなくなるのです。

そこでわれわれは腰を下ろし、わたしはポケットに手を入れて、六十ギニーほどを取り出した。

奥さん、一ギニーで釣りはあるかい。勘定を頼むよ。ただし、娘さんが一緒になってくれるのなら、四ギニーや五ギニーは払うけれど。女将は金を見つめて、こう言った。もう少しここにいてくれたら、二階へ上がって娘をできるだけ説得してみる。だが、それは信じられなかったので、もう一本ワインを頼んで、それが運ばれてくると、女将は二階へ上がり、しばらく戻ってこなかった。女将と娘が降りてくると、娘は暖炉のところへ行き、恥ずかしそうにしている。暖炉はこちらが座っているところの向かいにあったので、わたしは立ち上がって娘の腕を取ると、座っていたところまで連れてきた。その頃にはわたしは自棄《やけ》な気分になっていた。というのは、娘がドルーリー・レインの売春婦のように打ち解け始めるまでは、みんなせいぜいグラス一杯程度しか飲んでいなかったからだ。要するに、娘とは夜に一緒に寝る約束をして、その礼として朝には十分な金をやるからと約束をしたのだ。翌朝、わたしは娘を金細工師のところへ連れて行き、金の時計と毛抜き、そのほか適当なものを買ってやったのだ。こうして女将と若い売春婦のために湯水のように金を使い続けたので、十二ヶ月も経つと、父が残してくれた一万五千ポンドを全部使い果たしていたのだ。そこで土地を抵当に入れて一千ポンドを手にした。その金がなくなったとき(だいたい十五ヶ月くらいで使い果たした)、たまたまやってきた昔からの知り合いが、翌朝に狩猟に出かけようと誘ったのだ。厩《うまや》にはかなりいい金メッキがあったので、それなら一緒に行こうと思った。知り合い連中がいなくなると、女将を見つけて、二十シリング貸してくれるように頼んでみた。今やってきた連中と明日の朝に狩猟に行くと約束したから、金が必要なのだと言ったのだ。すると女将がこう答えた。ねえ、坊ちゃん、なんでもっと前に言ってくれなかったんですか? ワイン商に昨日支払いをしたところだし、今日はビールの支払い、明日は家賃を払うことになっているんですよ。そうしたことを済ませたら、果たして二十シリングも残るかしら。でも、坊ちゃんは紳士でいらっしゃるから、お楽しみを邪魔するわけにはいきませんね。もしわたしの言うとおりにしてくださるのなら、これまでと同じように楽しめる方法をお教えしますよ。厩に立派な馬がいるでしょう、あれは五十ギニーくらいの価値があります。町に知り合いがいて、その人なら二十ギニーで買ってくれるでしょう。そして馬は二シリングで雇うことにすれば、ポケットにお金はたっぷりになりますよ。そこで馬鹿みたいに、わたしは去勢馬を売り飛ばしたのだ。それからその金もなくなると、時計や指輪も売り払い、ついに一銭もなくなって、この哀れなディックはこれ以上ひどいことはないまでになってしまった。それで娘と寝る代わりに、屋根裏部屋のひどいベッドに寝ることになった。もしそれが気に入らないのなら、追い出されていたかも知れない。ある朝、暖炉のそばで座っていると、船乗りの一団が入ってきて、ワインを一瓶注文した。女将は暖炉のそばにいるわたしを見て、大声を上げる。ディック、図々しいったらありゃしない！　暖炉でお尻を温めて、それじゃあ、お金をたっぷりお持ちの紳士方が座る場所がないじゃないか。何のためにわたしが扉を開けておいたと思っているんだい？

するとと父の言葉が頭に甦り、重い心を抱えて立ち上がると、部屋の隅に行った。ところが船乗りの一人がわたしに気がついて、グラスのワインをくれると、リチャード、これはおまえのだと言った。すると女将が、皆さん、あいつのことなど気にしないでくださいな。一文無しだし、まったく信用ならないんですよ。これまでで四十六ペンスも貸しがあるんだから。一ペニーも稼ぎやしないんだから、まったく我慢のならないやつでね。すると船乗りの一人が、道で乞食に恵んでいるつもりなんだから、構やしないだろう？　皆さん、どうぞご自由に、でもお勘定はよろしく。

ワインが空《から》になると、船乗りたちはもう一本注文した。そして女将がいなくなったので、この機会を捉えて、何に金を使ったかを話した。

船乗りの一人が言う。リチャード、元気を出せよ、それから今までのようにするんだな。おれは港で軍艦に乗っているが、おまえが海に出る気持ちがあれば、船に乗せて身支度を整えてやるよ。おまえが生きて戻ってきたときに、金をくれたらいい。というわけで、一緒に行くことにして、女将と娘の売春婦には黙っていた。それから二年半以上も経たない間に、四十ポンドを貯め込んだが、そのあとすぐに叔母が死んで、三千ポンドを残してくれた。さあ、これであいつらに復讐してやると思ったね。

そこで服をひとそろい買って、立派な馬に乗ると(以前には去勢馬を何頭ももっていたので)、コルストンの町に出かけていった。そこでは六軒の家に、六人の寝取られ男、十二人の女将、二十四人の売春婦の割合でいるのだ。そこでわたしは古びた売春宿に入って、女将さん、と声をかけた。白ワインをくれ。彼女が運んでくると、おい、女将、おれの妻(おまえの娘)はどうしている?と言った。女将は答えて、娘をご存じで?おれのことがわからないか?いいえ、どちら様です?そこで女将はまた馬鹿な獲物が見つかったと思ったのだが、これが大間違い。女将はこれまでで一番苦い薬を飲んでしまったのだ。一日に二十の銅釜を使って水粥を作っても、胃の中をすっきりさせられないほどの苦いものだったのだ。それから白ワインを飲むと、手をポケットに入れて五十ギニー以上の金を出し、一ギニーで釣りはあるか、勘定を頼むと言ったのだ。金を見て女将はこう言った。申し訳ありませんが、寄る年波で目もよく見えず、記憶力も弱くなっています。お願いですから、お名前を。わたしの名前はリチャード・ブラウンだ。女将は驚いて言った。ああ、あたしのかわいい娘！　かわいそうにあの娘《こ》はあなたがひどい死に方をしたのではと思って、ほとんど気も狂ったようになって、あなたのことで一日に何度もひきつけを起こすのです。おい、女将、わたしは三千ポンドを手に入れて、おまえの娘を妻にしようと戻ってきたのだ。すると女将はこう言った。娘はあなたのために大金を積まれても断ってきたのです。二階へ上がって、下に誰が来ているか知らせてきましょう。――ジェニー［これはメイド］、一番いい客間をきれいにして、火をおこし、冷たい鴨肉とケチャップを持ってきて。そう言いながら女将は階段を昇っていくので、わたしはその後にそっとついていった。ブリジェット、ブリジェット、ブリジェット、急いで降りておいで。あんたの好きなディックが下に来ているのよ。うってつけだから、うまくやるんだよ。一番いい服を着て、急いで下に降りておいで。冗談じゃないわ。ブリジェットが答える。ディックが何よ、一文無しでしょう。お黙り！　三千ポンド持っていると言って、百ギニー以上出すのを現に見たんだからね。何でそれを先に言ってくれないの？　でもそれならまた欺《だま》してやるわ。

これを聞いたわたしは、また元の場所に戻った。売春婦のブリジェットが着替えて、走って降りてくると、わたしの首に腕を回して、うっとりしたふりを装った。すると女将がこう言うのだ。あなたがいなくなってから、ずっとこんなふうなんですよ。ブリジェットがわれに返ったところで、二人は結婚の約束をして、わたしが五百ポンドを持って一緒に暮らすことにした。ここまでうまくいったところで、女将に向かって、残りの金を取りに行かなければならないが、それを持って戻ったところでブリジェットと結婚すると言った。ただし、その前に少し金がいるので貸してくれるように頼んだ。女将はこちらの意図に気づかず、二階へ上がって五百ポンドを持ってきた。さあ、どうぞ、これを持っていって。神様のご加護があるようにね。貧しい女にこれだけよくしてくれる人は、いるもんじゃないよ。そしてわたしはその金で自分の土地を取り戻した。

女将と娘が欺されたことに気がつくと、盗みの罪でわたしを告発し、わたしは裁判にかけられたのだが、法廷では女将たちが悪事を働いたことがわかって、わたしは無罪となった。逆にわたしの告発が認められ、二人は偽証罪で有罪とされ、さらし台に三回立たされることになった。最初はベリーで、二度目はウェナム、三度目はイプスウィッチだった。

女将はこの一件でがっくりとしてまもなく死んだが、若い売春婦である娘はアルジェリア人によって船に乗せられ、船尾で火にまかれた。そこで仕方なく船から降ろしたものの、いろいろな騒ぎがあったのち、鼻をなくしてしまったのだ。*3

わたしはと言えば、これまでのさまざまな危険を振り返ってみたのだが、もし仮に同じようなことに巻き込まれたとすれば、こんなにうまい具合にいくことはないと思い、新しい生活をすることに決めたのである。正直で立派な妻を迎え、四人の子どもに恵まれ、今はこんなに幸せな日々はないと思って暮らしている。

作品解説

『ヴィーナスの学校、あるいは女性たちの悦楽、実践法』

原題は *The School of Venus, or the Ladies Delight, Reduced into Rules of Practice*（1680）．使用テクストは Bradford K. Mudge ed., *When Flesh Becomes Word: An Anthology of Early Eighteenth-Century Libertine Literature*（Oxford UP, 2004）である。

この作品はフランスの作家ミシェル・ミヨー（Michel Millot）とジャン・ランジュ（Jean L'Ange）の著書とされ、これを英訳したものらしいが、訳者が誰なのかは不明である。ちなみにフランス語の原題は『乙女の学校』（*L'École des filles*）で、出版は一六五五年とされている。すでに示したアンソロジーの編者によれば（なおこのアンソロジーでは、フランス語の原作はミヨーのものとされるのが一般的と書かれているが、作者複数説もある。この解説では複数説を採用）、この英訳とフランス語の原作との相違は二つ、登場人物の名前をイギリス風にしたことと、原作にない挿絵が十二点含まれていることだという（アンソロジーにはこの挿絵も含まれているので、本書にもその一部を転載している）。

実はこのフランス語の原本が十七世紀後半のロンドンで比較的容易に手に入ったことは、日記作者サミュ

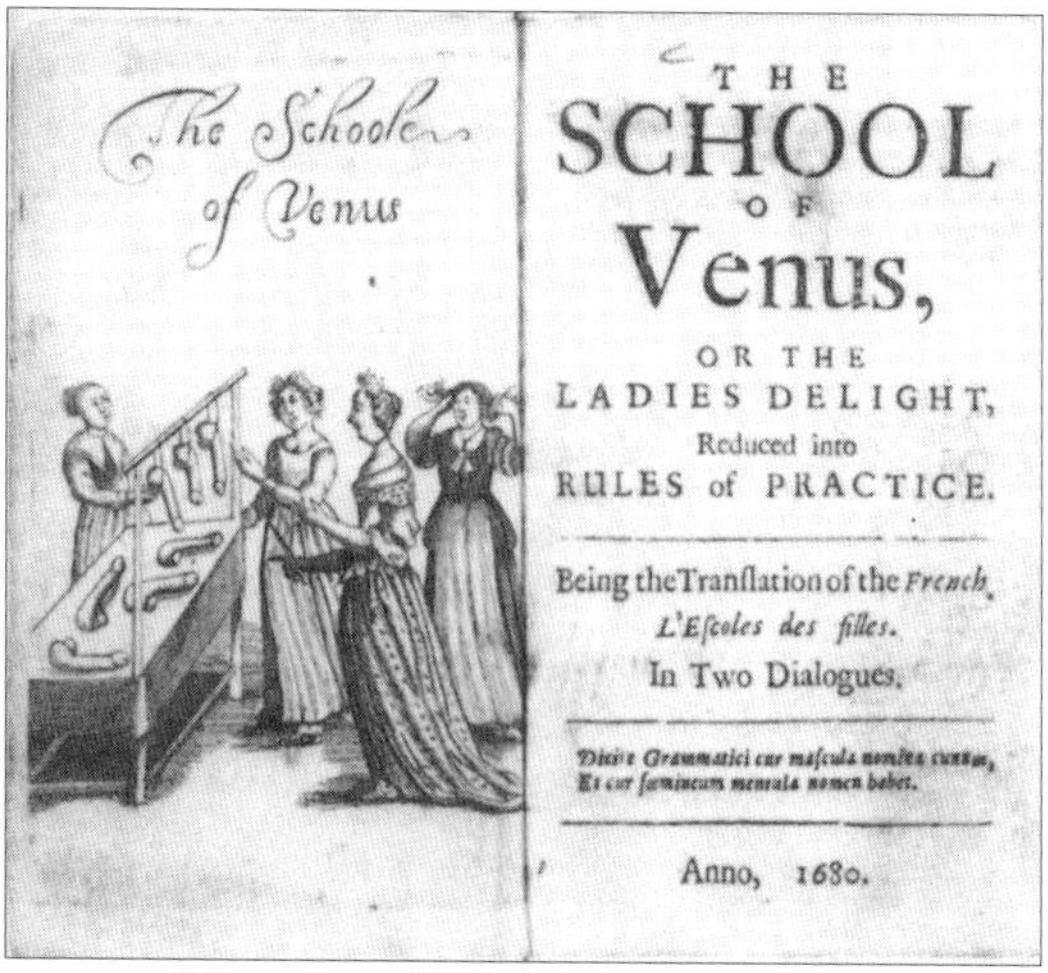

The Schoole of Venus

THE
SCHOOL
OF
Venus,
OR THE
LADIES DELIGHT,
Reduced into
RULES of PRACTICE.

Being the Translation of the *French*,
L'Escoles des filles.
In Two Dialogues.

Dicite Grammatici cur mascula nomina cunnus,
Et cur fœmineum mentula nomen habet.

Anno, 1680.

▲『ヴィーナスの学校』(1680)のタイトルページ

▼同書の挿絵の１枚

エル・ピープス（一六三三―一七〇三年）がこの作品に触れていることからもわかる。すなわちピープスは、まず一六六八年一月十三日にこんなことを書いているからだ（日記の邦訳は臼田昭による）。

マーティン書店に立ち寄る。妻に翻訳させようかと思うフランス語の本があった。『女学校』という題である。だが中を覗いてみると、はじめてお目にかかるような猥褻で淫らな本だ。

ピープスの妻はフランス人だから、フランス語の翻訳もできると思ったのだろうが、もちろんそんなことは頼めない。それにピープスは読むくらいならフランス語も大丈夫だったたから、その必要もなかった。ちなみに『女学校』とあるのが、このエロティックな書物である。

この段階ではピープスは買わなかったものの、やはり気になる。そこでこのときから一ヶ月近く経った日に、ストランドの本屋で買い求めている。仮綴じのままで買い、読み終えたら焼却するつもり。万が一、自分の死後、蔵書の中にこの本が残っていれば、世間体が悪いというわけである。

そして買った次の日には、朝から書斎で、あるいは仕事の合間にも、そしてまた書斎でも読んで、結局読み終えている。やはりおもしろかったのだろう。しかし次のように言うところが、いかにもピープスらしい。「真面目な人間として、一度は目を通しておくのも、この世の邪悪さが分かって、損ではない」。なに、猥褻描写に引き込まれただけの話である。

というわけで、フランス語版も出回っていたのだが、かなり刺激的な本なので、英訳を誰かがやって出版したのだろう。十八世紀になって版を重ねたのかはわからないが、調べた限りでは出ていないようだ。

ただし似たようなタイトルの本は大英図書館に保存されており、先のアンソロジーの編者も言うように、ほかの人間による翻訳は出ている。またこれと同工異曲の本、つまり、すでにそちらの方面に経験豊かな人間（女性が多いし、かなり年齢が上の場合が普通）が、初心《うぶ》な女性に語る形式はよく見られるものである。

しかしここに訳出したものほどあからさまな描写は少なく（通称『ファニー・ヒル』［*Fanny Hill*］と呼ばれる作品『快楽の女の回想』［*Memoirs of a Woman of Pleasure*, 一七四八—四九年］は例外）、やはりこの手のジャンルはフランスが上なのかも知れない。なお、この作品は「第二の対話」まであるが、それを省いても十分に作品の特色はわかると思う（正直に言うと、同じことの繰り返しで少々うんざりする）。というわけで、ここに訳出したのは「第一の対話」のみである。

なお、『ファニー・ヒル』はイギリスが世界に誇るエロティカの代表だが、この作品の著者ジョン・クリーランド（John Cleland, 一七一〇—八九年）について、従来は「クレランド」の表記が普通だったが、筆者はある理由により、「クリーランド」の表記を選んでいる。その理由については、平凡社ライブラリー所収の拙訳の解説をご参照いただければ幸いである。さてこの人物の言葉遣いは、ここに翻訳したものよりもはるかに優雅であり、そのものずばりの表現は極端に少ない。ただし、作者クリーランドに『ファニー・ヒル』の構想を抱かせたのは、今回訳した作品だとの説もあり、その説を唱える人の推測では、『ファニー・ヒル』のそもそもの構想はクリーランド一人が考えついたものではなく、チャールズ・カーマイケル（Charles Carmichael, ?—一七三三年）なる若者と二人で、インドのボンベイ（現在のムンバイ）滞在中に思いついたもの、しかもそのきっかけはここに訳出した作品だという（Hal Gladfelder, *Fanny Hill in Bombay: The Making & Unmaking of John Cleland*, The Johns Hopkins UP, 2012）。

『メリーランド最新案内――その地誌、地勢、そして自然史』

原題は *A New Description of Merryland: Containing, A Topographical, Geographical, and Natural History of that Country*（1741）. 使用テクストは Bradford K. Mudge ed., *When Flesh Becomes Word: An Anthology of Early Eighteenth-Century Libertine Literature*（Oxford UP, 2004）である。

著者はトマス・ストレッツァー（Thomas Stretzer［Stretser］）なる人物らしいが、生没年を含めて詳細は不明。誰かのペンネームの可能性が高い。ただしこの作品のほかに、*The Natural History of the Arbor Vitae, or Tree of Life*（1732）、及び *Merryland Display'd: or plagiarism, ignorance, and impudence, detected. Being observations, on a pamphlet intitled A new description of Merryland*（1741）も書いているらしい。前者は植物学とエロティカを組み合わせ、同時代の科学ブームをからかった作品、後者はここに訳出した作品を論難しようとしたものだが、同じ著者がほとんど同時期にこうした本を出す神経はどのようなものか。ひょっとすると、これによってさらに売り上げ増加を狙ったのかも知れない。

さてそこで大英図書館所蔵の書物を *Eighteenth Century Collections Online*（Gale Cengage Learning）というきわめて便利なものなどで調べると、次のようなことがわかる。

まず今回訳出した作品は一七四一年に温泉町バースで出版されたもので、初版は所蔵されていないもの（なお、一七四〇年に初版が出たようで、Peter Wagner, *Eros Revived: Erotica of the Enlightenment in England and America*（Paladin, 1988）の参考文献にその旨の記載がある）、第二版、第三版、第四版、第五版、第六版などがあり、一七四二年には第十版が出ていて、これも所蔵されている。これを見ると、こ

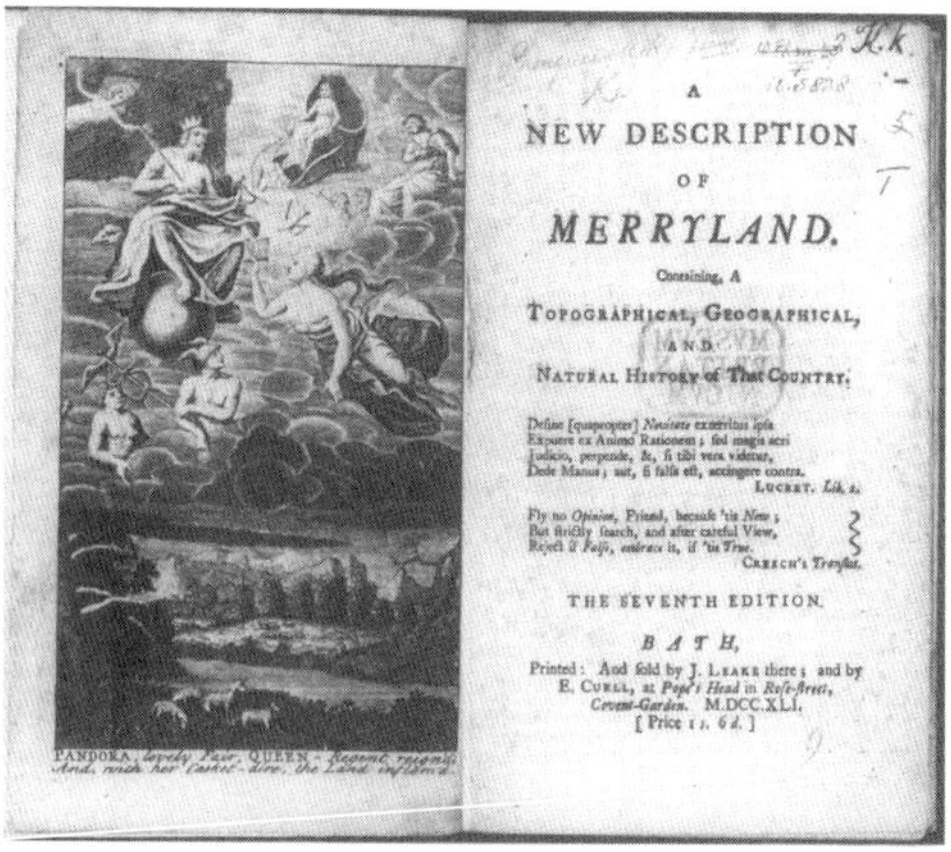

▲『メリーランド最新案内』(1741)のタイトルページ

の作品の売れ行きがきわめて好調だったことがわかる。なお、今回の翻訳の底本にした先のアンソロジーは、一七四一年出版の第七版を使っており、掲げられた表紙の部分には版元として J. Leake 及び E. Curll の名前が記されている。前者はジェイムズ・リーク (James Leake, 一六八六―一七六四年)で、ロンドンで出版業を営んでいた人物である。そしてこの頃バースが温泉リゾートとして人気を集めていたのを見てか、バースでも手広く出版を手がけるようになった。なお、のちに小説家となるサミュエル・リチャードソン(一六八九―一七六一年)はもともと印刷業者だったが、リークの妹と結婚したことで、リークの義理の弟となる。

もう一人の版元は、言うまでもなくエドマンド・カール(Edmund Curll, ?―一七四七年)のことで、十八世紀イギリスを代表する出版者であるとともに、何かと物議を醸《かも》す人物でもあった。この時代の代表的文学者であるジョナサン・スウィフトやアレグザンダー・ポープなどの作品を手がけたものの、ポープとの関係では、この詩人の手紙の公刊をめぐって訴訟にまで発展している。しかし出版者としてのカールの「真骨頂」は、危険な書物、猥褻な作品などを次々と世に送ったことで、ここに訳出した作品もその一つと言えよう。

『メリーランド最新案内』は、女性の肉体、特にその性器を遠い異国の土地、風土に見立てて案内したコミカルな作品で、なかなかの出来栄えである。また特筆すべきは、いささか衒学的と思えるほど古今の文献からの引用があることで、作者はそれなりの学識を持っていたと考えられる。ただしこの手の作品はすでに十七世紀末に、詩人のチャールズ・コットン（Charles Cotton, 一六三〇―八七年）によって *Erotopolis. The Present State of Betty-land*（1684）が書かれており、十八世紀にも同工異曲のものがいくつか出ている。この時期の一つのはやりだったと言えるかも知れない。

エロティック・ヴァース

・「不完全な悦び」（一六八〇年）　第二代ロチェスター伯ことジョン・ウィルモット

この詩の作者とされる第二代ロチェスター伯ことジョン・ウィルモット（John Wilmot, 一六四七―八〇年）は、淫蕩で有名な王政復古期チャールズ二世（一六三〇―八五年）の時代を代表する宮廷人、詩人であった。

ロチェスターの生まれは一六四七年四月、オクスフォードシャーのディッチリーにおいてで、王党派の軍人であった初代ロチェスター伯ヘンリー・ウィルモットと、その再婚相手であったアンとの間に生まれた次男、ただし長男が生まれてまもなく死去していたため、結局一人息子となる。

父のヘンリーは王党派であったため、国王チャールズ一世（一六〇〇―四九年）がピューリタンによって処刑されると、国王の息子、のちのチャールズ二世に付き従ってパリで亡命生活を送り、幼いロチェスターも母のアンとともにこれに同行することになる。また父のヘンリーはチャールズ二世の側近の一人として

▲第２代ロチェスター伯

主な相談役となり、一六五〇年にチャールズ二世がスコットランドにおいて挙兵したときにも、これに付き従っていた。ところがこの挙兵は失敗に終わり、ウスターの戦いでは壊滅的な敗北を喫するのだが、その際にチャールズ二世の逃亡を手助けしたのがこの父だった。そのため一六五二年十二月に伯爵の位を授けられ、ここに初代ロチェスター伯が誕生する。

しかし父のヘンリーは一六五八年、四十五歳でベルギーのヘントにおいて死去し、息子のジョンが伯爵位を継ぐことになった。それまでもチャールズ二世について各地を転戦したため、ジョンはもっぱら母親と暮らすことが多く、またどのような教育をうけたのか詳細は不明である。

一六六〇年は王政復古が成立してチャールズ二世がイングランドの国王となった年だが、これに先立ってこの年の一月には、第二代ロチェスター伯ことジョン・ウィルモットはオクスフォード大学ワダム・カレッジに入学を許されていた。またその資格は「フェロー・コモナー」というもので、これはフェローと一緒に食事の席に着くことができるから、それなりの特権階級と言える。なお、この当時のワダム・カレッジは、のちに王立協会に発展する知的グループの中心であったが、まだ十二歳のジョンがその雰囲気に影響を受けたとは考えにくい。それよりも酒飲みが多く集まることで有名だったこの大学で、ロチェスターがそれなりの影響を受けたことが考えられる。

父親がチャールズ二世に大いに尽くしたこともあって、ロチェスターは国王から年に五百ポンドの年金を与えられることになり、一六六四年頃にはチャールズ二世の宮廷に登場することとなる。年齢は十七歳と若いが、優雅な物腰、長身痩躯でハンサムな顔立ち、そしてウィットに富んだ会話で、宮廷の中でも目立つ若者となったという。詩を書き始めたのもこの頃からで、生活のほうも若さを爆発させて遊ぶことはあったとされるが、特に目立つものではなかった。

そうこうするうちにチャールズ二世がロチェスターの結婚相手探しに力を入れるようになり、その結果選ばれたのがエリザベス・マレット（Elizabeth Malet，一六五一―八一年）なる女性だった。すでに死去していた父に代わって、アイルランドの貴族の出身であった祖父に連れられて、チャールズ二世の宮廷にお目見えした女性だが、その美貌は大いに目立っていて、日記作者のサミュエル・ピープスは「大変な美人だ」と評していた。そのため、彼女に言い寄る男性は多かったのだが、そうした競争相手を押しのけて、ロチェスターはエリザベス・マレットを射止めた。ただしその方法は、強奪まがいの手を使ってのものだった。エリザベスの周囲では、年金五百ポンド程度のロチェスターとの結婚は反対との声が大きかったのを知って、ロチェスターは一六六五年五月二十六日の夜にエリザベスを誘拐したのである。この蛮行により、ロチェスターは一時ロンドン塔に入れられたりの騒動があったが、結局、一六六七年一月にエリザベスとの結婚が成立することになる。そして二人の結婚生活はきわめて順調だったようで、愛情に溢れた手紙が二人の間で交わされていたし、四人の子どもにも恵まれたのである。

一六六五年にはペストの大流行があり、一六六六年九月にはロンドン大火があって、この時期の首都ロンドンは二年続きの大災厄に見舞われていたのだが、結婚後、貴族院に席を得たロチェスターは満足のいく生活を送っていた。特に一六六七年から一六七九年までの十二年間は、一年のうち三分の二ほどの期間、領地のオクスフォードシャーに暮らし、春になるとロンドンに出て議会に顔を出したり、社交に耽《ふけ》るのが普通だった。ただし、淫蕩なる雰囲気が横溢したチャールズ二世の宮廷だけに、ロチェスターの宮廷人としての生活も酒と女の日々だった。

また芝居好きの国王の影響を受けてか、ロチェスターは芝居にうつつを抜かし、ジョン・ドライデン(一六三一―一七〇〇年)やナサニエル・リー(一六五三―九二年)、トマス・オトウェイ(一六五二―八五年)など、同時代の劇作家のパトロンになるとともに、自らも彼らの作品にプロローグやエピローグを書き、さらには喜劇の執筆にも熱心だった。そればかりか、舞台にも上がったことがあるという。

しかし演劇に興味を抱いていたとはいえ、ロチェスターはその方面の才能がなかったのは事実であって、今日彼の名前が王政復古期の演劇世界の一人として記憶に残されているとすれば、所詮目立たぬ端役としてでしかない。

一方、宮廷人として詩作をおこなうことは当然必須の行為であったが、果たして詩人ロチェスターの名前が大きく取り上げられるものか、これもいささか判断に迷うところがある。ウィットに富んだ詩句や大胆な表現はときとして読むものの注目を惹くかも知れないが、それも一時的なものとしか思えないのである。

さらに貴族院議員としてのロチェスターを考えてみるならば、これはほとんど目につく活動をおこなっていないと断じるより仕方がない。

結局、一六八〇年七月二十六日、「骨と皮」ばかりにやせ衰えたロチェスターは死去した。

さて、すでに述べたように、詩人ロチェスターをどのように評価すべきかはきわめて難しいのだが、残された詩の中にエロティックな内容が多く含まれていることは間違いない。そこでこのアンソロジーには、そうしたものの中から比較的よく取り上げられる一編を選び、これを訳出することにした。原題は 'The Imperfect Enjoyment' で、詩作の時期は不明だが、一六八〇年九月頃に発表されたと考えられる作品である。オウィディウスの『恋の歌』や古代ローマ帝国の文人ペトロニウスの『サテュリコン』などに材を取った詩である。

最後に訳出にあたって使用したテクスト、及び解説執筆で参照した書物を挙げておく。

David M. Vieth ed., *The Complete Poems of John Wilmot, Earl of Rochester* (Yale UP, 1962).

なお、ロチェスターの伝記としては、二十世紀イギリスの小説家グレアム・グリーンが書いたものが翻訳されている。

『ロチェスター卿の猿――十七世紀英国の放蕩詩人の生涯』（高儀進訳、中央公論社、一九八六年）

・「ベッドの鈴の音」（一六八二年頃）　作者未詳

原題は 'The Bell to the Bed'. 作者不明だが、一六八二年頃の作品ではないかと、次のアンソロジーにある。

Derek Parker ed., *An Anthology of Erotic Verse* (Abacus, 1982).

・「好き者の年増」（一六九一年頃）　作者未詳

原題は 'The Lusty Old Woman'. 訳出に使用したテクストは、Derek Parker ed., *An Anthology of Erotic*

Verse（Abacus, 1982）. 作者不明だが、一六九一年頃の作品とある。

・「**快楽と童貞**」（一六九九年頃）　作者未詳

原題は **'Pleasure and Innocence'**. 使用テクストは Derek Parker ed., *An Anthology of Erotic Verse*（Abacus, 1982）. やはり作者不明で、一六九九年頃の作品とされる。

・「**頬赤らめる乙女**」（一七〇〇年頃）　作者未詳

原題は **'The Blushing Nymph'**. 使用テクストはこれも Derek Parker ed., *An Anthology of Erotic Verse*（Abacus, 1982）. 作者不明だが、一七〇〇年頃の作品とされる。

▲マシュー・プライア

・「**本当の処女**」（一七一八年）　マシュー・プライア

原題は **'A True Maid'**. 使用テクストはこれも Derek Parker ed., *An Anthology of Erotic Verse*（Abacus, 1982）. このアンソロジーによれば、作者はマシュー・プライア（Matthew Prior, 一六六四―一七二一年）で、発表は一七一八年とある。

プライアはロンドンのウェストミンスター地区で、大工の息子として生まれた。子どもの頃から詩を書き、八歳のときにウェストミンスター・スクールに入る。ベン・ジョンソン（一五七二―一六三七年）、エイブラハム・カウリー（一六一八—六七年）、ジョン・ロック（一六三二—一七〇四年）、ジョン・ドライデンなどが学んだ学校で、伝統的な古典教育をおこなう厳格な学校として知られていた。

しかしその三年後、父が死去したために学校をやめ、叔父の経営する酒場で働くこととなる。そしてこの店で偶然第六代ドーセット伯爵ことチャールズ・サックヴィル（Charles Sackville, 一六三八—一七〇六年。ドライデンのパトロン）やドライデン、劇作家ウィリアム・コングリーヴ（一六七〇—一七二九年）などに出会い、その勉強ぶりを認められて、ウェストミンスター・スクールに戻ることができた。

その後、プライアはケンブリッジ大学セント・ジョンズ・カレッジに学び、神学、論理学を学ぶとともに、詩もときどき書いていた。

ケンブリッジ大学卒業後は、主に政界で活動し、外交官としてそれなりの仕事をしたが、同時に詩作にも励み、多くの作品を世に送った。また一七〇〇年にはキット・キャット・クラブ（Kit-Cat Club）の一員となり、ウィッグ系の政治家、文人などと親交を深めていく。ただし、のちにはトーリー系の文人との親交へと変わり、ジョナサン・スウィフト（一六六七—一七四五年）とも親しく交わった。

なお、プライアは生涯独身で、一七二一年九月に死去している。

プライアは外交官として忙しい日々を送りつつ、多くの詩を残したが、はっきり言って後世に残る作品はない。多様な詩の中に、性愛をテーマにした作品がかなりあるが、その一つがここに訳出したものである。短い作品を得意にした彼らしく、対話形式のコミカルな詩である。

・**「毛がないぜ」**（一七二〇年頃）　作者未詳（ロバート・バーンズが改訂したとされる）

原題は‘Nae Hair On’t’. 使用テクストはDerek Parker ed., *An Anthology of Erotic Verse*（Abacus, 1982）. スコットランド語を駆使した詩で、このアンソロジーを編んだデレック・パーカーは一七二〇年頃の作者不明の作品としつつ、スコットランドの詩人ロバート・バーンズ（一七五九―九六年）が集めた詩の一つだと注記している。

Robert Burns, *The Merry Muses of Caledonia: A Collection of Favourite Scots Songs, Ancient and Modern: Selected for Use of the Crochallan Fencibles*（1911）を見ると、この詩が収められていて、“Tune—“Gillicrankie.”” とあることから、スコットランドで歌われてきたものであることがわかるし、‘An Old Fragment’ とも書かれているので、古い歌なのであろう。ちなみにインターネットでこの詩を検索すると、Banned Burns なるアルバムが出てきて、Joe ‘Covenant’ Lamb なる人物がギターを伴奏に歌っているのを聞くことができる。

▲ジョン・ウィルクス

・「女性論」（一七六三年）　ジョン・ウィルクスとトマス・ポッター

原題は‘An Essay on Woman’. 使用テクストは *An Essay on Woman*, by J. Wilkes, Esq.（Gale Ecco, Print Editions, 2010）.

ジョン・ウィルクス（John Wilkes, 一七二五―九七年）は十八世紀イギリスの過激な政治家、ジャーナリスト。ロンドンのクラークンウェルに、酒造家の息子として生まれ、ハートフォードの学校などで教育をうけたのち、オランダのライデン大学で学んだ。ライデン大学時代、アンドルー・バクスターなる長老派の牧師と出会い、その影響を受ける。ウィルクスはイングランド国教会信者として生涯を送ったが、非国教会的な思想に好意を寄せていた。これはバクスターの影響によるところが大きい。

一七四七年にメアリー・ミードなる女性と結婚したが、これによってバッキンガムシャーに土地を得ることとなった。一七四九年には王立協会の会員に選ばれ、一七五四年にはバッキンガムシャーの州長官に任命された。

一七五六年には妻と離婚したが、その後は政治家の道を歩み、議会にも議席を占めることとなる。同時に、ヘル・ファイア・クラブ(Hellfire Club)という悪名高いクラブの一員となり、第四代サニッジ伯ジョン・モンタギュー(John Montagu, 一七一八—九二年)やサー・ジョン・ダッシュウッド(Sir John Dashwood, 一七一六—九二年)などと親交を深めた。

一七六二年には『北ブリトン』(*The North Briton*)なる過激な雑誌を創刊し、第三代ビュート伯ジョン・スチュアート(John Stuart, 一七一三—九二年)を激しく攻撃したが、やがて国王ジョージ三世(一七三八—一八二〇年)を攻撃した廉《かど》で訴追され、一七六三年四月には逮捕される。しかし民衆の支持と議員特権が幸いして釈放され、以後も過激な論陣を張り続けた。だが一七八〇年頃からその人気にも陰りが見え始め、一七九〇年以降は政界からも引退して、一七九七年に死去した。

さてこのウィルクスは十八世紀後半の放蕩児、道楽者の一人として知られるが、その彼が同じく政治家、道楽者であったトマス・ポッター(Thomas Potter, 一七一八—五九年)と共作で発表したのが「女性論」なるエロティックな詩で、これは十八世紀前半を代表する詩人アレグザンダー・ポープ（一六八八―一七四四年）の詩『人間論』（*An Essay on Man*, 一七三三―三四年）をもとにした猥褻なパロディである。

ここに訳出したのはその冒頭部分だが、以下に『人間論』の該当部分と、『人間論』でもっとも有名な箇所をパロディにしたものを（やはり『人間論』の該当部分と併せて）お目にかける。

＊『人間論』（一七三三―三四年）アレグザンダー・ポープ

起きろ、セント・ジョンよ！　つまらぬことはすべて、
低俗な野心と、王たちの傲慢に委ねよ。
さあ（人生が与えてくれるのはせいぜい
自分たちの周囲を見回すことで、あとは死ぬのだから）
この人間の世界を自由気ままにさまようのだ。
巨大なる迷路よ！　だが地図がないわけではない。
荒れ野には雑草と花が乱雑に茂っており、
あるいはその庭には禁断の果実が誘っているのだ。

（第一書簡一―八行）

「女性論」

汝自身を知るがいい、それ以上あげつらうなかれ、
女が研究するのは常に男でなければならぬ。
愛らしき男とともにソファに座り、
ああ、これ以上の贅沢があり得るか！
ストア派には役立たずの誇りで戯言《たわごと》を語らせるがいい、
奴らの言葉など金輪際女を導くことなどない。
愛、真の愛は行為を通じて明らかにされねばならぬ。
ストア派の胸に愛が存在したことなどないのだ。

＊『人間論』

汝自身を知るがいい、神の秘密をあげつらうなかれ、
人間が研究するのは常に人間でなければならぬ。
この中間状態に置かれ、
明晰ならざるが賢く、雑ながらも偉大。

（第二書簡一―八行）

懐疑家としては知識がありすぎ、
ストア派にしては誇りが弱すぎ、
宙ぶらりんの存在にして、行動するにも休むにも自信なく、
自らを神とも獣とも考えられぬ。

（第二書簡一―八行）

・「**クイーン・アン・ストリート二十一番地東のハーヴィー夫人に**」（一七八八年頃）　作者未詳

原題は 'To Mrs Hervey of No 21 Queen Anne Street, East'. 使用テクストは Derek Parker ed., *An Anthology of Erotic Verse*（Abacus, 1982）. もともと *Harris's List of Covent-Garden Ladies* の一七八八年版に収録されていたもの。この女鑑は一七五七年から一七九五年まで年鑑の形式で出版されていたコヴェント・ガーデンの娼婦一覧で、値段は二シリング六ペンス、毎年八千部ほど売れたというから、ある意味ではベストセラーである。

内容は百二十人から百九十人ほどの娼婦の外見、そのテクニックなどをエロティックな文章で紹介したもので、当時の三文文士が執筆したものだろう。

・「**あいつを蹴飛ばせ、ナンよ、あるいは初夜の詩的描写**」（一七三四年）　作者未詳

原題は *Kick Him Nan: or, A Poetical Description of a Wedding Night*（1734）. 使用テクストは Deborah Needleman Armintor ed., *Eighteenth-Century British Erotica II*. Vol 2（Pickering & Chatto, 2004）.

著者は不明だが、『あいつを蹴飛ばせ、ジェニーよ』（*Kick Him Jenny*, 一七三三年）の大成功（四版を重ねたという）に気をよくした作者が、続編として出版したものとされる。事実、本作の表紙にはそのことが書かれており、版元はストランドの**T. Reynolds**で、値段は六ペンスだから、ほとんどパンフレットに近いものである。

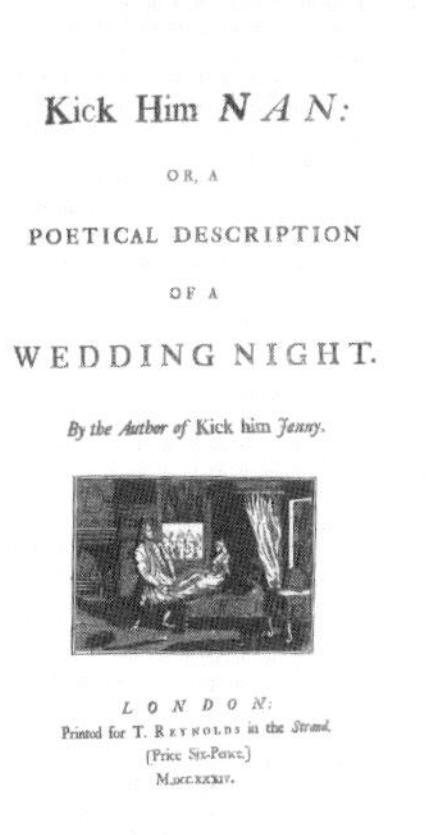
Kick Him NAN:
OR, A
POETICAL DESCRIPTION
OF A
WEDDING NIGHT.
By the Author of Kick him Jenny.
LONDON:
Printed for T. REYNOLDS in the Strand.
[Price Six-Pence.]
M.DCC.XXXIV.

▲「あいつを蹴飛ばせ、ナンよ」タイトルページ

欲望に溢れた若者には結婚がうってつけだと勧め、あたかも騎士が、理想の相手を見つける旅に出るがごとく、貞潔な娘を捜そうとする話で、物語の最後では初夜の寝床での一種の闘いを、両親が目撃する場面が描かれる。ところが抵抗していたはずの花嫁が、一転して花婿にすがりつく描写となって、「蹴飛ばせ」などという言葉が無視されることになる。

いささかコミカルな艶笑譚と言えるだろうか。

『女性の夫、あるいはジョージ・ハミルトンこと、本名ミセス・メアリーの驚くべき生涯、ウェルズの若き女性と結婚し、その夫として暮らした罪で訴追されし女が獄中より語りし物語』

原題は *The Female Husband: or, the Surprising History of Mrs. Mary, Alias Mr. George Hamilton, Who*

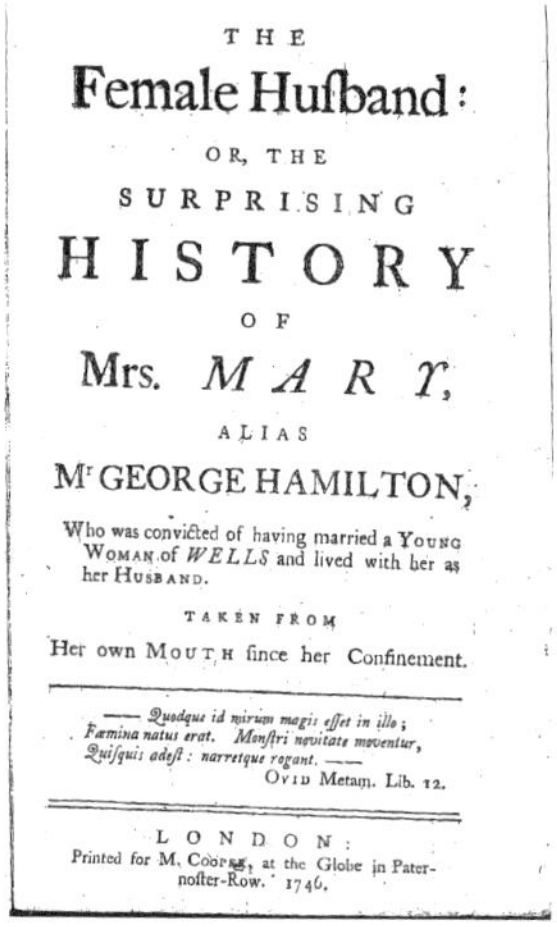
THE

Female Huſband:

OR, THE

SURPRISING

HISTORY

OF

Mrs. MARY,

ALIAS

Mr GEORGE HAMILTON,

Who was convicted of having married a Young Woman of WELLS and lived with her as her Husband.

TAKEN FROM

Her own Mouth ſince her Confinement.

—— Quodque id mirum magis eſſet in illo;
Fœmina natus erat. Monſtri novitate moventur,
Quiſquis adeſt: narretque rogant. ——
Ovid Metam. Lib. 12.

LONDON:
Printed for M. Cooper, at the Globe in Pater-noſter-Row. 1746.

▲『女性の夫』（1746）のタイトルページ

was convicted of having married a Young Woman of Wells and lived with her as her Husband. Taken from Her own Mouth since her Confinement（1746）である。作者は十八世紀イギリスを代表する小説家ヘンリー・フィールディング（Henry Fielding, 一七〇七—五四年）だが、出版の際には匿名にしてある。

使用テクストは Bradford K. Mudge ed., *When Flesh Becomes Word: An Anthology of Early Eighteenth-Century Libertine Literature*（Oxford UP, 2004）及び Rictor Norton ed., *Eighteenth-Century British Erotica*. Vol.5（Pickering & Chatto, 2002）である。

女性が男性に化けて女性と結婚するという破天荒な話だが、実際にあった事件をもとにした作品である。一七四六年、サマセットシャーのトーントンで開かれた巡回裁判において、メアリー・ハミルトンなる女性が裁判にかけられて有罪となったのだ。彼女は男になりすまし、チャールズ、ジョージ、ウィリアムなどの名前を使って女性を欺《だま》したわけだが、欺された女性は一週間一緒に寝ながら、相手が男だと信じて疑わなかったというのだから妙な話である。

ちなみに当時、レズビアンとして性行為をしても罪に問われなかったのだが、この一件は一七一三年に定められた「浮浪者取締法」に照らして、告訴、訴追がなされたという。

作者フィールディングは獄中のハミルトンに面会し、話を聞き出したと言っているが、実際はこの一件を報じた新聞記事を読んで本作品を書いたらしい。内容としてはこの時代にはやっていた犯罪者の伝記、あるいは犯罪者の自伝の系譜に連なるものであり、犯人のハミルトンが獄から法廷に向かうときや、再び監獄にもどるときなどには、大勢の人間が集まったという。新聞報道も『ジェントルマンズ・マガジン』（*The Gentleman's Magazine*）をはじめとして盛んにおこなわれ、この不可思議な出来事を華々しく伝えた。

結局十四人の女性と結婚したとされるハミルトンは、一七四六年の冬に四回に渡って公開むち打ち刑を科され、そのあと六ヶ月間の獄中生活を送ったという。

『地獄からの大ニュース、あるいはベス・ウェザビーによって敗れた悪魔』

原題は *Great News from Hell, or The Devil Foil'd by Bess Weatherby. In a Letter from the late Celebrated Miss Betsy Wemyss, The little Squinting Venus, To the no less Celebrated Miss Lucy C——R.*（1760）である。使用テクストは Kevin L. Cope ed., *Eighteenth-Century British Erotica II*. Vol. 3（Pickering & Chatto, 2004）.

この作品の著者はタイトルにあるように Betsy Wemyss となっているが、詳細は不明。版元は J. Williams なる人物で、ロンドンのラドゲイト・ヒルに仕事場を構え、チャリング・クロス近くのセント・マーティンズ・レインに店を構える J. Dixwell によって売られていたと表紙にある。値段は一シリング。

十八世紀イギリスのいわゆる「エロティカ」の選集の中に、果たしてこの作品を入れていいのか、いささか迷ったが、ロンドンのコヴェント・ガーデンやドルーリー・レインといった売春のメッカで、娼婦として働いていた女性が地獄に落ちて、その地獄の世界を生き生きと手紙で報告するスタイル、そして地獄の世界に落ちてきた連中が、そのたくましさで地獄の王も圧倒してしまう姿には、十八世紀イギリスのお上品な世界、上流階級の社会を見事に諷刺している強さが感じられる。その意味で、この作品は下劣な世界を舞台にしつつ、娼婦や犯罪者たちの生の姿を伝えるものとして、大いに興味を惹かれると言えるだろう。

ただし原文は、まさに今述べた世界にふさわしく、かなり乱暴な書きぶりで、洗練とはほど遠いものと言わなければならないが、そんな中に十八世紀イギリスの演劇世界の内幕を描き出す部分も含まれていて、正直なところ、この著者のねらいはどこにあるのか、判断に困ることも多くある。

なお、死者から生者に宛てた手紙というスタイルは、十八世紀前半に人気のあったもので、似たような作品がいくつも出版されている。

『取りもちばあさんを見てみれば』

原題は *A Spy on Mother Midnight: or, the Templar Metamorphos'd. Being a Lying-in Conversation, with a Curious Adventure, in a Letter from a young Gentleman in the Country, to his Friend in Town*（1748）. 使用テクストは Deborah Needleman Armintor ed., *Eighteenth-Century British Erotica II*. Vol 2（Pickering & Chatto, 2004）.

作者不明の作品で、一七四八年にロンドンの E. Penn なる人物によって売り出されたが、このペンについてもセント・ポール大聖堂近くで書店を営んでいたらしいこと以外には詳細は不明。なお、本書の値段は九ペンスと表紙に記されている。

実は本書は三部作の第一作で、これに続いて *A Continuation of Mr. F—'s Adventure's in Petty-Coats*（1748）、続いて *A Further Continuation of Mr. F—'s Adventure's in Petty-Coats*（1748）が出され、これら三冊をセットで買うと一シリングだった。

物語の形式は十八世紀において人気のあった書簡体で、田舎に住む若い紳士から都会に住む友人に宛てたという体裁になっている。ただし、手紙の最後のほうは女性たちの会話をそのまま記したものである。タイトルにもある 'Mother Midnight' とは 'midwife'、つまり産婆のことだが、同時に女衒《ぜげん》を意味するものだった。こうした人間をテーマにした作品は十八世紀に多く書かれており、ダニエル・デフォーの『モル・フランダーズ』にも登場する。

本作の内容はそうした人気あるモチーフを使ったものだが、一つ目立つ特徴は「張形」やペニスの長さに関する議論があからさまに展開されていることで、その意味ではこの時代のエロティカでもかなり過激な内容を含むものである。

『人類繁殖法についての奇っ怪なる講義』

原題は次の通り。*Eccentric Lecture on the Art of Propagating the Human Species, and Producing a Nu-*

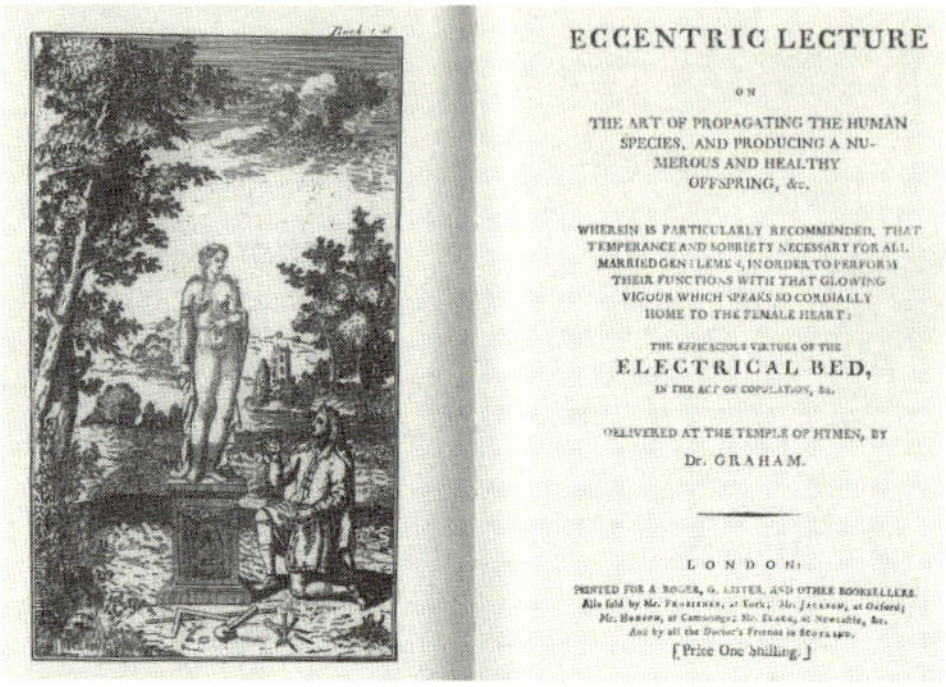

▲『人類繁殖法についての奇っ怪なる講義』(1783)のタイトルページ

merous and Healthy Offspring, &c. Wherein is Particularly Recommended, That Temperance and Sobriety Necessary for All Married Gentlemen, in Order to Perform their Functions with that Glowing Vigour Which Speaks So Cordially Home to the Female Heart: the Efficacious Virtues of the Electrical Bed, in the Act of Copulation, &c. Delivered at the Temple of Hymen, by Dr. Graham.

出版は一七八三年で、ロンドン、ヨーク、オクスフォード、ケンブリッジ、ニューカースル、あるいはスコットランドなどで発売されたとあり、値段は一シリングである。使用したテクストは Kevin L. Cope ed., *Eighteenth-Century British Erotica II*. Vol. 3 (Pickering & Chatto, 2004) である。

著者、というか、この講演をしたことになっているのはジェイムズ・グレアム博士(Dr James Graham, 一七四五―九四年)で、スコットランドのエディンバラに生まれた。医学校を卒業したのにもかかわらず、学位は取らずに(これはこの時代の九十パーセントの学生が同じ道を歩んだとされる)、イングランドに移ってヨークシャーのドンカスターで薬局を開業したという。そして一七七〇年にはアメリカに渡り、怪しげな医療活動を活発におこなって名を挙げた。ちなみにアメリカでは、ベンジャミン・フランクリン(一七〇六―九〇年)と出会い、電気療法の熱狂的推進者となっている。

グレアムは十八世紀に数多くいたとされるニセ医者の一人とされ、ロイ・ポーターの傑作『健康売ります――イギリスのニセ医者の話 1660–1850』（田中京子訳、みすず書房、一九九三年）では、かなりのページを費やして記述がなされている。また Jacqui Lofthouse, *The Temple of Hymen* (Penguin Books, 1996) は、グレアムを主人公とする小説である。

アメリカ独立戦争の騒ぎが起きると、アメリカを去ってイングランドに戻り、ブリストル、バースなどで治療活動をおこない、その後はロンドンで診療所を開いた。ちなみに、ここを訪れて痛風治療の相談をしたのがホレス・ウォルポール（一七一七―九七年）である。このあと、オランダ、ドイツ、ロシアなどを訪れ、帰国後はまたしてもバースで治療をおこなった。

一七七九年、研究のためにヨーロッパを旅行中に新しいパトロンに恵まれたことで、グレアムの名前は広く知られることになる。そのパトロンとはレディ・スペンサー、当代の有名人デヴォンシャー伯爵夫人ことジョージアナ・キャヴェンディッシュ（一七五七―一八〇六年）の母親である。その結果、翌年五月にはロンドンのアデルフィに広壮な建物を取得して、そこを「健康の殿堂」と名付け、奇妙な医療器具を数多く展示して人々の関心を集めた。なお、ここに一種の完璧なモデルとして雇われてその美貌をさらしていたのがエマ・ハミルトン（一七六五―一八一五年）、のちにネルソン提督（一七五八―一八〇五年）の愛人となる女性である。

さて、グレアムの活動で特に目を惹くのが、さまざまな医療器具の発明であるが、中でもよく知られているのが「天のベッド」であり、この翻訳にもその紹介をした一節がある。しかしその記述はかなり省略したものなので、もう一つわかりにくい。そこで、先に挙げたロイ・ポーターの書物から、詳しい説明を引いておこう。

今や、世界中で、日がな一日、その魔力を褒め讃えられている天の寝台は、長さ十二フィート、幅九フィートの大きさで、見事なできばえの光り輝く色とりどりのガラスの柱四十本が支柱となっています。この天の寝台には、馥郁《ふくいく》たる香りの霊妙なる香料や、香水、精油が忍ばせてあり、それは音楽のかすかな調べと気分を引き立てる電気の輝きによって発散される、精力を回復する力の根源となっているのです。天の寝台の上にかかる天の天蓋の内側には、まばゆい鏡を張り詰めてあります。天蓋のてっぺんには、キューピッドとプシュケーの美しい像が二体置かれています。その後ろにはヒュメナイオスの像があり、片手に電気の光で輝くたいまつをかかげ、もう一方の手で天の王冠を支えています。その王冠は、小さなバラの花壇にいる本物のつがいのキジバトの頭上できらめいていま す。

天蓋の上のほうで戯れている他の優雅ないくつかの像は、それぞれ楽器を手にしています。これらの楽器はこのうえなく高価な機械仕掛けによって、フルート、ギター、ヴァイオリン、クラリネット、トランペット、ホルン、オーボエ、ティンパニなど、それぞれの楽器の音色とそっくりの音をそっと奏でるのです。

寝台の上部には、主が最初にお命じになった「産めよ、増えよ、地に満ちよ」という言葉が電気の光にきらきら輝いて見えます。その下には甘い調べを奏でる優雅なオルガンがあり、その前に、ヒュメナイオスの殿堂に入っていく司祭と花嫁の行列を描いた見事な画があります。わたしの天の寝台の原動力は人工磁石から生ずるものであります。全部で約千七百八十ポンドになる磁石が、磁気を絶え間なく遠景の流れにして放出しているのです。寝台は二重構造になっており、軸を中心に上下あるいは左右に動きますが、台を斜めにすることもできます。

まるでラブホテルにあるようなベッドの描写だが、大仰で誇張した表現を駆使するグレアムの真骨頂丸出しの文章である。しかしそれはともかく、この傑作とも言えるベッドに夫婦で寝れば、多産は間違いないというのだ。ちなみにこのベッドを一晩使いたいとの申し出があれば、五十ポンドを請求したというからすさまじいものである。

ここに訳出したものは、人口の増加が国の繁栄につながり、逆にいわゆる少子化が国の衰退をもたらす故に、多産を奨励するとともに、そのために取るべき方策を紹介した、一見すると真面目な文章である。あるいは少子化が大きな問題となっているわが国にとって、見過ごすことのできない内容を含んでいると言えるかも知れない。

しかし著者グレアムの活動ぶり、そしてここに訳出したものを併せて考えてみると、やはり一種のセクソロジストとしてグレアムを捉えるほうがふさわしいと思われる。あるいは、医学治療、多産の勧めとしてこの文章を書いたとしても、結果的にはエロティカの雰囲気が横溢した作品となったと言えるかも知れない。

さらにもう一つ、ここで付け加えておかなければならないことは、グレアムがしばしば引用するジョン・

アームストロング博士(John Armstrong, 一七〇九—七九年)との関わりである。アームストロングは医者でもあり、詩人でもあった人物だが、この男が後世に名を残している最大の理由は、彼が強固な自慰反対論者、アンチ・オナニストであったためで、その主張は自慰によって清浄な生殖能力が失われるというものだった。もちろんそこに、グレアムの勧める多産を阻害する要因があると考えられたが故に、グレアムはしばしばアームストロングに言及するわけである。

しかし自慰が健康にとって害となるのか、あるいは正常なる生殖行為を妨げるものなのかについては、やはり大きな疑問があるのは間違いあるまい。グレアムの大仰な自慰批判を読んでいると、いささか狂信じみた臭いを感じざるを得ないのである。あるいは彼の誇大妄想のごとき口調には、コミカルな雰囲気が横溢していて、それがこの妙なエロティカを読む楽しさと言えるかも知れない。

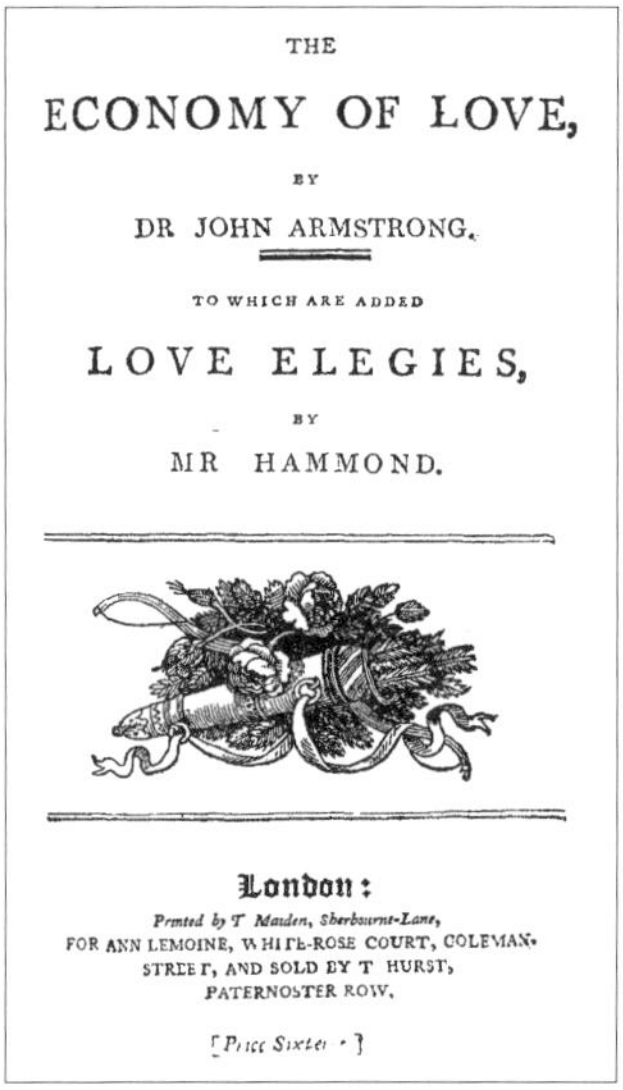
THE
ECONOMY OF LOVE,
BY
DR JOHN ARMSTRONG.
TO WHICH ARE ADDED
LOVE ELEGIES,
BY
MR HAMMOND.

London:
Printed by T Maiden, Sherbourne-Lane,
FOR ANN LEMOINE, WHITE-ROSE COURT, COLEMAN-STREET, AND SOLD BY T HURST, PATERNOSTER ROW.
[Price Sixte...]

▲アームストロングの *The Economy of Love*

なお、本文中に引用されているアームストロングの詩は、注に記したように、*Eighteenth Century Collections Online* に収められているもので、そのプリント版を示しておいた。また、この翻訳と解説脱稿後、次の本が出版されたが、これはアームストロングの生涯及びその著作を検討するにあたって貴重なものである。

Adam Budd, *John Armstrong's The Art of*

Preserving Health（Ashgate, 2011）.

『売春宿の世界』

原題は *The Description of a Bawdy-House, By Richard Brown, A wealthy Farmer's Son of Yarmouth in Norfolk, who was ruined in a very noted one. Setting forth all the Tricks of the old BAWD and young Whores, to delude unwary Men. Likewise the Manner of his taking them in at last.* 使用テクストは Kevin L. Cope ed., *Eighteenth-Century British Erotica II.* Vol. 3（Pickering & Chatto, 2004）.

著者はタイトルにあるようにリチャード・ブラウンだが、詳細は不明。出版は一八〇〇年頃とされる。なお、*Eighteenth Century Collections Online* には同じ作品があり、出版は一七七六年頃ではないかとあるが、それ以上の情報はない。

放蕩を尽くした若者が自らの人生を振り返りつつ、最後には自分を陥れた娼婦母子に復讐を果たして、今は落ち着いた暮らしをしている状況を語ったもので、めでたしめでたしの物語になっている。これも十八世紀にはやった「精神的自叙伝」の一種である。

編訳者あとがき

「英国十八世紀文学叢書」の一冊として訳者に指定されたのは、いわゆる「エロティカ」のアンソロジーを翻訳によって送り出すことだった。それに応えて、種々雑多なエロティカを選び出して翻訳したのが、このアンソロジーである。

まず最初にお断りしておかなければならないのは、ここで言う「十八世紀」とはかなり長い期間、つまり近頃よく使われる「長い十八世紀」なる考え方に基づいていることである。すなわち、人によって若干の違いはあるが、要するに一六八〇年頃から一八三〇年頃までの期間を頭に置いていることになる。そもそもこうした捉え方が出てきたのにはいくつかの理由があるが、イギリスの歴史、文学の流れにおける時代区分が、世紀を機械的に分けて捉えるには無理なことは言うまでもないからで、「十八世紀」をその実態、歴史の連続性などに基づいて捉えるとなれば、こうした区切り方も可能になるわけである。

そこでこのアンソロジーに収めた作品は、ほぼこうした「長い十八世紀」という考え方に基づいて選んでいる。具体的に言えば、王政復古期の後半から、一八〇〇年頃までの作品を取り上げたわけだ。

さて第二に、こうした長いスパンを視野に入れてエロティカを選び出すには、かなりの苦労を強いられたことは言うまでもない。そもそもこの期間にどれだけの数のエロティカが書かれ、それが今日までどのくらい残っているのか、なかなかわからないからである。あるいはもし仮にそれがわかったとして、そのすべてを短い期間に通読することは至難の業でもある。

もちろん最近になって、この方面への関心が高まった結果、大英図書館所蔵の作品の中からかなりの点数を選び出し、それを出版したものがある。今回の翻訳でも大いに役立った *Eighteenth-Century British Erotica* がそれで、第一シリーズ、第二シリーズを併せて十巻、百点あまりのエロティカが収録されている。各巻どれも、収録した作品に関して簡単な解説と注釈が含まれていて（ただし注釈には出来不出来があって、つまらぬ情報をいろいろと詰め込みながら、辞書にも出ていない表現の説明がない、引用の出典の不備などが目立つものがある）、作品の選定に大いに役立った。

また *Eighteenth Century Collections Online* は二十万冊ほどの作品をデータベースにしたもので、いながらにしてこの時代の作品を読むことができる点で大いに役立つものだった。

さらに、個々の作品解説でも触れたアンソロジー、たとえば Bradford K. Mudge ed., *When Flesh Becomes Word: An Anthology of Early Eighteenth-Century Libertine Literature*（Oxford UP, 2004）や Derek Parker ed., *An Anthology of Erotic Verse*（Abacus, 1980）も役立つ選集だし、David Foxon, *Libertine Literature in England, 1660–1745*（New York: University Books, 1965）をはじめとする研究書も多くの示唆を与えてくれるものだった。

しかしこうした先人の功績に大いに裨益されることがあったにしても、エロティカのアンソロジーを編むには、第三に、そして最大の難関がもう一つあった。それは、アンソロジーに収録するにふさわしい作品の選択である。

この時代を代表するエロティカとなれば、まず第一に挙げるべきなのはジョン・クリーランドの『ファニー・ヒル』（一七四八―四九年）であることは間違いあるまい。しかしこの傑作にはすでに日本語訳が複数存在し、ほかならぬわたしも新訳を出したばかりである（平凡社ライブラリー）。しかもこの作品は長編であって、アンソロジーには収めにくいこともある。

一方、作品の選択に当たってもう一つ考えるべきなのは、十八世紀半ば以降のイギリスでは小説が次々に出版されていくのは事実だとしても、少なくともその前半期には詩が文学の主流を占めていた。だとすれば、エロティックな詩も（もしそういう作品があるとすればの話だが）無視するわけにはいくまい。

というわけで、あれやこれやの条件を考えつつ、できるだけ幅広く作品を選択することにして、何とか作り上げたのがこのアンソロジーである。すなわち、十七世紀後半から十八世紀全般の時代を視野に入れ、詩や小説、あるいはこの時代にはやった書簡体の物語、さらには旅行記の体裁を取った作品、おまけに妙な講演などを幅広く選び出し、それらを翻訳によってお目にかけようというのが、このアンソロジーの主旨となったのである。

一つ一つの作品に関しては、それぞれに解説をつけているので、詳細はこれに譲ることとしたいが、ある意味ではこの未開拓の分野（日本ではこう言ってもいいだろう）を探訪していて改めて気がついたことがあるので、それに触れておくことにしたい。

第一に、作品としての完成度、文章の良し悪しなどでは、やはり後世に残っている作品と比べると、かなり質が落ちるのは事実である。特に文章の推敲には注意が向けられていないようで、多くの場合、この種の作品はいわゆる「グラブ・ストリート」、つまり三文文士の手になるものであるのがよくわかる。それもかなり書き飛ばしていたようだから、相当に荒っぽい文章となっている。『ファニー・ヒル』の典雅な言葉遣いとは比べものにならないのである。

だがそれを言うのなら、ダニエル・デフォー(一六六〇?―一七三一年)の作品にもそうした傾向がかなり見られるのは事実だし、特に彼が若かりし頃に書き飛ばした時事的な文章は、相当に荒っぽいものだった。だから彼もまた、三文文士の一人、ただしその上質な一人になる可能性も大いにあったのだ。

しかし第二に、時代の諸相、その息吹を生き生きと感じ取るには、むしろこうした「刹那的な」文章、作品のほうがふさわしいと言えるかも知れないのである。一流の小説は時代を超越して生き延びるのに対して、この種の三文文学は時代にどっぷりとつかっていて、それ故に時代の雰囲気をよく伝えてくれるのである。

第三に、この時代に書かれたエロティカの多様性、そしてそれらが十八世紀の「正典《キャノン》」とされる作品群と接点を有していることだ。

まず多様性ということで言えば、今回の翻訳アンソロジーを編むに当たって、重要な役割を果たしてくれた十巻に及ぶエロティカ集成に収められた作品の内容である。そのうちのいくつかはこのアンソロジーにも含めているが、これを「エロティカ」と呼んでいいものか、正直困る作品もあった。たとえば、最後に収録している『売春宿の世界』である。これなどは取り立ててエロティックな描写もないし、やはりこのアンソロジーに入れた『地獄からの大ニュース』にしても、今日であればエロティカの仲間入りをするのか、いささか微妙な作品である。

しかしどちらの作品にしても、売春婦が重要な登場人物だし、あるいは売春宿が主な舞台となっているので、広い意味でエロティカの範疇に入るものと言えるのだろう。つまり、取り立てて目立った性描写がなくとも(それを言えば、『ファニー・ヒル』はほとんど性描写のみで成り立っている作品である)、性を売り物にする世界が描かれていれば、エロティカと考えられるわけだ。

そしてこの点に注目すれば、今日、十八世紀英文学の「正典」に含められているデフォーの『モル・フランダーズ』(一七二二年)、『ロクサーナ』(一七二四年)も、まさにこうした売春婦の世界を扱っているわけで、このような「正典」の背後には、作品としての出来不出来はともかくとして、多くのいわば「売春婦もの」が存在していたのである。

さらに第四に、この点をもう少し広げて考えてみると、十八世紀英文学を代表するとされる作品群と共通する要素がいくつか見られることにも注目しなければならない。たとえば、サミュエル・リチャードソン(一六八九―一七六一年)の小説『パミラ』(一七四〇年)が先鞭をつけたとされる書簡体小説だが、エロティカの中にはこうした書簡、手紙形式を使った作品が多く見られる。

あるいは、「精神的伝記」(Spiritual Biography)、「精神的自叙伝」という言葉で特質が示されるものである。これは自堕落な生活を送ってきた人間が、やがて改心してまともな、あるいは真面目な生活を送るようになり、その改心以後の目で過去の自分のふしだらな生活を顧みて描き出すというもので、たとえば『モル・フランダーズ』などはその代表的作品だし、『ファニー・ヒル』にもその影響は強くうかがえるのである。だとすれば、ここでもさまざまなエロティカは、十八世紀英文学の伏流としての特質を色濃く有していると言えるかも知れない。

この点をさらに広げて考えれば、旅行記、探検記という体裁を取ったエロティカが多くあるのも事実で、このアンソロジーにもその代表として『メリーランド最新案内』を収録している。女性の人体を探検記風に探っていくという、なかなかに愉快な作品で、これなどはジョナサン・スウィフト(一六六七―一七四五年)の『ガリヴァー旅行記』(一七二六年)にも通じるものと言えるかも知れない。

第五に、これはこの時代のエロティカにおいて特徴的なものだが、性医学はもちろんのこと、解剖学を含めた「身体医学」にかかわる作品がいくつもあることだ。その代表としては、ジェイムズ・グレアムという、奇人にして十八世紀を代表する有名人の作品を収録しているが、これなどは実に奇怪至極、そしてはなはだおもしろいものである。

というわけで、それこそこの妙なアンソロジーの特色を述べてきたが、改めて一言付け加えておきたいのは、やはりこの分野は、フランスがその過激な言葉遣いで優れているとの感想を抱いたことである。それは『ヴィーナスの学校』のあからさまな対話をお読みになればわかるかも知れない。

最後にこの翻訳アンソロジーを出すに当たって、さまざまな面でご尽力いただいた研究社の津田正さん、星野龍さんに篤くお礼を申し上げる。

二〇一三年冬　　　訳者

体を改善する運動が盛んになった。

*5　アントニー・ファン・レーウェンフック（Antony van Leeuwenhoek, 1632–1723年）はオランダの科学者で、顕微鏡を発明した。

*6　グレアムの考え方は、17世紀後半にオランダの医学者ヘルマン・ブールハーフェ（Herman Boerhaave, 1668–1738年）などが唱えた「生気論」を極端にしたもの。

*7　原文の印刷が不明瞭だが、'family soak' と読める。もちろんこんな言葉はない(と思う)。

*8　John Armstrong, *The Economy of love*. p. 16.

*9　John Armstrong, *The art of preserving health: a poem*（Eighteenth Century Collections Online Print Editions）. Book III. 291–98.

*10　John Armstrong, *The art of preserving health: a poem*. Book III. 312–24.

*11　聖ジョージは普通馬に乗っている姿で描かれるから、それを受けて「女性上位」の体位を示唆していると思われる。

*12　「創世記」29. 16–27.

『売春宿の世界』

*1　18世紀には、銀行業も兼業していた金細工師などに預金をすると、ほぼ3パーセントの利子が得られた。

*2　原文は 'campaign Wig' で、軍人がかぶる鬘だが、同時に「ウィッグ系の」軍人、初代モールバラ公爵を連想させるもの。言うまでもなくこの人物は、スペイン継承戦争の英雄である。

*3　言うまでもなく梅毒に罹ったのである。

がおこなわれるのが望ましかった。

*13 18世紀半ばに人気を集めるようになった詩の形式。その大仰な調べが賛歌としてふさわしかった。

*14 原語は哲学用語だが、ここでは性行為の体位を示す。

『取りもちばあさんを見てみれば』

*1 原文では 'I was always fonder of than *Cook* upon *Littleton*' とある。これは大法官だったサー・エドワード・コーク（Sir Edward Coke, 1552–1634年）への言及で、彼が書いたイギリス最初の法律書『リトルトンの財産法』（*Littleton's Tenures*, 1481 or 1482）を念頭に置いた文章。

*2 初産のときに、女性の友だちや親戚が立ち会うことが慣習としてあった。言うまでもなく、この儀式には男性は出ることができない。そこがこの話のポイントである。

『人類繁殖法についての奇っ怪なる講義』

*1 「創世記」30–1.

*2 ジョン・アームストロング博士（Dr John Armstrong, 1708/9–97年）はスコットランド生まれの医者であり、詩人でもあった。医学方面では強固に自慰を戒めたことで知られ、その主張を詩で表現した。彼の持論は、出生率の低下が国家の繁栄を阻害し、特にイギリス海軍の軍人が減ることを憂慮するものであり、自慰は男性の生殖能力を弱め、これが人口減に結びつくというものだった。なお、本論文の著者グレアムはこの人物の影響を大いに受けている（詳しくは作品解説参照）。

*3 John Armstrong, *The Economy of love*（Eighteenth Century Collections Online Print Editions）. p. 13. グレアムはアームストロングの2つの詩から引用をするが、その部分が必ずしも本文の流れに一致しないことがある。

*4 18世紀後半には禁酒運動とともに、野菜などを積極的に食べて身

『地獄からの大ニュース、あるいはベス・ウェザビーによって敗れた悪魔』

*1 コヴェント・ガーデンの有名な娼婦。女衒《ぜげん》もやっていた。

*2 フォントネル（Bernard Le Bovier de Fontenelle, 1657–1757年）やヘンリー・モア（Henry More, 1614–87年）などの哲学者は、神の作った世界が多様な要素を含むことを主張したが、それに対する言及であり、一種の諷刺でもある。

*3 カローン（Charon）は三途の川（River Styx）の渡し守。ここは卑猥なジョークで、カローンが地獄への舟を操ると同時に、裸のベスを乗せた舟も操っている。

*4 コヴェント・ガーデンにあった悪名高い売春宿。

*5 「ヨハネの黙示録」に出てくる悪のアレゴリカルな姿。反カトリック的な内容では、しばしば教皇の姿に描かれた。

*6 18世紀にはメソディズムの熱狂主義がしばしば諷刺の的になったが、ここもその一例。このあとにもメソディズムへの諷刺、批判は続く。

*7 18世紀のしがない労働者を諷刺的に示すもので、よく使われる名前。

*8 このあと、18世紀イギリスのユダヤ人の方言がパロディとなっている。

*9 ジョン・ゲイ（John Gay, 1685–1732年）の代表作『乞食オペラ』（*The Beggar's Opera*, 1728年）の主役二人。

*10 もちろんディヴィッド・ギャリック（David Garrick, 1717–79年）のこと。ドルーリー・レイン劇場の支配人でもあった。

*11 『よいマナー、あるいは階下の上流生活』（*Bon Ton, or, High Life Below Stairs*［1775］と『男の引き止め方』*The Way to Keep Him*［1760］）のこと。ただし後者はアーサー・マーフィー（Arthur Murphy, 1727–1805年）の作品。

*12 18世紀の演劇世界の慣行は、初日の入場料が芝居小屋に、2日目は役者に、そして3日目は作者に支払われ、このあと続けば、こうした支払いシステムが繰り返しとなる。だから少なくとも3日は興行

at Easter, 1697).

*36 「ヨブ記」41 の描写をまとめている部分。

*37 注 20 に記したジョージ・チェイン。

*38 出典不明。ラテン語の原文には 'SCAMNUM' という名前が書かれているが、その意味は「ベンチ」、「スツール」。なお、原文は 4 行だが、あとに添えられた英訳は 6 行。

*39 「ヤコブの手紙」1. 27.

*40 注 11 に示したパトリック・ゴードンの言葉。

*41 グリーンビル・コリンズ (Greenvile Collins, ?–1694 年),『大ブリテン沿岸案内 第一部』(*Great Britain's Coasting-Pilot. The first part*. London, 1738).

*42 イタリアの諷刺家ピエトロ・アレティーノ (Pietro Aretino, 1492–1556 年) はヨーロッパ最初のポルノグラフィックな文章を書いた人物として知られている。

『女性の夫、あるいはジョージ・ハミルトンこと、本名ミセス・メアリーの驚くべき生涯、ウェルズの若き女性と結婚し、その夫として暮らした罪で訴追されし女が獄中より語りし物語』

*1 フィールディングのメソディズム批判は、奇妙なことにそのレズビアニズム批判と結びついている。また熱狂主義への揶揄もこの時代にはよく見られた。

*2 カルロ・ブロスキ・ファリネッリ (Carlo Broschi Farinelli, 1705–82 年) は有名なイタリアのテノール歌手で、カストラート(去勢された男性歌手)としても名高い。

*3 マシュー・プライア (Matthew Prior, 1664–1721 年),「パウロ・パーガンティとその妻」('Paulo Purganti and His Wife: An Honest, but a Simple Pair').

*4 この病気は英語で 'green sickness' と呼ばれ、未婚女性の性欲が満足されないために起こるイライラ、不眠などが症状として表れる。

*5 ウィリアム・コングリーヴ (William Congreve, 1670–1729 年) の『老いた独身男』(*The Old Bachelor*) は初演が 1691 年、出版は 1693 年。

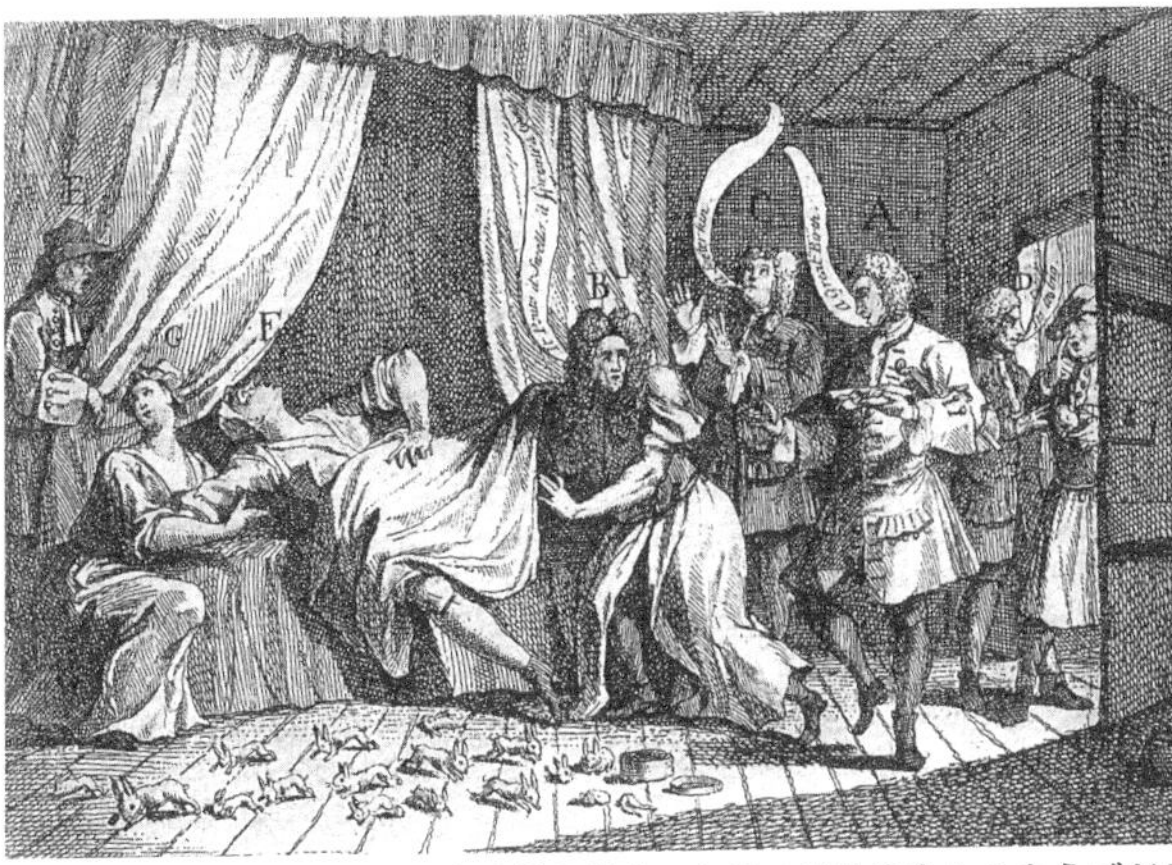

▲ウィリアム・ホガース≪ウサギの巣穴：あるいは診察をおこなうゴドリマンの賢人たち≫（1726）

が、この女性がウサギを産んだと言ったことから大騒ぎになる。多くの人がこれを確かめるためにやってきて、トフトは時の人となり、ジャーナリズムで盛んに取り上げられた。

そこでロンドンからも有名な医者や解剖医などが事の真偽を確かめるために訪れ、結果的には嘘だったことが明らかになる。それでもその間、多くのパンフレットなどが出版されて大騒ぎとなった。

ホガースはこの出来事を題材に、いかに人間がつまらぬことを信じるかを諷刺したのだが、この絵は明らかにキリスト生誕の場面を念頭に置いて描いている。

ちなみにタイトルにある「ゴドリマン」はトフトの出身地「ゴダルミング」に基づくとともに、古くからの民話、伝承に出てくる「ゴサムの七賢人」をもとに、診察をする3人（頭上にA, B, Cと書かれている）を皮肉ったものである。

*34 このボイル氏とは、おそらく化学者のロバート・ボイル（Robert Boyle, 1627–91年）。

*35 ヘンリー・モーンドレル（Henry Maundrell, 1665頃–1701年），『アレッポからイェルサレムへの旅』（*A Journey from Aleppo to Jerusalem*

*23　出典未詳。

*24　アルバート・シュルテンス（Albert Schultens, 1686–1750年）は著名な聖書学者にしてオリエンタリスト。バハール＝ディン・シャダード（Baha'al-Din Shaddad）の著作『スルタン・サラディンの生涯』（*Vita et res gestae sultani, Almalichi Alnasiri, Saladini*）の1732年版に地理的な注釈をつけた。なお、サラディン（Saladin, 1137–93年）はエジプトのスルタンだった。

*25　ティトゥス・マッキウス・プラウトゥス（Titus Maccius Plautus, 紀元前254–184年）は古代ローマの喜劇作家。その劇『トルクレントゥス』（*Truculentus*）2幕7場568–71行。

*26　マルクス・アンナエウス・ルカヌス（Marcus Annaeus Lucanus, 39–65年）はローマ帝国の詩人。その叙事詩『ファルサリア』（*Pharsalia*）の第9巻969行。

*27　イギリスの文人エドワード・チェンバレン（Edward Chamberlayne, 1616–1703年）の著作『大ブリテンの現状』（*Magna Britannia Notitia, or The Present State of Great Britain*, 1669）.

*28　これが誰のことを指すのか不明。

*29　「ヨブ記」40. 16–17.

*30　アレグザンダー・ポープ（Alexander Pope, 1688–1744年）による『イーリアス』の翻訳、12巻53–54.

*31　出典不明。

*32　出典不明。

*33　これは実際にあった話への言及。メアリー・トフト（Mary Toft）という女性が、1726年11月、男の産婆であるジョン・ハワードの助けを借りて、14匹のウサギを出産したと主張した。諷刺画家のウィリアム・ホガース（William Hogarth, 1697–1764年）はこれをネタに版画を出しているので、それを次ページに挿絵として掲げておく。

　この絵は、18世紀前半のロンドンで大きな話題となった出来事を取り上げて、狂信的な態度を諷刺したものである。

　画面左から3人目、藁のベッドに横たわる女性が主人公。彼女はメアリー・トフト（1703?–63年）という実在の女性をモデルに描いたもので、サリー州のゴダルミングなる場所で暮らしていたのだ

れは頭字語、すなわち頭文字だけを組み合わせたもの。‘mons veneris’ の頭字語である。

*8　ここは原注が入っている。章末に掲げてある。

*9　ここも原注。章末を参照。

*10　古代ローマの詩人ウェルギリウスからの引用。

*11　パトリック・ゴードン（Partrick Gordon）の『地理詳細』（*Geography anatomiz'd*, 1741）の第 17 版にある言葉。

*12　‘PDX’ とはラテン語の ‘podex’ のことで「肛門」の意味。‘CPT’ はラテン語の ‘caput’ で「頭」の意味。

*13　「ソロモンの雅歌」4. 1.

*14　バーソロミュー・グランヴィル（Bartholomew de Granville, ?–?1325 年）の『物の本質』（*De proprietatibus rerum*, 1470 年頃）は中世における自然史の百科事典。ジョン・トレヴィサ（John Trevisa, 1342–1402 年）は翻訳家。

*15　これはおそらくコンドームのこと。コンドームの原型は紀元前にさかのぼるとされるが、イギリスで普及したのは 16 世紀末で、17 世紀半ばのチャールズ 2 世時代にはよく使われたという。ちなみにこの無韻詩とは「コンドーム賛歌」（‘A Panegyrick upon Cundums’）と考えられ、1774 年出版のロチェスター伯の詩集に収められているという。ただし、ロチェスターの手になるものかは不明。

*16　本作冒頭にあるルクレティウス・カルスの『事物の本性について』第 3 巻、19–22.

*17　オウィディウス『恋の歌』第 3 巻 12.41.

*18　VSCA はラテン語で「膀胱」を意味する語 ‘vesica’ の頭字語。このあとも同様の頭字語がいくつか登場する。LBA（‘labia’）, CLTRS（‘clitoris’）, HMN（‘hymen’）, UTRS（‘uterus’）などである。

*19　Kornelis Philander de Bruyn, *Voyage au Levant*（1725）.

*20　スコットランドの医師ジョージ・チェイン（George Cheyne, 1671–1743 年）の著作からの引用らしい。

*21　ウェルギリウス『アエネーイス』第 2 巻 5–6.

*22　ドイツの考古学者アタナシウス・キルヒャー（Athanasius Kircher, 1601?–80 年）は多作の著者だが、特に火山の研究で知られる。

訳　注

『ヴィーナスの学校、あるいは女性たちの悦楽、実践法』

*1　ローマ皇帝クラウディウス1世の第3の妻。贅沢と乱行で名高く、諷刺家ユウェナリスによれば、売春婦に化けて性交の相手を求めたという。

*2　原文では 'pintle' とあり、ドイツ語の 'pint', すなわちペニスを意味する言葉に由来するもの。

*3　ペルシャの王クセルクセス1世。

*4　古代ペルシャの王はしばしば暴君と呼ばれたが、ここで言及されているのは14世紀モンゴルの暴君チムール、別名タンバレーン大王のこと。

*5　フランクは最初の間は夫との行為を語っていたが、ここでは秘密の愛人とのことを語っているようで、首尾一貫しない。ただし、彼女はそれだけ遊びの方面が好きだったのだろう。

『メリーランド最新案内——その地誌、地勢、そして自然史』

*1　ルクレティウス・カルス（Lucretius Carus, 紀元前99–55年）はエピクロス派の哲学者、詩人。

*2　英訳者のトマス・クリーチ（Thomas Creech, 1659–1700年）は古典の英訳で知られる。この翻訳は1682年に出版。

*3　'Unguentius inungo'.

*4　前者は 'In Laetitia Unguentis utebantur erantque', 後者は 'Unguentis & Oleo delibuti'.

*5　前者は 'Terre-Gailarde', 後者は 'Laetor'.

*6　ドイツ語は 'Frohlich', オランダ語は 'Vrolick'.

*7　「ヴェヌスのふくらみ」と訳した部分の原語は 'MNSVNRS' で、こ

《編 訳 者 紹 介》

小林章夫（こばやし・あきお）　1949年東京生まれ。上智大学大学院文学研究科修了。同志社女子大教授を経て、現在、上智大学文学部英文学科教授。85年第1回ヨゼフ・ロゲンドルフ賞受賞、99年上智大学文学博士。著書に、『コーヒー・ハウス』（講談社学術文庫）、『イギリス王室物語』（講談社現代新書）、『地上楽園バース』（岩波書店）、『ブックエンド』（研究社）、『エロティックな大英帝国』（平凡社新書）、『諷刺画で読む十八世紀イギリス　ホガースとその時代』（共著、朝日選書）、訳書にサミュエル・ジョンソン『イギリス詩人伝』（共訳、筑摩書房）、メアリー・シェリー『フランケンシュタイン』（光文社古典新訳文庫）、ジョン・クリーランド『ファニー・ヒル』（平凡社ライブラリー）など多数。

KENKYUSHA

〈検印省略〉

エロティカ・アンソロジー
（「英国十八世紀文学叢書」第六巻）

二〇一三年三月三一日　初版発行
二〇二二年七月一五日　二刷発行

編訳者　小《こ》林《ばやし》章《あき》夫《お》
発行者　吉田尚志
発行所　株式会社　研究社
〒一〇二―八一五二
東京都千代田区富士見二―十一―三
電話（編集）〇三―三二八八―七七一一
（営業）〇三―三二八八―七七七七
振替　〇〇一五〇―九―二六七一〇
https://www.kenkyusha.co.jp/
装丁　柳川貴代
印刷所　図書印刷株式会社
定価はカバーに表示してあります。
万一落丁乱丁の場合はおとりかえ致します。

ISBN 978-4-327-18056-0　C0397
Printed in Japan